KB062328

이것이 법이다

이것이 법이다 71

2019년 9월 18일 초판 1쇄 인쇄
2019년 9월 23일 초판 1쇄 발행

지은이 자카예프
발행인 이종주

총괄 김정수
경영 지원 배진경 임혜솔 송지유

기획 이기헌 왕소현 박경무 이승제
책임 편집 최전경

발행처 (주)로크미디어
출판등록 2003년 3월 24일
주소 서울시 마포구 성암로 330 DMC첨단산업센터 3층 318호, 319호
Tel (02)3273-5135 **편집** 070-7863-8592 **Fax** (02)3273-5134
홈페이지 rokmedia.com **E-mail** rokmedia@empas.com

ⓒ 자카예프, 2015

값 8,000원

ISBN 979-11-354-3710-6 (71권)
ISBN 979-11-255-9575-5 04810 (세트)

이것이 법이다

71

자카예프 장편소설

로크미디어

CONTENTS

장기 거래

"영화 좋아하십니까?"

"영화?"

송정한은 노형진의 말에 고개를 갸웃했다.

조용한 곳에서 이야기하자고 하기에 밤에 사람들이 없는 선거 사무실에서 기다렸다.

그런데 기껏 찾아와서 한다는 말이 영화 좋아하느냐는 질문이라니?

"뭐, 좋아하기는 하네만."

"그러면 〈드림랜드〉라는 영화 아십니까?"

"〈드림랜드〉? 아, 기억나네."

인간의 장기를 대체하기 위해서, 과학기술로 만들어진 인간들에 관한 영화다.

정확하게 말하면 복제 인간.

그들은 세상이 멸망했다고 생각하면서 지내다가, 때가 되면 선발되어 새로운 세상으로 나간다.

그들의 임무는 그곳을 개척하고 확장하는 것.

"하지만 실상은 정반대였지."

그들은 개척단이 된 게 아니라 인간의 부품으로서 사육된 것이었다.

그래서 원래 인간의 장기에 문제가 생기면 해체당해 해당 장기를 공급하는 신세가 되어 버린다.

"그런데 왜?"

"그게 왜?"

"참 판타지스러운 영화죠."

"판타지스럽다니 어떤 부분 말인가? 인간을 복제하는 것?"

노형진은 고개를 흔들었다.

"복제가 판타지스러운 건 아닙니다. 복제 양도 나오는 판국인데요, 뭐."

"그러면?"

"단가가 안 맞는다는 거죠."

"응? 단가?"

"한 사람을 복제하고 그들이 살아갈 환경을 만들고 그들을 관리하면서 일정 지역 내의 지하 세계에서 살도록 하는 것.

그만큼 돈이 많은 사람은 없지요."

"그렇겠지. 그건 영화적 설정이겠지. 그런데 왜 뜬금없이 그런 이야기를 꺼내나?"

"하지만 그들을 키울 이유가 없다면 가능은 할 겁니다. 장기를 바꾸는 것이 말입니다."

"무슨 소리를 하려고 하는 건가?"

송정한은 등골이 오싹했다.

장기를 바꾸다니?

"전에 말한 실종 사건. 그거 아무래도 납치 살인 같습니다. 그것도 장기를 목표로 한."

"뭐?"

송정한은 부르르 떨었다.

설마 그런 말도 안 되는 소리가 나올 줄은 몰랐던 것이다.

하지만 노형진은 침착하게 말을 꺼냈다.

"일단 조사를 해 봐야겠습니다만……."

노형진이 생각한 최악의 사건.

그건 살아 있는 사람을 대상으로 한 장기 교체다.

"말도 안 되는 소리. 거기는 종합병원이야. 거기서 뭐가 아쉽다고……."

송정한의 목소리는 바들바들 떨렸다.

그들이 왜 그런 일을 한단 말인가?

"병원은 아닐 겁니다. 하지만 병원은 사람이 아니지요. 그리고 병원에서 일하는 사람들은 탐욕스러워질 수 있고요."

"……."

"소문은 들어 본 적 있지 않습니까?"

"……."

들어 본 적은 있다.

일반적으로 장기에 문제가 생기면 사람들은 장기 기증 대기에 이름을 올리고 기다린다.

"하지만 돈이 있다면 다른 방법을 쓸 수 있지요."

과거에 노형진이 해결한 장기 밀매 사건.

그게 그 장기 기증의 허점을 노린 것이었다.

장기 기증을 받으려면 짧게는 몇 달, 길게는 수년을 대기해야 한다.

일단 기증자가 너무나 부족한 데다가 기증자가 나와도 자신의 장기와 맞아야 하니까.

"문제는 그걸 기다릴 생각이 없는 사람들이지요."

장기 기증을 기다리는 대신에 다른 사람의 장기를 일단 쓴다.

안 맞는다고 해도 일단 면역억제제 같은 것을 사용한다.

하지만 아무리 그래도 유전자가 안 맞는 장기가 멀쩡할 수는 없다.

"결과적으로 그건 다시 망가집니다. 그러면 그는 다른 장기로 또 바꾸죠, 자신에게 맞는 장기가 나올 때까지."

"자신에게 맞는 장기……."

"문제는 그러려면 병원에서 검사를 해야 한다는 거죠."

송정한은 거기까지 듣고 아무런 말도 하지 못했다.

부정할 수가 없는 공포감이 그의 온몸을 파고들었다.

"의외로 이런 일이 많지요."

중국에서도 맹장 수술을 받고 났더니 신장 두 개가 사라진 환자가 있었다.

그가 있던 병원은 어둠의 병원도 아닌 종합병원이었는데, 백주 대낮에 멀쩡한 사람의 신장을 떼어 간 것이다.

당연히 그는 죽었고 처벌받은 사람은 없다.

"그런데 자기 유전자 검사를 하고 다니는 사람은 없지요."

결국 맞는 사람을 찾는 것은 요원한 일이다.

"병원에서는 그걸 검사할 수 있구요."

"……."

아무런 말도 하지 못하고 침묵만 지키는 송정한.

그는 한참이 지나고 나서야 힘겹게 질문을 던졌다.

"자네가 보기에는 가능성이 높을 것 같나?"

"아주요. 종합병원이지 않습니까?"

수많은 사람들이 종합병원에 가서 검진을 받는다.

"병원에 간 사람들은 간단한 검사를 해야 합니다. 요즘은 당연하지요."

그리고 그 검사를 하면 대략적인 적합도가 나올 것이다.

"얼추 맞는 사람이다 싶으면 2차, 3차 검사를 하는 거죠."

그건 아마 바깥에서 할 가능성이 높다.

"병원에서 검사를 위해 피를 뽑는 걸 이상하게 생각하는 사람도 없고, 한 병 뽑아야 하는 거 두 병 뽑는다고 딱히 이상할 것도 없고요."

"하지만 그 기록이⋯⋯."

"확신하십니까?"

"끄응⋯⋯."

일반적으로 검사는 기록에 남는다.

하지만 결국 그것을 기록하는 것도 사람이다.

그러니 그가 기록을 남기지 않으면 추적하기 곤란하다.

"사실 그럴 필요도 없지요. 검체 하나만 빼돌리면 그만이니까요."

피가 들어 있는 작은 병 하나만 빼돌려도 유전자 검사하는 데 하등 지장이 없다.

어차피 검사가 끝난 검체들은 모조리 폐기 처분된다.

그러니 누가 알 리도 없다.

"그러니 외부에서 검사한다고 하면 문제가 될 게 없지요. 검사 장비야 뭐 요즘은 얼마 안 하니까."

단돈 몇십만 원이면 유전자 검사를 해 주는 곳이 널리고 널렸다.

장비를 직접 사서 운영한다면 얼마 들어가지도 않는다.

당연히 추적도 불가능할 테고 말이다.

"설마……."

송정한은 심각한 얼굴이 되었다.

설마 그런 일이 벌어지고 있을 거라고는 생각도 못 했기 때문이다.

"그냥…… 예상일 뿐인 거 아닌가?"

"처음에는 저도 그랬습니다만……."

한 병원을 이용하는 사람들이 실종된다는 것.

그건 절대로 우연이 아니다.

송정한은 갑갑한 듯 일어나서 창문을 열었다.

바깥에서 들어오는 공기가 사무실을 돌았지만 그의 답답함은 사라지지 않았다.

"유가족들에게 말했나?"

"아니요."

"어째서?"

"그게 무슨 뜻인지 아시지 않습니까?"

이건 물건을 미리 준비하는 게 아니다.

그들 입장에서는 다급하게 필요하니까 이 정도 불법을 저지르는 거다.

"살아 있을 가능성은 없습니다."

노형진의 단호한 말.

송정한은 눈을 찌푸렸지만 뭐라 하지는 않았다.

자신이 생각해도 그러니까.

"아는 사람은 저와 채림이 그리고 대표님뿐입니다."

"채림 양은 뭐 하고 있나?"

"은밀하게 추적 중입니다. 이런 일을 단순히 흥신소에서 할 리는 없으니까요."

"……."

송정한은 아무런 말을 하지 못하고 침묵만 지켰다.

'도시 전설이라고 생각했는데.'

도시 전설.

시중에 도는 말도 안 되는 헛소문 같은 것으로, 대부분은 헛소문이지만 가끔은 실제인 경우도 있다.

문제는 대부분의 도시 전설이 그렇듯 그 규모가 어마어마 해서, 일단 터지면 엄청나게 큰 사건이 된다는 것.

"병원 내부의 누군가, 외부의 누군가. 거기에다 범죄자들, 그것도 납치에 전문적인 자들이 아니면 불가능합니다."

"하지만 여기가 중국도 아니고……."

"한국 부자라고 해서 더 양심적인 건 아니지 않습니까?"

"큭."

맞는 말이다.

돈이 많고 당장 내 목숨이 걸렸는데 눈이 돌아가지 않을 리 없다.

"더군다나 한국은 아주 살기 좋은 나라가 아닙니까?"

물론 돈만 있다면 말이다.

실종 신고하면 일단 가출로 넘어가니까.

"그러면 실종자들 중에 남자가 더 많은 경우도 이해가 갑니다."

한국 사회에서 성공한 사람들은 대부분 남자들이다.

여자들이 없는 것은 아니지만, 남자들이 성공하는 경우가 많다.

"그리고 사회학적으로 사이코패스나 소시오패스가 성공하는 경우가 많다는 건 대표님도 아시죠?"

"알지."

그들은 남의 감정을 이해하려고 하지도 않고 이해도 못 한다.

그러니 적이라고 판단되면 무차별적으로 밟아 댄다.

"성공한 사람들 중에서 사이코패스나 소시오패스의 비중이 높은 것은 사회적 연구 결과입니다. 그런데 그들이 본인 목숨이 걸린 일에 과연 그냥 있을까요? 물론 중국에서 가지고 올 수도 있겠지요. 하지만 그게 쉬울까요?"

"그럴 리 없지."

중국은 중국대로 수요가 있는 데다가, 적출한 장기는 오래 바깥에 나와 있을수록 상태가 나빠질 수밖에 없다.

"후우……."

노형진의 말에 송정한은 눈을 가렸다.

끔찍한 사실이 머릿속에서 떠나지 않았다.

"경찰에 이야기해 봤나?"

"도시 전설입니다."

"끄응."

도시 전설의 공통점 중 하나가, 알 사람은 이미 다 안다는 거다.

"경찰도 이런 일은 그냥 도시 전설로 치부합니다. 그런데 과연 조사를 할까요?"

"할 리 없겠군. 결국 도시 전설일 뿐이니까."

지금 노형진이 가지고 있는 정보도 결국은 그저 추정일 뿐이다.

그런데 신고를 한다고 해서 받아 줄까?

'내부에서 검사한다면 모르지만…….'

하지만 그가 생각해도 그럴 가능성은 낮다.

종합병원인 만큼 그 업무량이 적지 않은 데다가, 그걸 일일이 검사하다 보면 누군가 이상하다는 걸 눈치챌 수밖에 없으니까.

'하지만 검체를 빼는 건 어렵지 않지.'

검체, 즉 검사 대상은 아주 작다. 피나 머리카락. 심지어 상피세포에서도 유전자는 나오니까.

"하지만 전에는 이런 일이 없지 않았나?"

도시 전설이기는 하지만 실제로 이런 일이 벌어진 일은 없었다.

그런데 어째서 이런 일이 벌어진 걸까?

노형진은 거기에 예상이 가는 것이 있었다.

"우리 때문이지요."

"우리?"

"우리가 장기 밀매 조직을 박살 내 놨으니까요."

"아!"

천성계와 그 일파가 운영하던 장기 밀매 조직.

그들을 노형진과 새론이 박살을 내 놨다.

그로 인해 한국에서 장기를 구하기 어려워진 것이다.

"어느 쪽이 먼저인지는 모르겠습니다."

장기 밀매가 먼저 이루어져서 도시 전설이 생긴 건지, 아니면 그들이 도시 전설을 듣고 아이디어를 얻은 건지는 알수 없다.

"중요한 건 현실적으로 지금 이루어지고 있다는 거지요."

그리고 막지 않으면 계속 벌어질 일이다.

"더군다나 병원은 이곳만 있는 게 아니죠."

전국에 종합병원은 많다.

그리고 누누이 말하지만 검체를 빼돌리는 것은 결코 어려운 일이 아니고.

"죄송합니다만 이번 사건에서 피해자는 빼야 할 듯합니다."

"어째서? 아니…… 아니, 알 것 같군."

당장 그걸 알면 눈이 돌아간 피해자들이 병원으로 달려갈것이다.

"그리고 멱살을 잡고 싸울 테고, 관련자들은 증거를 모조리 없애고 잠수를 타겠지요."

안 그래도 지금 실종자를 찾는다고 하며 잔뜩 겁을 준 상황인 만큼, 그들은 움직임을 멈췄을 것이다.

"그들을 잡기 위해서는 조용히 움직여야 합니다."

피해자들의 상황이 안타깝긴 하다.

하지만 피해자들이 흥분해서 달려들면, 그들은 자신들의 모습을 지울 것이다.

"그리고 좀 조용해지면 다시 기어 나오겠지."

"네."

노형진의 말에 송정한은 한참을 침묵을 지켰다.

"추적이 쉽지는 않을 거야."

"각오는 했습니다."

"어디서부터 시작할 건가? 역시 병원의 검사실 직원?"

그들이라면 환자들의 검사 기록과 검체에 마음대로 접근할 수 있다.

그러니 시작하려면 가장 먼저 접근해야 한다.

하지만 노형진은 고개를 흔들었다.

"아니요. 그럴 생각은 없습니다."

"어째서?"

"그들도 마찬가지일 테니까요."

"응? 아!"

만일 자신들이 그들에게 접근한다면?

영화에서 보는 것처럼 그들은 환자들을 죽이고 잠수를 탈 것이다.

"그러면 추적은 끝나는 거죠."

결국 그들을 잡기 위해서는 다른 방법을 써야 한다는 것이다.

"그럼 어떻게……? 누군가가 미끼가 되어야 하나?"

일반적으로 이런 경우에는 누군가가 장기를 구한다며 접근하는 게 좋은 방법이다.

"아니요. 그래서 될 리 없습니다. 지금 같은 상황에서 그런 식으로 갑자기 모르는 사람이 접근하면 그들도 경계할 겁니다."

더군다나 그런 방식의 수사는 널리 알려져 있다.

"거기에다 그런 수사는 상당히 오래 걸리죠."

"하긴, 그렇지."

접근해서 그들의 신뢰를 얻고 추적하는 과정.

"그 과정에서 죽는 사람이 많이 발생할 겁니다. 거기에다 그들의 일 처리 방식을 보면 신입을 보충할 이유는 거의 없어 보이구요."

단순히 납치만 하면 되는 일이다.

마약이야 워낙 이런저런 갱단이 싸워 대는 편이라서 인원이 자주 보충된다지만, 이런 일은 그럴 만한 상황 자체가 그다지 없어 보였다.

"역순으로 가 볼까 합니다."

"역순?"

"네. 장기란, 없으면 죽는 거니까요."

"아하! 장기 이식 대기자 목록 말이군."

"네."

장기 이식 대기자 목록에 있다가 갑자기 이름을 뺀 사람들.

그들을 추적하면 되는 것이다.

"그중에서 돈이 있는 사람들을 추적하면 흔적이 나오지 않겠습니까?"

"하긴, 장기 이식이 필요한데 다짜고짜 사람을 납치해서 장기를 바꿔야겠다고 하는 사람은 없겠지."

설혹 그런 생각을 한다고 해도, 의사가 가만두지 않는다.

장기 이식을 거부한다고 하면 의사도 의아하게 생각해서 기억할 가능성이 높고.

"일단은 가까운 곳부터 확인해 보죠."

"요진종합병원 말인가? 하지만 실종 장소에서 가까운데, 설마 거기에 갈까?"

노형진이 피식 웃었다.

"거기에 가지는 않겠지요. 하지만 요진종합병원이 아니라, 위치가 중요한 겁니다."

"위치라?"

"부자 동네 아닙니까?"

노형진의 말에 송정한은 고개를 끄덕거릴 수밖에 없었다.

　"부자 동네지."

　그리고 가난한 사람이 이런 범죄를 저질렀을 가능성은 무척이나 낮다.

　결국 이런 범죄는 돈이 있어야 저지를 수 있는 것이니까.

　"자, 두고 보자고요."

　"싫어."

　"그래요?"

　원장은 얼굴이 파리했다.

　요 근래 영혼까지 털리는 느낌이었기 때문이다.

　경찰과 검찰이 기록을 요청한다.

　안 줄 수가 없었다.

　그리고 병원에 대한 안 좋은 소문이 주변에 퍼지고 있다.

　"당신이 헛소리를 지껄이는 바람에…… 이익!"

　병원으로 오는 사람들의 숫자가 확 줄었다.

　문제는 실제로 실종자가 적지 않다는 것.

　"뭐, 그러면 어쩔 수 없지요."

　노형진은 피식 웃었다.

　"인터넷에 물어보는 수밖에."

"뭐라고?"

"인터넷에 물어봐야 하지 않겠습니까? 이런 질문이면 되겠네요. 요진종합병원에서 갑자기 장기 이식 명단에서 빠진 부자에 대한 제보를 부탁드립니다."

"흥! 그딴 걸 누가 알려 준다는 거야!"

그런 건 내부 정보다.

그걸 빼 줄 사람은 없다.

당연히 전의 질문과는 다르다.

병원에 왔던 사람 중에서 발생한 실종자야 가족이니 알겠지만, 병원 내부 정보를 인터넷에 물어본다고 그에 대해 아는 사람이 나올 리가 없다.

물론 노형진도 그것에 대해 잘 알고 있었다.

"뭐, 답변을 들으려고 하는 질문은 아닙니다만."

"답변을 들으려고 하는 질문이 아니…… 큭!"

원장은 그제야 아차 싶었다.

"저는 질문만 하는 겁니다, 질문만. 후후후."

제보를 요청한다는 그 한마디.

물론 원장의 말마따나 거기에 답변해 줄 사람은 없다.

그래서 문제다.

"그 질문을 본 사람들이 뭐라고 생각할까요?"

이 병원에 왔던 사람들이 실종되었는데, 갑자기 이 병원에 다니는 부자 중에 장기 이식 명단에서 빠진 자에 대한 질문이 나왔다?

"우리는 억울하다고!"

"그럴 수도 있지요."

노형진은 고개를 끄덕거렸다.

억울할 것이다.

그러나 그건 자신과 아무런 관련이 없다.

"하지만 병원 내부의 누군가는 관련이 있지요. 원장님이 바보도 아니고 당연히 내사를 지시하셨을 텐데 아직도 결과가 나오지 않았다는 건, 원장님이 뭘 감추고 있거나 부하가 엄청나게 무능하다는 뜻일 겁니다."

"……."

"어느 쪽이든, 원장님과 병원 입장에서는 좋을 게 없지요."

억울한 건 어쩔 수 없다.

하지만 사건을 무마하기 위해 정보를 감춘다?

그건 절대 용서할 수가 없는 일이다.

"아, 이런 질문도 해야겠네요. 일이 이 지경이 되었는데 어째서 요진종합병원은 수사를 막고 있는가?"

"대놓고 우리한테 죄를 뒤집어씌우겠다는 거야?"

"아니요. 그냥 합리적인 의심일 뿐입니다. 뭐, 수사를 하다 보면 제 합리적 의심은 그냥 의심으로 끝날 겁니다. 하지만 그때쯤이면, 진짜 범인들은 병원의 도움하에 어디론가 도망갔을 테지요."

"으으윽!"

"관련 증거를 얻지 못할 거라는 말은 하지 마세요. 여기에만 신청한 거 아닙니다."

장기 기증에 관련된 순번은 병원에서 정하는 게 아니다.

장기기증협회에서 적합도와 다급함을 기준으로 정한다.

즉, 병원이 아니라 그곳을 통해서도, 명단에서 나간 사람들을 알 수 있다.

"그런데 왜!"

"왜일까요?"

노형진이 씩 웃었다.

이유는 간단하다.

장기기증협회는 손해 볼 게 없으니까.

하지만 안 그래도 이미지에 타격이 큰 요진종합병원 입장에서는, 이런 소문이 나면 졸지에 사람을 죽여서 장기를 바꿔 끼워 준 병원 취급 당한다.

"원래 협박은 먹힐 만한 사람에게 하는 겁니다."

"협박? 너 지금 협박이라고 했지! 그래, 너 신고한다."

"하세요."

노형진은 어깨를 으쓱했다.

"저야 벌금 조금 내면 되겠지요. 그리고 당신들이 관련 증거를 은폐하겠다고 소문 낼 거고."

"으윽."

"병원의 투자자들이 당신을 어찌할지는 모르겠네요."

벌금이 얼마나 나오든 노형진에게는 푼돈이다.

그리고 원장은 그걸 안다.

하지만 비밀을 감추면 자신의 목이 위험하다.

"누가 갑인지, 정확하게 아셔야지요."

종합병원의 원장이라는 타이틀에 취해서 누가 갑인지 전혀 신경 쓰지 않고 있던 원장은 등골이 오싹했다.

자신이 그를 공격하면 그에게 기스는 나겠지만, 그 대신 자신은 나락으로 굴러떨어질 게 자명했다.

"간단합니다. 그냥 누가 명단에서 빠져나갔는지 알려 주세요."

원장은 이를 갈면서도 고개를 숙일 수밖에 없었다.

"삼백쉰네 명?"

최근 2년 사이에 빠져나간 사람들은 총 삼백쉰네 명.

엄청난 수다.

"설마 이 사람들이 다?"

"아닐 겁니다."

노형진은 그 서류를 보면서 차분하게 말했다.

"이건 이탈자 목록이지 부자 목록이 아니니까요."

"그러면?"

"이 안에 사망자도 있다는 거죠."

"아……."

사망자.

그러니까 기증받지 못해 결국 죽은 사람들이다.

"그들을 제외해야 한다는 것을 감안해야 합니다. 지금 그걸 손채림 양이 조사 중입니다."

"그런데 왜 굳이 병원에 달라고 한 건가? 협회에 달라고 하지."

"그러면 못해도 3개월은 걸렸겠지요."

"하긴."

협회에 달라고 한들 줄 리가 없다.

당연히 거부하고 또 소송 걸고…….

그러면 최소한 3개월은 걸린다.

"하지만 요진종합병원은 외통수죠."

안 그래도 의심받는 와중에 자료를 은폐했다는 소문까지 돌면 이건 빼도 박도 못한다.

"누가 무서워서 거기 가겠습니까?"

"허."

결국 그들 입장에서는 줄 수밖에 없었던 것이다.

"목록에서 빠진 사람들 중에서 일단 다른 병원에서 수술받은 사람과 사망자를 제외하고 나면 얼마 남지 않을 겁니다.

물론 결국 포기하고 빠진 사람도 있겠지만, 그건 그리 많지
않을 것 같고."

노형진이 말하는데, 문이 열리면서 손채림이 사무실 안으
로 들어왔다.

"일찍 왔네?"

"전화해서 확인하는 건 어렵지 않으니까."

손채림은 어깨를 으쓱하면서 한 장의 명단을 건넸다.

"남은 사람들이야."

사망자와 이식을 제대로 받은 사람들을 제외한 수는, 총
스무 명.

"이 사람들이 아무런 이유 없이 목록에서 이름이 빠진 사
람들이야."

"확실한 거야?"

"그럼. 이미 조사까지 다 끝냈어."

손채림은 가방에서 제법 두툼한 사진 뭉치를 꺼내 들었다.

이름별로 분류되어 있는 사진 뭉치.

"이름이 올라갔던 사람들의 근황을 확인해 봤어. 몰래 찍
은 사진이야."

"흠."

노형진과 송정한은 그 사신을 보면서 신음을 흘렸다.

목숨이 위험할 정도로 장기가 상해 움직이지 못한다는 사
람들이 너무나도 멀쩡한 모습으로 활동하고 있었던 것이다.

"어떻게 이럴 수가 있지?"

사진 속에서 신나게 고기를 뜯고 있는 남자.

"이 남자는 간이 상했다고 하지 않았나?"

"그랬지요."

"허."

간이 상한 경우, 고기에서 나오는 요산 성분을 제대로 분해하지 못하기 때문에 고기를 먹는 건 위험한 행동이다.

그런데 남자는 아무런 거리낌 없이 고기를 뜯고 있었다.

"심심해서 명단에 올라가지는 않았을 텐데."

올라가고 싶어도 대기자가 수백 명이라 마냥 기다려야 하는 것이 현실이다.

"그리고 공통점이 있었어."

"공통점?"

"그래, 하루 종일 붙어 다녔으니까."

손채림은 사진 뭉치에서 사진을 몇 장 꺼내 들었다.

"그건?"

약을 먹고 있는 사람들의 모습.

그들은 하나같이 주기적으로 약을 먹고 있었다.

"이게 뭔데?"

"이거야. 그들이 버린 걸 쓰레기통에서 꺼내 왔어."

손채림이 꺼낸 약 케이스에는 '카베인'이라는 이름이 쓰여 있었다.

이것이 법이다

"카베인?"

"약사한테 물어보니까 면역억제제라고 하더라고."

"면역억제제?"

"그래. 보통 장기이식 수술을 한 후에 거부반응을 누르려고 먹는대."

두 사람의 얼굴은 심각하게 어두워졌다.

장기를 기증받지도 못했는데 명단에서 이름을 뺀 사람들.

그런데 어째서 면역억제제를 먹을까?

"답은 나와 있네."

노형진의 예상이 맞다는 확실한 증거다.

"미쳤군."

일이 더 커졌다. 면역억제제는 일반인이 약국에서 살 수 있는 게 아니다. 의사의 진단서가 있어야 한다.

그 말은, 그 살인범들 중에 의사가 있다는 뜻이다.

"으음……."

노형진이 고민에 빠진 사이 송정한은 더욱 어두운 얼굴이 되었다.

"왜 그러세요?"

"아는…… 얼굴이 있군."

"아는 얼굴요?"

"그래. 후우."

그는 뭉치 하나를 꺼내서 툭 던졌다.

사진이 펼쳐지면서 드러난 한 남자의 모습.

멀쩡하게 생긴 남자는, 비싼 옷을 입고 비싼 차를 끌면서 여자들을 데리고 이리저리 다니고 있었다.

사진도 주로 클럽에 있는 모습이 찍혀 있었다.

"이 남자는 뭔데요?"

"이 남자는 잘 몰라. 하지만…… 같이 있는 남자는 아네."

"이 남자요?"

어떤 식당에서 같이 나오는 남자.

그들은 무슨 대화라도 하는 듯, 서로를 마주 보고 있었다.

"이 남자가 누군데요?"

노형진은 그 두 사람이 묘하게 닮았다는 생각을 하며 좀 더 나이가 많아 보이는 쪽 남자를 가리켰다.

"한중세. 지금 이 지역구 1위 후보이자 현 국회의원이지."

"네?"

"뭐라고요!"

갑작스러운 신분에 깜짝 놀란 두 사람.

'그렇다면 묘하게 닮은 저 젊은 남자는 역시…….'

"설마……."

"두 사람이 많이 닮기는 했군. 내가 알기로는 한중세가 아들이 하나 있지."

상황은 전혀 엉뚱한 쪽으로 불똥이 튀기 시작했다.

한중세, 현 3선 국회의원.

서울의 주요 핵심 지역을 쥐고 있는 만큼 재력도 능력도 되는 남자.

물론 그 능력은 모두를 위한 게 아닌, 개인적인 탐욕을 위한 것이지만.

"최소한 정치력에 있어서는 송 대표님을 앞서네."

노형진은 그들을 보면서 중얼거렸다.

스무 명의 남자들.

과연 그들이 전부일까?

알 수는 없다.

"하지만 이놈이 대표적이라고 볼 수 있네."

"대표적? 뭐, 보스라도 된다는 거야?"

"아니, 그게 아니라, 우리가 노려야 한다는 거야."

"어째서?"

"상대방은 부자들이야. 그것도 권력을 쥔."

일반인이라면 사람을 죽여서 장기를 바꾼다는 말도 안 되는 생각을 할 리 없다.

"전형적인 소시오패스형 부자들. 거기에다 하는 걸 봐서는 힘을 가지고 있고, 우리가 공격한다면 그걸 덮을 수 있는 능력도 있겠지."

물론 노형진이 일을 크게 키우려고 한다면 할 수도 있지만…….

"적당한 미끼가 있는데 내 돈을 쓸 이유는 없지."

"미끼라……. 하긴 한중세, 아니 장기 이식 명단에서 빠진 건 아들인 한조만이었지? 현 국회의원의 아들인 그가 관련되었다면 그 아버지인 한중세도 관련되어 있다는 뜻일 테고, 난리가 나겠네."

"그래, 내가 노리는 게 그거야. 아무리 힘이 있다고 해도 정치인의 사건은 덮을 수가 없지."

물론 정치인에게는 힘이 있으니 어느 정도 일이 커지기 전에 막을 수 있다.

"하지만 세상에는 반동이라는 게 있는 법이지."

어느 정도 자잘한 사건은 쉽게 누를 수 있겠지만 그 반동으로 일단 터져 나가면, 정치인이기 때문에 도리어 더 쉽게 공격당하고 이야기가 더 빠르게 퍼져 나간다.

"그리고 이런 건 덮을 수 있는 성질의 사건이 아니지."

터지는 순간 모든 국민이 들고일어날 수밖에 없는 수준의 사건.

"아마 다른 사람들로 터트리면 경찰과 정부는 이 사건을 어느 한 부자의 일탈로 덮으려고 하겠지."

하지만 국회의원이라면 이야기가 달라진다.

상대 정당에서 그걸 두고 볼 리가 없다.

한중세가 속한 정당에서도, 자신들의 깨끗함을 증명하기 위해서라도 조속한 수사를 강요할 수밖에 없다. 이런 건 묻어 버리거나 실드를 쳐 줄 만한 사건이 아니니까.

"국회의원은 어찌 되었건 국민이 선택한 대표야. 그런 그조차 이런 짓을 한다면 다른 조사를 하지 않을 수가 없어."

"음……."

노형진의 말에 손채림은 잠깐 침묵을 지켰다.

일을 키움으로써 다른 자들이 도망가지 못하게 하겠다는 계획이었다.

"상황을 보면 한중세의 아들인 한조만이 장기를 이식한 건 확실해 보여."

한조만의 질병은 간경변증이다.

얼마나 술을 처먹었기에 그 나이에 간경변증이 왔는지 신기할 정도.

"조사해 보니까 아주 그냥 클럽에서 살았더라."

"그래?"

"그래."

문제는 간경변증이 발생한 사람이 술을 마시는 건 스스로 독약을 먹는 것이나 마찬가지라는 사실이다.

"그런데 요즘에도 여전히 클럽에 다녀."

"죽으려고 발악하는 건 아니고?"

"혈색은 나쁘지 않던데."

"역시나 그렇군."

간이 상하면 가장 먼저 나타나는 증상 중 하나가 황달이다. 하지만 한조만은 말 그대로 멀쩡해 보였다.

"간경변증이 그렇게 한순간 나을 리 없지."

그렇다면 답은 하나뿐.

"나쁜 놈들."

손채림은 이를 갈았다.

"그래서, 어떻게 하려고?"

"어떻게 하기는."

노형진은 사진을 물끄러미 바라보았다.

"그들과 같은 방법을 써야지."

그들이 쓸 수 있는 방법은 자신들도 쓸 수 있었다.

장기 공장

"선거에 좀 더 집중하지 않으셔도 됩니까?"

노형진의 질문에 송정한은 고개를 흔들었다.

"아직은 예비 기간일세. 선거운동을 할 수도 없어."

"그래도 눈앞이 선거인데요."

"선거도 중요하지만 이 사건이 더 중요하지 않겠나?"

"그건 그렇지요."

사람이 장기를 빼앗기고 죽는 일이 한국에서 뻔하게 벌어지고 있는데 국회의원 되겠다고 거기에 신경 쓰지 않는 인간은 차라리 선거에 출마하지 않는 게 더 나라를 위한 일이다.

"중국에서 내 친구가 납치된 적이 있었지."

송정한은 차창 밖을 바라보며 말했다.

"장기를 털릴 뻔했다고 하더군."

"설마?"

"다행히 탈출했네. 안 그랬으면 내가 그 사실을 몰랐겠지."

"아."

"운이 좋아서 탈출했지만, 지금도 그때가 생각나 악몽을 꾸는 모양이네."

송정한은 차창 밖을 멍하니 내다보며 한숨을 내쉬었다.

비가 추적추적 내리는 거리는 왠지 을씨년스러운 느낌이 가득 풍겼다.

"그런데 한국에서도 그런 일이 벌어질 줄은 몰랐네."

"중국이든 한국이든, 결국 인간이 사는 공간입니다. 선진국이라고 해서 미친놈이 없는 건 아니죠."

다만 중국은 치안이 개판이라 더 쉽게 장기를 구할 수 있다는 게 다를 뿐.

"한중세라면 그걸 덮을 수 있겠지요?"

"충분하지."

사실 송정한이 선거에 출마했지만, 한중세 때문에 당선 가능성은 그다지 높지 않다.

그만큼 그는 전폭적인 지지를 받고 있다.

"이번 사건이 터지면 아마 심각한 후폭풍이 몰려올 거야. 자네는 어떻게 생각하나?"

"그래서 제가 경찰에 신고하지 않는 겁니다."

이것이 법이다

"그런가?"

"경찰에 신고할 수도 있겠지만, 그러면 아마 경찰과 검찰이 사력을 다해서 이번 사건을 덮으려고 하겠지요."

그러니 덮을 수 없을 만큼 사건을 키운 후에 그들에게 넘겨야 한다.

그러면 정치적 사건인 이상, 그들의 행동은 정해진 것이나 다름없어진다.

띠리링.

그 순간 올리는 노형진의 핸드폰.

노형진은 잽싸게 받아 들자마자 물었다.

"결과가 나왔어?"

─다행이라고 해야 하나…… 불행이라고 해야 하나.

힘없이 말하는 손채림.

노형진은 입맛이 썼다.

"나왔구나."

─응.

다행이라는 것은 그 결과 덕분에 한조만을 잡을 수 있기 때문이지만, 불행이라는 것은 장기 이식이 이루어졌고 본래 장기의 주인은 죽었다는 뜻이 되기 때문이다.

─유전자 검사 결과로는 정종우라고 하는 남자야. 나중에 우리 쪽에 접촉했던 가족들이 유전자를 제공했어.

"큭."

그들이 썼던 방법.

그건 유전자 검사다.

노형진 역시 그 정도는 어렵지 않게 할 수 있었다.

"확실한 거야?"

─확실해. 99.5%로 일치해. 이 정도면 거의 형제 수준이래.

유전자를 얻는 것은 쉽다. 상피세포 정도만 얻어 내도 충분하니까.

'거기에다 한조만이 클럽에서 사는 놈이었으니.'

슬쩍 여자를 붙여 주고 유전자를 얻어 오는 것은 어려운 일이 아니었다.

그리고 접수된 실종자들의 유전자와 교차해서 검증한 것이다, 저들과 마찬가지로.

그러면 자신들이 가진 유전자 풀과 비교해서 가장 비슷한 유전자를 가진 사람이 나올 거라 생각했다.

노형진의 예상대로 그런 사람이 있었다.

"실종 시기는?"

─작년 3월쯤이야.

그러면 대충 맞는다.

한조만이 명단에서 빠진 시점이 5월이다.

수술하고 두 달간 상황을 보다가 명단에서 이름을 뺐다고 하면 정확하게 들어맞는다.

"최악이로군."

옆에서 듣고 있던 송정한은 눈을 찌푸렸다.

예상이 틀렸기를 바랐는데 이루어지지 않았다.

"알았어. 가족들에게 찾아가서 이야기해 보고."

—알았어. 아, 진짜 싫다.

"어쩔 수 없잖아."

누군가는 아들의 죽음을 알려 줘야 한다.

'기약 없는 기다림과 살해당했다는 사실을 알게 되는 것 중 어느 쪽이 더 나쁜지는 모르겠지만.'

노형진은 입술을 깨물며 생각했다.

잠깐의 침묵이 지나고, 차창 밖을 물끄러미 바라보던 송정한이 노형진의 옆구리를 쿡 찔렀다.

"나오는군."

지금까지 지켜보던 곳은 다름 아닌 약국이다.

진료는 의사에게, 약은 약사에게.

이원화된 시스템.

그러나 그중에서도 면역억제제같이 특수한 약을 취급하는 약국은 많지 않았다.

"한조만인가요?"

"한조만이 여기까지 올 리 없지. 하지만 사진에 있는 사람 중 한 명일세."

"아하!"

한조만이 여기까지 직접 와서 약을 타 갈 사람이라면 얼마나 좋겠냐마는, 그런 양심적이고 올바른 사람은 아니다.

당연히 누군가를 대신 보낼 거라 생각하며 계속 감시해 왔다.

그리고 그를 위해 일하는 사람이 누군지 알아내는 것은 어려운 일이 아니었다.

그중 한 명은 송정한도 아는 사람이었다.

"한중세의 전임 비서군."

"전임요?"

"그래, 전임 비서야. 국회에 입성할 때 데리고 온 사람인데, 얼마 전에 그만뒀다고 하더군."

"그러면?"

"심복이라는 소리지."

3선 의원인 한중세가 처음 국회의원이 되었을 때부터 함께하던 사람이 갑자기 그만둔다?

그럴 수도 있는 일이기는 하다.

하지만 그런 그가 아들을 위해 일한다?

"아들을 케어하기 위해 준비한 거군요."

"그게 아니라면 개국공신을 내보낼 이유가 없지."

선거의 시작부터, 아니 그 전부터 자신을 위해 일해 온 사람이다.

그를 갑자기 자를 이유는 없다.

"저 녀석을 털어 내는 게 우선인가?"

송정한은 물끄러미 남자를 바라보았다.

"내부에 배신자가 있다고 협박을 해 볼까?"

송정한은 이런 경우를 몇 번 봤다.

납치의 멤버인 것처럼 해서 협박하면 그들이 반응하는 것이 보통이다.

하지만 노형진은 고개를 흔들었다.

"이번에는 그렇게 안 될 겁니다."

"어째서?"

"행동 패턴을 봐서는, 그들은 소수 정예일 가능성이 높습니다."

"소수 정예?"

"네. 고액의 납치 몇 번으로 수익을 내는 것이 개개인에게야 큰돈이지만 큰 규모의 조직에는 아니거든요."

"아하!"

그래서 중국의 다른 조직은 규모가 큰 집단 납치나 연속적인 납치를 선호했다.

"하지만 이들은 정해진 사람들만 납치하고 있지요. 그건 그들이 소수 정예 구조라는 겁니다."

"서로 누군지 알겠군."

"네."

협박해 봐야 누군지 빤히 알 거다.

그러니 그에게 확인해 보면 그만이다.

"그렇다고 탈퇴한 사람이라고 주장하기에는, 우리가 그들의 멤버가 누군지 모르고요."

물론 노형진이 나서서 기억을 읽으면 그만이기는 하지만, 그러기 위해서는 누구인지도 모르는 그 납치범들에게 접근해야 한다는 또 다른 문제가 있다.

"그러면?"

"이럴 때는 다른 식으로 협박하면 됩니다."

"다른 식으로?"

"협박할 만한 사람이 협박하는 거지요."

"누구?"

노형진은 송정한을 물끄러미 바라보았다.

그러자 그 시선에 송정한은 움찔했다.

"어? 나?"

"네."

"나보고 협박을 하라고?"

"네."

"아니, 그건 좀……."

아무래도 정치적으로 나가려고 하는 그가 협박을 하면 문제가 커지기 마련이다.

"물론 그건 진짜 협박일 때의 이야기지요."

"그러면?"

"그들은 사람을 죽여 본 적이 있습니다."

노형진은 눈을 빛냈다.

"한 번이 어렵지, 두 번은 쉬운 법이지요."

국회의원 한중세의 전임 비서 곽혜훈은 약을 가지고 다시 숙소로 가고 있었다.

그런 그의 차 앞에 한 대의 차량이 '끼익' 소리를 내면서 멈췄다.

"뭐지?"

그는 빵빵거리면서 경고를 줬지만, 그 차는 움직일 생각을 하지 않았다.

그 순간 그가 신경 쓰지 않던 옆에서 어떤 소리가 났다.

똑똑.

누군가 창문을 두들기는 소리.

곽혜훈은 살짝 창문을 내렸다가 움찔했다.

선거가 다가오는 지금, 주요 후보에 대한 정보는 이미 알고 있었기 때문이다.

"당신은……."

"잠깐 이야기 좀 할 수 있을까요?"

"뭐라고요?"

"시간 좀 내주실 수 있나요?"

"당신이 누군데요?"

애써 모른 척하면서 묻는 곽혜훈.

하지만 그다음 순간 움찔했다.

"시간 내주기 어렵다면 증거 들고 경찰서로 가고."

"경찰서?"

"네. 이거 가지고 가면 기자들이 상당히 좋아할 텐데?"

"말도 안 되는 개소리 하지 마시죠."

한두 번 협박당해 본 게 아닌 그는 코웃음을 쳤다.

더군다나 상대방은 후보다.

협박으로 자신들을 어쩔 수 없는 사람이다.

"그래요?"

송정한은 대답하는 대신에 그의 옆에 있는 약봉지를 바라
보았다.

"과연 감옥에서도 그 약이 나올지 모르겠네."

"뭐…… 뭐라고요?"

"그 약이 없으면 위험할 텐데. 뭐, 어쩔 수 없지요."

송정한은 대답하는 대신에 어깨를 으쓱하면서 떠나려 했다.

아차 싶었던 곽혜훈 다급하게 문을 열었다.

"무슨 이야기를 하고 싶은 겁니까?"

송정한은 돌아와 그의 차 조수석에 올라타더니 미소를 지
으며 말했다.

"간단합니다. 후보 사퇴 및 나에 대한 지지 선언."

"뭐라고요?"

"그거면 이건 어둠 속에 묻힐 겁니다."

조수석 자리에 있던 약을 흔드는 송정한.

"그게 뭔지나 알고요?"

"알고 있으니 이 정도 요구를 할 수 있는 거겠지요."

송정한은 두근거리는 심장을 애써 진정시키며 말했다.

"아, 그리고 남는 정치자금은 저를 위해 좀 빌려! 주셨으면 합니다."

그러자 똥 씹은 표정을 짓는 곽혜훈.

그러니까 국회의원 자리도 넘기고, 그것도 부족해서 아예 정치자금까지 밀어 달라는 건데…….

'이게 무슨 말도 안 되는 소리야.'

그걸 당에서 알게 되면 그가 모시는 주인을 나중에 공천해 줄 리 없다.

당연히 인생이 끝장나는 거다.

"말씀 잘 부탁드립니다."

송정한은 차 문을 열고 나가면서 마지막으로 말 한마디를 더했다.

"시간은 본후보 등록일까지입니다."

"이익!"

송정한이 간 후 곽혜훈은 다급하게 어디론가 전화를 걸기 시작했다.

"후우, 후우."

송정한은 침을 꿀꺽 삼켰다.

협박이라는 생소한 행위가 심장을 미친 듯이 뛰게 만들었다.

"저들이 어떻게 움직일까?"

멀어지는 차량.

그의 질문에 노형진은 간단하게 대답했다.

"둘 중 하나죠. 처음부터 죽이려고 덤비든가, 아니면 일단
은 이야기해 보려고 하든가."

"그런데?"

"기본적으로 한중세는 정치인입니다. 일단은 접촉해서 입
을 틀어막으려고 할 겁니다."

"거부한다면?"

"죽이려고 하겠지요."

부르르 떠는 송정한.

"걱정되십니까?"

"걱정이 안 될 리가 있나?"

평범한 사람도 다급하면 사람을 죽인다.

그런데 한중세는 이미 사람을 죽여 본 적이 있다.

물론 직접 죽여 본 적은 없겠지만, 어차피 송정한을 죽이
려고 한다면 사람을 쓸 게 뻔했다.

"그런데 그를 노린다고 해도 주범들을 잡을 방법이 없잖아?"

뒷좌석에서 조용히 듣고 있던 손채림이 고개를 갸웃했다.

확실히 노형진의 계획대로 된다면 한중세는 뭐든 할 수밖에 없다.

그러나 그러면 정작 납치범들은 손아귀에서 빠져나가게 된다.

"한중세를 취조해서 알아내려고 하는 거야? 한중세가 과연 그렇게 쉽게 이야기할까?"

"그럴 리야 없겠지."

"더군다나 한중세가 체포되는 순간 그들은 바로 도망갈 것 같은데."

"정답."

"그러면 어떻게 잡으려고?"

한중세를 잡는다고 해도, 전문 납치범들까지 잡기 전에는 이 사건이 끝날 리 없다.

그러니 걱정될 수밖에.

"우리는 안 잡아도 돼."

"응?"

"우리가 왜 송 대표님에게 경호 인력을 근접 경호시켰는데?"

"글쎄?"

"나를 지키기 위한 것 아니었나?"

그들이 위협이 되는 대상에게 무슨 짓을 할지야 뻔하니까.

"반은 맞습니다."

"반은?"

"반은 미끼죠."

"그건 알고 있네만."

"아니요. 송 대표님이 미끼라는 게 아니라, 경호 팀이 미끼인 겁니다. 궁극적으로는 한중세 역시 미끼죠."

"응?"

송정한과 손채림은 이해가 가지 않는 표정이 되었다.

경호 팀은 그저 근접 경호만 할 뿐이다. 그런데 미끼라니?

거기에다 자신들이 노려야 하는 한중세까지 미끼라니?

"경호 팀이 뭐, 다른 협박을 해야 되는 건가?"

"그건 아니죠."

"그러면?"

"간단합니다. 한중세는 손을 쓸 거라는 거죠."

"예상하고 있지 않나?"

"문제는 송 대표님의 경호 인력이지요."

한중세가 송정한에게 해를 가하기 위해서는 일단 경호 인력부터 제압해야 한다.

더군다나 송정한은 사회적으로 유명한 사람이고, 또 국회의원 후보이기도 하다.

"그런 경우 해를 끼치기가 무척이나 어려워지지요."

"그렇지."

사법에 대한 도전이 얼마나 위험한지, 범죄자들도 안다.

그래서 어지간한 경우가 아니면 법조계에 있는 사람들에게는 손대지 않는다.

"당연히 손대려고 한다면 비싼 가격을 낼 수밖에 없습니다."

"그런데? 그럼 직접 한다는 거야?"

노형진은 손채림의 질문에 고개를 흔들었다.

"아니, 비싸다는 게 핵심이야. 아마 송 대표님에게 손쓰려면 2억은 있어야 할 거야. 하지만 그 일을 공짜로 해 줄 수 있는 사람들이 있지. 그것도 아주 전문적인 사람들이."

"공짜로 해 줄 수 있는 전문적인…… 아하!"

손채림은 바로 알아들었다.

"납치범들!"

"그래. 그래서 내가 송 대표님이 직접 나서게 한 거야."

송정한이 그 장기 교체 사실을 알았다는 것은 확실하다.

문제는 어떻게 알았냐는 것이다.

"주변에서 새어 나갔을 가능성이 있지. 주변도 조사해 보겠지만, 새어 나갈 곳은 다른 곳도 있지."

"범인들 말이군."

"맞습니다, 대표님. 한중세 입장에서는 그걸 의심하지 않을 수가 없지요."

"그렇군. 그리고 범인들 입장에서도 그냥은 넘어갈 수 없고."

"한중세는 그걸 핑계 삼아 대표님을 노리도록 할 겁니다.

그들 입장에서는 거부할 수가 없는 사항이기도 하고요."

"허."

노형진이 납치범들에 대한 이야기만 쏙 빼기에 나중에 다른 방법이 있을 거라 생각하기는 했지만, 설마 그런 식으로 한 번에 일망타진하려는 걸 줄은 몰랐다.

"한중세 입장에서는 위험부담이 덜하지요."

다른 곳에 돈을 주고 맡기면 그곳에도 비밀이 생긴다.

돈도 많이 나가고.

"하지만 그들에게 이야기하면 부담이 없으니까요."

어차피 그들도 움직여야 한다.

그리고 같은 비밀을 공유하는 사이이니 그만큼 돈을 안 줘도 되고.

"경호원이 미끼라는 건?"

"경호 팀, 그것도 전문 경호 팀이 붙어 있다면 일을 맡길 때 비용도 늘어난다는 뜻이야."

일반적으로 사람 하나 죽이는 데 1억이라면, 경호 팀을 함께 처리해야 할 경우에는 최소 3억에서 4억 이상 들어간다.

"더군다나 우리 경호 팀은 숫자도 많지."

3인 이상으로 이루어진 경호 팀이 상시 지키고 있다.

"그러면 아무리 그래도 5억은 들지."

아무리 한중세가 정치인이고 돈을 많이 벌었다고 해도, 5억은 절대 작은 돈이 아니다.

그리고 한중세 같은 정치인이라면, 아낄 수 있는 방도가 있는데도 굳이 그 돈을 쓰려고 할 리 없다.

　"우리는 기다리면 됩니다, 후후후. 물론 슬쩍 기회를 줘야 겠지만요."

　―지금 그걸 말이라고 하는 거야!

　전화기 너머에서 한중세가 언성을 높였다.

　"우리 쪽에는 그런 말을 한 사람이 없습니다."

　남자는 억울한 듯 말했지만, 한중세는 이미 들을 생각이 없었다.

　―그러면 우리 쪽에서 나갔다는 거야?

　"그럴 가능성이 높지요."

　―미쳤냐? 그럴 거면 차라리 경찰에 가서 꼰지르지!

　아들인 한조만의 일에 대해 아는 사람은 아주 극소수다.

　그나마도 가족들이고, 외부인 중에 사실을 아는 사람은 곽혜훈 정도.

　―우리는 새어 나갈 곳이 없어! 너희들이 아니면 어디서 새어 나가겠냐고!

　"우리도 조사했지만 만났다고 하는 사람이 없습니다."

　―도둑놈이 '내가 도둑질했습니다.'라고 하겠냐!

"……."

ㅡ이거 어떻게 책임질 거야! 조금 있으면 본선거야, 어! 이
거 터지면 어떻게 되는지 알아!

"……."

남자는 아무런 말도 하지 못했다.

그럴 수밖에 없다.

누군지도 모르는 그 사람은 분명 선거 전에 일을 터트릴
테니 한중세와 그의 아들이 잡혀갈 테고, 그들이 자신들을
위해 입을 다물 가능성은 없으니까.

"젠장."

ㅡ젠장? 젠장? 지금 너희 입에서 욕이 나와, 이 새끼야!

"그럼 어쩝니까? 가서 그냥 죽을까요?"

한중세가 입을 열면 일이 이만저만 커지는 게 아니다.

자신들이 한 일이 보통 일이 아니기 때문이다.

물론 한국은 실질적으로 사형제 폐지 국가이기 때문에 당
장 목숨이 날아가지는 않을 것이다.

"우리가 잡히면 한두 명 다치는 게 아닐 텐데요?"

은근슬쩍 겁을 줬다.

하지만 이빨도 안 들어가는 협박이었다.

ㅡ그러니까 알아서 해야 할 거 아냐! 나는 너희를 못 죽일
것 같냐?"

"……."

─송정한 모가지를 따 오든 돈을 주든 해서, 아가리 닥치게 해! 알았나!

한중세는 거칠게 전화를 끊었다.

남자는 머리를 부여잡았다.

"염병. 어디서 샌 거야?"

그는 지끈거리는 머리를 부여잡으면서 부하를 바라보았다.

부하는 잔뜩 얼어붙어서는 눈만 굴렸다.

"아무도 아가리 안 턴 거 확실한 거야?"

"네."

"씨발."

물론 실종자들을 추적하고 있다는 것은 알고 있었다.

하지만 난데없이 한중세와 그의 아들 한조만이 걸린 게 이해가 가지 않았다.

자신들의 고객 명단은 철저하게 관리하고 있었으니까.

"송정한 그 새끼가 요구한 게 뭐라고?"

"후보 사퇴와 지지 선언 그리고 정치자금 지원입니다."

"말도 안 되는 개소리군."

"하지만 그 정도 요구해도 될 만한 사건이기도 하지요."

"닝기미."

남자는 거칠게 탁자를 내리쳤다.

"우리 쪽에서 안 샌 거라면 도대체 어디서 샌 거야? 의사나 간호사도 알아봤어?"

"간호사가 어디 있습니까? 의사는 우리 쪽이 아니면 끝장이구요."

"그건 그렇지."

자신들의 수술을 해 주는 사람은 마약쟁이 의사다.

자신들이 마약을 공급해 주지 않으면 일상생활도 불가능하다.

간호사도 그냥 자기네 애들이 대신하는 수준이다.

어차피 살려 둘 이유가 없으니 대충 때우는 것이다.

"어떻게, 정치적 협상은 가능할까?"

"불가능해 보입니다. 한중세라고 정치적 협상을 안 해 봤겠습니까?"

"그건 그렇지."

"하지만 들은 척도 하지 않는다고 합니다."

"흠……."

부하의 말에 남자는 턱을 스윽 문질렀다.

남은 것은 결국 하나뿐이다.

바로 송정한을 담가 버리는 것.

물론 그를 건드리면 여러모로 복잡해지기는 하겠지만, 아무리 그래도 지금보다는 나아질 것이다.

"문제는 그 새끼를 어떻게 담그느냐는 건데. 그 새끼에게 스물네 시간 경호원이 붙어 있다고?"

"네."

"가족들은?"

"마찬가지예요."

"끄응……."

하긴, 그런 협박을 한 놈이 그 정도 안전장치도 해 두지 않았을 리 없다.

돈이 없는 것도 아니고 말이다.

"형님, 그런데 얼마 전에 붙어 있던 아이한테서 재미있는 이야기를 들었는데요."

"재미있는 이야기?"

"그 새끼에게 내연녀가 있는 것 같답니다."

"내연녀? 그게 어디 한두 해야?"

정치를 한다는 놈 중에서 아랫도리 안 돌리는 놈 찾는 게 더 어려운 상황이다.

모가지에 힘 좀 줄 만하면 어린 여자를 깔고 허리 돌리는 게 보통이니까.

"거기에는 안 들어간다는데요?"

"응?"

"내연녀한테 오피스텔 하나 얻어 준 것 같답니다."

"그게 무슨 말이야?"

남자는 귀를 쫑긋 세웠다.

생각지도 못한 말이었기 때문이다.

"아니, 아시지 않습니까?"

"하긴. 무슨 뜻인지 알겠네."

내연녀를 오피스텔에서 만난다면 그 안에서 뭘 할지는 뻔하다.

그런데 그 안에 경호원이 같이 들어갈 리 없다.

당연히 그 시간 동안 다른 곳에서 대기한다.

"경호원들은 근처 커피숍에서 기다리고, 송정한만 그곳에 있다가 나온다고 하던데요."

"얼마나?"

"한 세 시간이나 네 시간 정도요."

"호오."

그 정도면 충분히 자신들이 처리할 수 있는 시간이다.

"그 안에서 적당히 담그고 나오면 되지 않을까요?"

"오피스텔이라고 했지? 거기 어때?"

그곳에 대해 물어보는 것은 가격이나 위치를 알기 위함이 아니다.

보안 상태를 알고 싶은 거다.

"좋습니다. 그곳에 업소가 몇 곳 있거든요."

"그래? 그러면 딱 좋지."

업소란 변종 성매매 업소를 뜻한다.

그런 곳은 다음과 같은 특징이 있다.

일단 수시로 낯선 사람이 다녀야 하기 때문에 보안 수준이 낮다.

성매매 하는 사람이 보안 수준이 높은 곳에 가려고 하지 않으니까.

그리고 방음이 잘된다.

밤낮을 가리지 않고 나는 신음과 '삐걱' 소리가 새어 나가지 않게 해야 할 테니까.

"가격도 적당하고요. 아마도⋯⋯."

"뻔하군."

젊은 여자를 만나는 조건으로 금전적 보상을 유지하는 것이 보통이다.

송정한쯤 되면 그런 게 가능한 능력을 갖추고 있다.

"어디인지 알아봤어?"

부하가 씩 웃었다.

"1307호입니다."

부하의 뛰어난 능력에 남자는 미소 지었다.

"언제 가는지 확실하게 특정해 와. 그놈 멱따러 간다."

그는 눈을 번뜩였다.

─너 이 새끼, 확실하게 하는 거야?

"확실하게 처리한다니까요."

─똑바로 안 하면 우리 같이 뒈지는 거야, 알아! 본선거 등

록이 바로 오늘이라고!

통화하는 내내 남자는 눈을 찡그렸다.

한중세가 계속 전화해서 지랄을 해 댔기 때문이다.

'병신 같은 새끼.'

마음 같아서는 한중세도 담그고 싶었지만, 그럴 수는 없었다.

─어제도 전화해서 최후통첩이라고 지랄했어! 오늘 중으로 처리하지 않으면, 내일은 경찰서에 가서 서류 접수하고 본후보 등록하러 간다고 말이다!

"걱정하지 마세요. 오늘은 확실하게 처리할 테니까."

더 듣지도 않고 남자는 통화를 종료해 버렸다.

다시 전화가 울렸지만, 빡친 남자는 아예 전원을 꺼 버렸다.

"병신 같은 새끼."

"어쩌겠습니까? 그 새끼 입장에서도 걸릴 게 많으니까 이 지랄이겠지요."

"누구는 아닌가? 그나저나 오늘 움직이는 거 확실하지?"

"확실합니다. 시간도 맞고, 이제 본후보 등록하면 일거수일투족이 다 드러나고 상시 기자들이 붙어 다니게 될 테니 그러면 아랫도리 돌리는 건 물 건너가지요. 아마 오늘은 꼭 올 겁니다."

"그렇겠지."

송정한을 몰래 감시한 지 벌써 2주째다.

송정한은 나흘에 한 번 정도 내연녀의 집에 찾아갔다.

경호원들은 100미터쯤 떨어진 커피숍에서 대기하는 게 보통이었다.

그 정도면 일을 끝내고 바로 움직일 수 있었다.

"저 계집입니다."

"캬, 반반하게 생겼네."

오피스텔로 향하는 송정한의 내연녀를 보고 남자는 입맛을 다셨다.

확실히 돈 좀 주면서 만지작거릴 만한 가치가 있을 만큼 예쁜 여자였다.

"오늘 오는 게 확실한 것 같습니다."

"어떻게 알아?"

"저 여자가 송정한이 올 때마다 장을 보거든요."

"오, 그래?"

"네."

"가정적인 여자군."

"가정적인 여자가 내연녀 노릇이나 하고 자빠졌으니 웃기는 세상이네요."

"가정적인 여자가 내연녀 노릇을 하는 게 아니라, 돈을 주니까 어떤 계집이든 그런 척하는 거야. 하여간 오늘 확실한 거 맞지?"

"역시 보스는 현명하십니다. 맞습니다, 다른 증거도 있고."

여자는 양손 가득 장을 보고 집으로 들어가는 중이었다.

"그리고 아까 애들이 말하기를, 약국에서 콘돔이랑 성인용 젤도 구입했답니다."

"오호? 확실하구먼."

"그런 것 같습니다."

"가자!"

그들은 조용히 건물 안으로 들어갔다.

그리고 조용히 여자의 뒤를 따라갔다.

여자는 힐끗 그들을 돌아보았지만, 그들이 12층에서 내리자 별생각 하지 않고 엘리베이터를 타고 계속 올라갔다.

"뛰어!"

남자는 그걸 보고 전속력으로 뛰기 시작했다.

다행히 그녀의 오피스텔은 비상구 바로 앞이었다.

남자는 그녀가 문을 열고 들어가려는 순간 뒤에서 문을 콱 움켜잡았다.

"누구?"

"아가리 닥쳐, 이년아."

"헉."

뒤에서 느껴지는 칼에 여자는 부르르 떨었다.

"들어가."

"사…… 살려 주세요."

"여기서 죽을래, 들어가서 살래?"

여자는 부들부들 떨면서 안으로 들어갔다.

남자는 문을 연 채로 주변을 둘러봤다.

잠시 후 몇 명의 남자들이 오피스텔로 들어와서 문을 닫았다.

"캬, 죽이네."

남자들은 오피스텔을 보면서 실실 웃었다.

제법 넓은 방에 복층으로 되어 있어서 살기에 참 좋아 보였다.

"사…… 살려 주세요, 제발……."

"여기에 송정한 오지?"

"네?"

"와, 안 와, 이년아?"

"오…… 오빠는 오늘……."

"그래?"

오빠라는 말에 눈을 희번덕거리는 남자들.

"언제 온다고 했는데?"

"하…… 한 시간 뒤에요."

"한 시간?"

"네?"

"금방 오겠네. 야, 가서 준비해."

"형님, 시간 좀 있는데……."

힐끔 시계를 본 부하들의 시선이 여자에게로 향했다.

그 시선을 느낀 여자는 잔뜩 겁먹고 구석으로 몸을 감추려고 했다.

"일 처리하기 전에 문제 일으키지 마라. 나중에 시간 많다. 고작 한 시간 남았는데 누가 비명이라도 들으면 어쩔 건데?"

"아깝네요."

"걱정하지 마. 우리는 그 새끼 모가지만 따 가면 되니까."

그 후에 여자를 끌고 가서 느긋하게 즐겨도 되는 일이다. 어차피 둘 다 살려 둘 생각은 없으니까.

"일단 창문에 커튼 내려. 그리고 저 계집애 묶어 두고."

"아, 꼴리는데."

"아랫도리 잘못 돌리면 훅 간다."

"낄낄."

음담패설을 나누던 남자들 중 일부는 바깥으로 나갔고, 방에는 보스를 비롯한 다섯 명이 남았다.

"읍읍!"

여자는 처음에는 몸부림을 쳤지만 어쩔 수 없다는 사실을 알았는지 묶인 채로 힘없이 의자에 앉아 있었다.

"조금만 기다려. 풀어 줄 테니까."

보스는 키득거리면서 채널을 이리저리 돌렸다.

그렇게 얼마나 지났을까?

'찌잉' 하는 벨 소리가 들려왔다.

"어?"

"누구지?"

혹시나 해서 인터폰을 보니 밖에 와 있는 것은 다름 아닌 송정한이었다.

"아, 씨발. 벌써 온 거야?"

"아래가 뻐근했나 봅니다."

"거사 치렀으면 큰일 날 뻔했네."

낮게 말하는 사이 다시 한 번 '삐익' 하고 소리가 났다.

"어쩌죠?"

"야, 계집애는 화장실에 숨겨. 나머지는 복층으로 올라가."

다들 후다닥 움직였고, 그사이에 문의 비밀번호를 누르는지 '삑삑' 소리가 울렸다.

"아직 안 왔나?"

문을 열고 들어오는 남자.

그는 다름 아닌 송정한이었다.

"오늘 저녁에는 뭘 해 주려나?"

히죽거리면서 들어온 송정한.

그가 넥타이를 풀고 의자에 앉는 순간.

"여어."

보스는 모습을 드러냈다.

"헉! 넌 뭐야?"

"뭐긴, 네놈 저승사자지."

"뭐?"

"길게 말할 이유가 있을까? 서로 시간 끌 처지가 아닌데."

품에서 사시미를 꺼내는 보스.

"서, 설마?"

"입을 나불거리질 말았어야지."

"한중세가 보냈나?"

"그러니까 왜 입을 나불거려."

보스의 곁으로 모여드는 남자들.

그중 한 명은 마치 당장이라도 끌고 가려는 것처럼 여자를 꾹 잡고 있었다.

"빨리 처리하고 가야 우리도 안전하단 말이지. 간단하게 가자고, 아저씨. 우리에 대해 어떻게 알았어?"

아까와 다르게 보스의 눈에서는 광기가 번들거렸다.

"우리에 대해 어떻게 알았는지 그리고 어디까지 알았는지 다 말해 주면 고맙겠는데. 일찌감치 말하라고. 그러면 내가 쉽게 보내 줄게. 떠나는 길이 고통스러우면 슬프잖아?"

그냥 죽일까 하는 생각도 했다.

하지만 송정한이 그들의 정보를 가지고 있다는 사실은 확실하다.

그렇다면 그게 어디서 새어 나갔는지, 그리고 누가 그걸 흘렸는지 알아야 한다.

'다른 놈도 정보를 가진 거라면……'

그러면 송정한을 죽이는 것으로 끝나지 않는다.

그놈도 죽이고 증거를 회수해야 한다.

"곱게 가고 싶으면 어디까지 아는지 입 좀 털어 보라고."

서슬 퍼런 칼을 들고 히죽거리면서 다가오는 남자들.

"형님, 빨리하고 가죠."

"거참, 발정 났네. 그래도 중요한 정보는 알아내야지."

"그러면 위에서 재미 좀 보고 있어도 되겠습니까?"

"미친 새끼. 그래, 위에서 재미 좀 봐라."

"감사합니다, 보스."

보스는 그를 탓하지 않았다.

그 또한, 여자를 보고 있으면 아랫도리가 뻐근해졌으니까.

"자…… 잠깐! 한중세가 보낸 거 맞지?"

"곧 가실 분이 알아서 뭐 하려고? 뭐, 살려 주면 돈을 주겠다거나 원하는 건 다 주겠다는 건 개소리인 거 아니까 뻘짓하지 마시고."

히죽 웃는 보스.

하지만 송정한의 입에서 나온 말은 그의 예상을 뛰어넘었다.

"글쎄, 그랬다가는 한중세가 곤란해질 텐데?"

"뭐?"

"그 증거를 내가 쥐고 있다고 생각하나? 바보도 아니고, 내가 죽으면 그게 그대로 은폐되게 뒀을 것 같나? 내가 죽으면 그건 자동으로 경찰서로 갈 거다."

"어이구, 이런, 어쩌죠?"

보스는 눈을 반짝거렸다.

"내가 이 짓거리 하면서 그쪽 라인이 하나도 없겠어? 차라리 경찰에 신고했으면 이렇게 번거롭게 안 하지."

"뭐?"

송정한의 얼굴이 딱딱하게 굳었다.

"병신 같은 새끼들, 경찰에 가도 다 무마할 수 있으니까 여기까지 온 거지. 그리고 한중세가 어떻게 되든 우리는 알 바 아냐. 그 새끼랑 우리는 고객과 종업원 사이일 뿐이지. 그 거 덮는 건 그 새끼가 알아서 할 일이야. 우리는 잠시 잠수 타면 그만이고."

보스는 히죽 웃었다.

그런 걸 무서워한다면 이런 사업을 시작하지도 않았을 것 이다.

"그리고 내가 남을 괴롭히는 거에는 좀 경험이 있거든. 조 금만 기다리라고. 아는 걸 다 말할 수 있게 해 달라고, 내 다 리를 붙잡고 사정하게 될 거다."

주춤주춤 뒤로 물러나는 송정한.

하지만 이내 유리로 되어 있는 벽에 부딪혔다.

"크윽……."

"아까 보니까 여기 방음 참 좋더라. 그 덕분에 고문해도 바깥으로 아무런 소리도 안 나가겠어. 하긴, 이 계집애의 신 음이 끝내주면 그럴 수밖에 없겠지만."

히죽거리면서 칼을 드는 보스.

"서로 길게 이야기할 필요는 없는 것 같군."

당장이라도 달려들려고 하는 보스.

송정한은 고개를 끄덕거렸다.

"하긴, 그런 것 같네. 더 이상 물어볼 필요도 없겠어."

"뭐?"

자신감이 넘치는 그 모습에 보스가 뭔가 이상하다는 생각을 하는 그 순간, 송정한은 창문을 가리고 있던 커튼을 확 치웠다.

그들이 아까 가린 커튼이었다.

"어?"

하지만 아까 커튼을 칠 때는 보지 못한 게 있었다.

"곤돌라?"

청소용 곤돌라.

그게 창밖에 있었다.

사실 청소용 곤돌라는 문제가 아니다.

문제가 되는 것은, 그 위에서 총으로 이쪽을 겨누고 있는 경찰 특공대였다.

"이거 방탄은 아니니까 거기서 움직이면 대가리에 빵꾸 날 거야."

"이⋯⋯."

송정한의 말에 모든 사람들이 움직이지 못하고 얼어붙는 순간.

"으악!"

허공을 휙 날아가는 부하.

얼마나 세게 날아갔는지, 바닥에 패대기쳐진 남자는 신음도 내지 못하고 기절했다.

"뭐, 뭣?"

"죽기 싫으면 움직이지 마."

분명히 잡혀 있던 여자였다.

그런데 어느 틈엔가 그녀의 손에는 권총이 들려 있었다.

"제압한다는 생각은 말아. 그분, 여경격투기대회 우승자다."

멍하니 여자와 곤돌라를 바라보는 보스.

그리고 '삑삑' 소리와 함께 문이 열렸다.

"물론 그분을 제압한다고 해도 도망은 못 가겠지만요."

문이 열리고 안으로 들어오는 사람.

그는 다름 아닌 노형진이었다.

"곤돌라가 바깥에 있으니 어떻게든 복도로만 나가면 도망갈 수 있을 것 같았지요? 응, 아니에요."

노형진의 뒤에 있는 다른 경찰 특공대.

실제로 곤돌라가 바깥에 있기 때문에 그들이 안으로 들어오지 못할 거라는 생각에 여자를 인질로 잡아서 나갈까 생각하던 보스는 이를 갈았다.

"어떻게……?"

"뻔한 거 아닌가? 아, 그리고 바깥에서 기다리던 당신 부하는 이미 벌써 체포되었으니까 혹시나 하는 기대는 하지 말고."

뿌드득!

이를 가는 보스.

하지만 방법이 없었다.

그들은 13층에서 완전하게 포위당했다.

"항복하시지."

노형진은 씩 웃었다.

결국 그들에게는 손에 들린 사시미칼을 내려놓는 것 말고
는 선택지가 없었다.

⚖

노형진이 곤돌라에 태운 것은 경찰 특공대만이 아니었다.

그들의 말대로 경찰에 넘어가면 어떤 식으로든 무마시키
려고 압력이 들어갈 수밖에 없다는 걸 안다.

"하지만 그걸 국민들이 알게 되면 이야기는 달라지지."

창밖에 있던 손채림은 빙긋 미소 지었다.

"이건 그냥 아는 수준이 아닌 것 같은데."

인터넷을 통해 현장 상황을 아예 생중계해 버렸다.

사실 집 전체가 함정이었다.

당연히 그 안에는 작은 카메라들과 마이크가 감춰져 있었
고, 그걸 통해 그들의 범죄는 전국으로 생중계되었다.

"아주 그냥 전 세계가 뒤집어졌어."

"그럴 만하지."

범죄 생중계라는 게 계속되는 경우는 없다.

물론 가끔 그런 경우도 있지만 그건 외부에서 찍는 것이나 추격전 정도였지, 내부에서 그들의 행동 하나하나와 목소리까지 모조리 생중계된 것은 초유의 사태였다.

"인터넷에 축복이 있으라, 큭큭큭."

손채림은 웃으면서 시끄러운 컴퓨터 속 세상을 바라보았다.

─이거 실화냐?

─국민 등골 빼먹는다는 소리는 들어 봤지만 국민 장기를 빼다 먹는 건 처음 들어 봤네.

─와, 국민을 개돼지 취급하더니 진짜 개돼지만도 못하네.

─여러분, 대한민국은 실험실입니다. 우리는 실험용 쥐고요.

─내가 아는 형도 실종되었는데, 씨발.

끊임없이 갱신되는 댓글들.

경찰들이 이번 사건을 덮기에는 시중에 너무 많이 알려졌다.

당연히 갑자기 해외로 튀는 부자들이 급격하게 늘었다.

─씨바, 모 의원님께서 해외로 튀셨다며?

─우리 동네 건물주, 건물 급매로 내놓음 ㅋㅋ 근데 정작 본인은 안 보여.

ㅡ우리 회사 사장님을 찾습니다. 그제부터 출근 안 해요.

갑자기 사라진 부자들과 자칭 사회 지도층.
그 이유는 간단했다.
노형진 때문이었다.
"참 빠르다."
"그러게."
물론 납치범들은 아직 구매자들이 누군지 입을 열지 않았다.
그러나 못 잡았다면 모를까, 일단 잡은 이상 노형진을 속
일 수는 없었다.
노형진이 범인들의 기억을 읽어서 이름을 특정하고, 어디
서 얻었다는 식으로 증거를 제출했으니까.
그리고 명단이 경찰에 넘어가기가 무섭게 해외로 튄 것이다.
"새어 나갈 걸 알면서 왜 낸 거야?"
"그래야 박멸되니까."
"뭐?"
"수사를 시작하면 어떻게 될 것 같아?"
"글쎄."
"자기는 억울하다며 시간을 질질 끌겠지."
그리고 그사이에 재산을 정리하고 해외로 튈 것이다.
물론 경찰이 잡으려고 하겠지만, 그렇게 쉽게 될 리 없다.
그들의 힘은 아직 살아 있으니까.

"하지만 지금은 명단이 샜다는 걸 알고 해외로 튀었지. 그런데 만약 그 명단이 인터넷에 공개된다면 어떻게 되겠어?"

"어? 아하!"

결국 도둑이 제 발 저린 셈이다.

당연히 그들은 재산을 가지고 나가지 못한다.

동결될 테니까.

거기에다 그들은 한국으로 돌아올 수도 없다.

"그들의 재산이 있어야 피해자들에게 보상해 줄 수 있어."

"끄응……."

죽은 사람은 안타깝지만, 이제는 살아남은 유가족들을 챙겨야 하는 시점이다.

"이미 피해자들이 뭉치고 있어. 그들의 재산을 모조리 가압류할 거야."

그들은 이제 모든 걸 잃어버릴 것이다.

당장의 수사를 피해서 일단 해외로 도망갔지만, 그 대신에 방어할 기회를 잃어버렸다.

"도피를 목적으로 해외로 도망가면 영장 집행이 멈추지. 그러나 그들이 재산을 잃어버리면 힘도 잃어버리지. 거기에다 그들은 계속 면역억제제를 먹어야 해. 그건 쉽게 구할 수 있는 약이 아니야."

"그래서 현상금을 건 거야?"

"딩동댕."

노형진은 그들에게 현상금을 걸었다.

1인당 1억.

"현상금을 건 이상, 그들은 끊임없이 도망 다녀야 해."

미국 같은 경우는 현상금 사냥꾼이 실제로 존재한다.

설사 미국이 아니라고 해도 자신들에게 그들의 거소, 그러니까 있는 곳을 알려 주면 돈을 준다.

"당연히 그들은 도망 다닐 수밖에 없지."

카드도 쓸 수 없고, 현금은 부족하다.

약이 필요하지만 약은 구할 수 없다.

"도망가는 순간 고통이 시작되는 거지."

"무서운 놈."

"내가 설마 그놈들이 한국에서 느긋하게 특식 먹으면서 잠깐 살다 나오게 하겠어?"

노형진은 히죽 웃으며 말했다.

"물론 버티는 놈도 있지만."

노형진은 고개를 돌려서 커다란 문을 바라보았다.

버티는 사람도 있었다.

가령 한중세 같은 인간들.

"그래도 국회의원의 권력이 있다 이거지?"

"그래, 자기 딴에는 어떤 식으로든 덮을 수 있다고 생각하는 거지."

오늘 이곳에서 한중세는 기자회견을 자처했다.

물론 그가 할 말은 정해져 있지만.

"아마 언론이랑 이야기가 끝났겠지."

그는 억울함을 주장하고, 언론은 그 부분만 받아서 기사화할 것이다.

그렇지 않다면 한중세가 이렇게 당당하게 나올 리 없다.

"들어가자."

노형진이 문을 열고 들어갔을 때, 한중세는 열변을 토하고 있었다.

"이는 정치적 함정입니다! 우리는 그런 일에 대해 전혀 모릅니다! 그 명단이라는 것도 결국 볼펜으로 끄적거린 이름 몇 개뿐입니다! 그런데 그걸 믿고 저를 그런 후안무치한 살인자로 취급하다니요! 이는 저를 무고하고자 하는 일부 작전 세력의 행동입니다. 저희는 이에 대해 그냥 넘어가지 않겠습니다!"

예상대로였다.

그는 정치적 함정이라고 주장하면서 억울함을 토로했다.

'질문이 없구먼.'

그럼에도 불구하고 기자들은 아무 말도 없었다.

이미 입을 맞춰 둔 기자들만 왔다는 소리다.

"그러면 증거를 보여 주세요!"

노형진은 피식 웃으면서 먼저 큰 소리로 외쳤다.

질문하는 사람이 없었기 때문에 당연히 시선은 노형진에

게로 향했다.

"증거? 무슨 증거요! 안 한 걸 어떻게 증명하란 말입니까! 그런데 당신은 누굽니까?"

"저는 피해자들의 변호인입니다."

한중세의 눈에서 불이 확 켜졌다.

노형진. 그가 이번 일의 주범(?)이라는 것을 알고 있기 때문이다.

"도대체 누구의 사주를 받고 이런 일을 벌였는지는 모르지만, 그 벌을 받을 겁니다."

"음…… 그건 제가 알아서 할 일이고요."

노형진은 주변을 바라보았다.

기자들의 눈에 흥미의 빛이 떠오른 것이 보였다.

'그래서 네가 사건을 무마하기 위해 여기서 떠들겠지.'

하지만 노형진이 그걸 뒤덮는 건 어렵지 않았다.

"증명을 해 주시면 됩니다."

"증명? 무슨 증명? 증명은 이 일을 벌인 사람들이 해야 하는 거 아닌가요?"

"그래요?"

노형진은 손채림에게 손을 내밀었다.

손채림이 들고 있던 커다란 가방 두 개를 건넸다.

노형진은 그걸 테이블 위에 탁 올려놓았다.

"그건 뭡니까?"

"10억입니다."

"10억?"

"네."

순간 어리둥절한 표정이 되는 한중세.

다들 그 돈의 의미를 이해하지 못했다.

"이번 사건은 송정한 후보가 저지른 일이지요."

노형진은 눈을 빛냈고, 한중세는 똥 씹은 얼굴이 되었다.

'이럴 줄은 몰랐겠지.'

그가 이런 기자회견을 할 거라는 건 노형진도 예상했다.

그러니 그걸 이용해서 송정한의 이미지 작업 및 선거운동을 하는 게 노형진의 계획이었다.

"그래서요?"

"후보의 전언입니다. 만일 억울하다는 증명을 하시면, 송정한 후보는 지역구 의원 후보에서 사퇴하고 이 10억을 사죄금으로 드릴 것입니다. 또한 한중세 씨의 선거 자금 전부를 지원할 뿐만 아니라, 선거기간 중에 필요한 자금 전부를 제공하겠다고 하셨습니다."

"헉!"

"진짜야?"

그러려면 아무리 못해도 30억 이상은 들 수밖에 없다.

일개 후보가 그런 도박을 하다니.

"단! 조건이 있습니다."

"조건?"

"아까 증거가 없다고 하셨지요?"

"당연하지 않습니까? 증거라는 게 고작 누군지도 모를 이가 볼펜으로 끄적거린 종이 몇 장이라니! 이런 말도 안 되는 정치 공작이 있습니까!"

"그래서 증명하고자 합니다."

증거가 없다?

증거가 없을 리 없다.

하지만 그 증거들을, 한중세는 무마할 수 있다고 생각하는 것이다.

아직 경찰 권력은 자신과 당에게 있으니까.

그리고 당에서는 그걸 그냥 넘길 수 없을 테니까.

하지만 그들이 절대 뒤집지도, 없앨 수도 없는 증거가 저들에게 있다.

그리고 그들은 그걸 버리지도 못한다.

"그러면 방법은 간단합니다. 저희가 지정한 병원에서, 아드님인 한조만 씨의 간에 유전자 검사를 해 주십시오."

한중세의 얼굴이 딱딱하게 굳었다.

"간단한 겁니다. 요즘 유전자 검사는 사흘이면 됩니다. 몇 곳을 지정해서 유전자 검사를 하면 되죠."

"그, 그……."

"만일 의원님 말씀대로 억울하시다면, 간의 유전자와 한조만 씨와의 유전자가 같겠지요. 그리고 억울하지 않다면, 실종자 중 한 명과 유전자 검사 결과가 겹치지 않겠습니까?"

아무 말 못 하고 굳어 있는 한중세.

"저희가 요구하는 것은 딱 하나입니다. 저희가 지정한 병원에서 유전자 검사를 하는 것."

아무리 한중세가 권력이 강해도, 당연히 그런 곳에까지 입김이 닿지는 못한다.

애초에 그런 곳은 노형진의 입김이 더 강한 곳일 것이 뻔했다.

"그걸 조작하면 어쩌려고요? 왜 당신들이 주장하는 곳에서 해야 합니까?"

"그러니까 여러 곳에서 하자는 겁니다. 저희가 선택한 두 곳과 한중세 의원님이 지정한 두 곳, 그리고 완전 랜덤하게 선택한 두 곳."

노형진은 말을 하면서 히죽 웃었다.

이건 철저하게 한중세에게 불리한 싸움이다.

어느 한 곳이라도 다른 곳과 다르게 나오면 의혹이 일파만파 퍼질 테고, 그때는 법원과 국회까지 나서서 절대적으로 투명하게 재검사할 수밖에 없다.

"아니면, 검사해서는 안 되는 무슨 이유라도 있나요?"

한중세는 이를 빠드득 갈았다.

"기자회견은 여기까지 하겠습니다!"

"어…… 잠깐만요, 의원님!"

"의원님!"

"한 말씀만 해 주세요!"

기자들이 순식간에 돌변했다.

노형진이 걸어온 싸움으로, 누가 승리자인지 확실하게 안 것이다.

그 후에 기자들이 취할 방향은 하나뿐이었다.

"검사를 거부하시는 건가요?"

"검사를 하지 못할 이유가 있습니까?"

달라붙는 기자들을 밀치고 나가는 한중세.

그런 그를 보면서 노형진은 씩 웃었다.

⚖

"결국 해외로 튀었군."

"그럴 거라 생각했습니다."

경찰은 도주할 줄은 몰랐다는 말로 변명했지만, 관련자들이 해외로 튄 지 벌써 며칠이나 되었기 때문에 말 그대로 변명일 뿐이었다.

"쯧쯧, 이제는 끝이라는 걸 모르는 걸까?"

"알고 싶지 않은 거죠."

그냥 해외에서 조용히 있다 보면 언젠가는 다들 잊을 거라 생각하는 걸까?

그럴지도 몰랐다.

물론 그 시간이 지나면, 그에게는 그걸 무마할 힘도 더 이상 없겠지만.

"덕분에 선거 비용 아꼈다고 해야 하나."

송정한은 머쓱하게 웃었다.

노형진이 기자회견장에서 송정한의 이름으로 배상금을 걸자 자연스럽게 송정한의 이름이 기사로 나갔다.

안 그래도 몸소 미끼가 되어 희대의 사건을 밝혀내서 이미지가 좋아진 송정한은, 계속되는 기사로 압도적인 지지율을 기록하고 있었다.

"거참, 한 건 별거 없는데 이 정도 지지율이라니. 누가 보면 사전 선거운동이라도 한 줄 알겠군."

"우리는 사전 선거운동 한 적 없는데요?"

"알고 있네. 하지만 지지율이……."

누가 봐도 싸움이 안 되는 상황이다.

"이게 정상입니다."

"정상?"

"선거 때 가서 어묵 먹고 악수 좀 하고 올라가는 지지율은 지지율이 아니죠. 그건 방송 쇼 프로그램의 시청률이나 마찬가지입니다."

"음……."

"정상적으로 제대로 일해서 올라가는 게 진짜 지지율이지요."

"그건 그렇지."

"그러니까 부담 없이 즐기세요."

송정한은 씩 웃었다.

"그러면, 선거 자금이 굳었으니 소고기나 먹으러 갈까?"

"좋지요, 후후후."

남이 사 주는 거라면 노형진은 언제나 환영이었다.

골든 타임

"동생 좀 살려 주세요!"

변호사 사무실로 들어와서 다짜고짜 소리를 지르는 아이.

당연히 모두의 시선이 아이에게 쏠렸다.

"그게 무슨 말이니?"

"제발, 제 동생 좀 살려 주세요."

"저기, 무슨 일인지 모르겠는데 우선 경찰을 부르는 게 좋지 않을까?"

"경찰도 방법이 없대요! 제발요, 아저씨! 제 동생 좀 살려 주세요!"

여자아이가 울며불며 매달려 오자 직원은 당황했다.

다짜고짜 매달려서 동생을 살려 달라고 하면 무슨 말을 할 수 있단 말인가.

"얘야, 일단 진정하고 차근차근 말해 봐."

"동생이 아픈데…… 수술해야 하는데, 수술하면 죽는대요."

"응?"

"간호사 언니가 그랬어요. 수술하면 죽는대요. 그런데 막을 수가 없다고."

"그러면 수술을 안 하면 되잖니?"

"수술을 안 해도 죽어요."

기껏해야 초등학교 6학년쯤 되어 보이는 여자아이였다.

그런 아이가 매달려서 횡설수설해 대고 있으니, 어른 입장에서는 도무지 이해할 수가 없었다.

"내 동생 좀 살려 주세요. 네, 아저씨? 엉엉엉."

서러움이 복받치는 건지 아예 대성통곡을 하는 아이를 다들 당혹스러운 표정으로 바라봤다.

"여기는 변호사 사무실이야. 그건 병원에 해야 하는 건데……."

수술이라고 하니 당연히 병원에 가야 한다.

다들 그렇게 생각하고 있다.

하지만 문제가 있다.

"병원에서 수술하면 죽는다고 했어요…… 엉엉엉."

"저기, 아이야. 여기는 어떻게 온 거니?"

"간호사 언니가 여기로 가라고 했어요. 간호사 언니가 이거 주면서, 가라고…….."

　그제야 사람들은 그 아이의 손에 꼭 쥐여 있는 종이를 볼
수 있었다.

　"음…….."

　뭔지 모르지만 아마도 그 간호사가 이곳에 대해 어느 정도
알고 있어서 다급하게 보낸 모양이었다.

　자신은 근무 중이니까 어찌 움직이지 못하고 말이다.

　'도대체 왜?'

　뒤에 있던 노형진은 고개를 갸웃했다.

　얼마나 다급하기에 아이를 다짜고짜 여기로 보낸 것일까?

　아니, 애초에 수술하면 죽는데 왜 수술을 한다는 걸까?

　수술 자체가 사람을 살리기 위한 행동인데 말이다.

　"이해가 안 가는데. 저기, 그 종이 줘 볼래?"

　결국 그 종이를 봐야 할 것 같았기 때문에 노형진이 나섰다.

　그러자 아이는 다급하게 종이를 건넸다.

　'역시나.'

　아이가 제대로 설명하지 못하는 게 당연한 일.

　거기에는 전화번호가 적혀 있었다.

　노형진은 바로 그 번호로 전화를 걸었다.

　―여보세요.

　"여기 법무 법인 새론입니다. 아이를 보내면서 전화번호
를 주셨던데."

-아이가 들어갔어요? 잘 들어갔어요? 다행이네요! 지금 급한데!

　간호사는 뭐가 그리 급한지 목소리가 높아졌다.

　"진정하시고요. 무슨 일인데요?"

　-아이가 곧 심장병 수술 들어가요. 두 시간 뒤가 수술 시간인데, 이 미친놈들이 무혈 수술을 한대요!

　"그게 무슨 말씀이신지?"

　아이가 심장병 수술을 한다는 건 알겠는데 무혈 수술?

　그건 또 뭐란 말인가?

　"이해가 안 가는데요."

　-제가 다급해서 그래요. 제가 막을 수 있는 방법이 없어서 그러는데요, 어떻게든 해 주세요!

　"아니, 뭐라고 설명을 좀 해 주셔야······."

　-신의증언 교도들이에요!

　"신의증언?"

　-네! 어서 빨리요!

　그리고 전화가 끊어졌다.

　노형진이 다시 전화를 걸었지만 상대방은 전화를 받지 않았다.

　"이게 뭔 소리야? 신의증언이라는 게 뭔데?"

　당혹스러워서 이해하지 못하는 노형진.

　"동생 좀 살려 주세요, 엉엉엉."

이것이 법이다

여전히 울면서 매달리는 아이.

그리고 두 시간 뒤가 수술인데, 막아야 한다는 간호사의 주장까지.

이건 도무지 이해가 가지 않았다.

"알 만한 사람이 있잖아."

다들 어리둥절한 상황에서, 손채림이 적절한 해결책을 꺼냈다.

"누구?"

"보아하니 무슨 의료 쪽 일 같은데, 임진기 변호사에게 물어보는 게 좋지 않겠어?"

"아!"

계열사인 법무 법인 하늘의 대표 임진기는 과거에 의사였다.

의료 쪽 정보라면 그가 제일 잘 알 수밖에 없다.

노형진은 일단 우는 아이를 손채림에게 넘겨주고 다급하게 그에게 전화를 걸었다.

-아이고, 노 변호사님! 반갑습니다. 잘 지내시죠?

"네, 잘 지냅니다만, 지금 상황이 좀 급해서요."

-무슨 상황인데요?

"아니, 아이가 왔는데 너무 횡설수설해서요. 동생이 수술을 하는데, 수술을 하면 죽는다고 하고, 신의증언 신도라는 소리도 하고요."

-네? 무슨 말씀이신지?

노형진은 최대한 간략하게 상황을 설명했다.

이야기를 들은 임진기는 나지막하게 욕설을 내뱉었다.

─미친 새끼들. 아이가 몇 살입니까?

"동생이 몇 살이니?"

"한 살요, 엉엉."

울면서 답하는 아이.

노형진이 아이의 말을 전해 주자 임진기의 목소리가 다급해졌다.

─어서 그 수술을 막아야 합니다!

"급한 겁니까?"

─급한 겁니다! 어서 움직이세요! 아니면 아이가 죽습니다!

"아니, 이해가 안 가서 그러는데…….."

─신의증언이라는 단체는 수혈을 거부합니다.

"그런데요?"

─〈베니스의상인〉에 나온 재판 이야기 아시죠? 피도 안 보고 어떻게 수술을 합니까?

결국 수술이라는 것은 기본적으로 피를 볼 수밖에 없는 행위다.

그것도 심장병 수술이라면…….

─무혈 수술이든 뭐든, 최소한의 출혈은 못 막습니다. 정말 피를 안 봐서 무혈 수술이라고 부르는 게 아니니까요.

"그런데요?"

-아무리 무혈 수술을 해도 100밀리리터 정도의 피는 납니다. 어른이라면 문제가 안 되죠. 헌혈을 해도 그것보다는 많이 나가니까. 하지만 아이잖습니까! 한 살이면 돌도 안 된 신생아인데, 그때는 체내의 피가 고작 400~500밀리리터 정도밖에 안 됩니다.

노형진의 얼굴이 창백해졌다.

비중으로 따지면 4분의 1이다.

어른이라고 해도 피의 4분의 1이 사라지면 죽을 가능성이 크다.

-당장 막아야 합니다.

"아니, 그 미친 새끼들은 뭐 그딴 수술을!"

노형진은 다급하게 뛰어나가면서 통화를 이어 갔다.

-그쪽 신도들 아주 골이 아파요. 죽을 맛입니다.

"무혈 수술이 성공할 가능성은 없나요?"

-무혈 수술이 실패할 확률이 95%입니다. 그것도 성인을 기준으로 해도요!

물론 실패한다고 해도 바로 죽지는 않는다.

바로 수혈하면 되니까.

-그런데 신의증언은 남의 피를 건드리지 말라는 규칙이 있어요.

그러니까 수혈을 절대 인정하지 않는다.

따라서 애는 죽을 수밖에 없다.

"의사가 잘할 가능성은요?"

-제정신인 의사가 그런 수술을 인정하겠습니까? 아마 그 걸 받아들인 의사도 신의증언 신도일 겁니다. 그런데 그게 문제입니다.

"그게 문제라뇨? 그쪽 신도라고 해서 실력이 없는 건 아니 잖습니까?"

-대가리는 그렇겠지요. 하지만 수술은 임상입니다. 결국 제대로 해 봐야 실력이 늘어납니다. 그런데 그 애들이 남의 피로 수혈하는 것을 극도로 꺼리는데 제대로 된 수술을 경험 한 적이 있겠습니까? 그 애들이 수혈 거부하는 건 아예 남한 테도 해 주지 말라는 소리예요!

"아!"

임상의라면 당연히 수술해서 실력을 쌓아 올려야 한다.

그런데 대부분의 수술은 수혈을 동반하니, 당연히 신의증 언 신도인 의사는 거기에 참석하지 않는다.

즉, 실력이 부족한 정도가 아니라 아예 바닥이 될 수밖에 없다는 소리다.

-저도 이런 사례를 여러 번 봤습니다만, 아이가 살아난 건 단 한 번도 못 봤습니다. 이건 대놓고 아이를 죽이겠다는 겁니다.

"이런 미친 새끼들!"

노형진의 욕설에 손채림은 가속페달을 더욱 강하게 밟았다.

한시가 급해졌다는 걸 안 것이다.

"죽을 걸 알면서 왜 수술을 하는 겁니까!"

―처벌받지 않으니까요!

의사는 부모의 의견을 따라 한 거라 처벌을 받지 않는다는 판례가 있다.

물론 부모는 유기 치사가 인정되겠지만…….

―그 새끼들은 그런 거 무서워하지 않습니다. 도리어 자랑스러워해요!

신념을 지키다가 감옥에 가는 것.

그걸 자랑스러워하는 집단.

그러니 아이를 죽이는 길임에도 당당하게 걸어가는 것이다.

하지만 새론으로 찾아온 아이는 그저 동생이 죽을까 봐 공포로 벌벌 떨고 있었다.

―제가 일단 그곳으로 가겠습니다. 아, 망할 새끼들!

전화가 끊어지고, 옆에서 듣고 있던 손채림은 마음이 더욱 다급해졌다.

"아니, 이건 대놓고 살인 아냐?"

"그래야 정상이지."

하지만 임진기의 말마따나 의사는 처벌을 받지 않고 부모들은 유기 치사가 적용된다.

그런데 이번에는 아예 유기를 한 것도 아니고 일단은 수술을 했으니, 기껏해야 1년 정도 나올 것이다.

거기에다 이야기를 들어 보니 어차피 아이는 심장병 때문에 죽을 수밖에 없는 상황.

"염병!"

노형진은 시계를 바라보았다.

"방향 돌려!"

"뭐?"

"젠장, 병원에서도 막을 수가 없잖아."

아이의 말이 이해가 갔다.

병원에서는 이런 경우 부모의 말이 우선이다.

법적으로 보호자니까.

가서 수술하지 말라고 해도, 그들이 무시하면 어떻게 할수가 없다.

"그러면 어디로 가? 어어? 방법이 없어?"

손채림은 힐끔 시계를 보고 더 다급해졌다.

수술 시간이 촉박하게 다가온다.

그러나 간호사가 그걸 막을 수는 없다.

그녀로서는 아이를 보낸 것이 최선의 저항이었던 것이다.

"경찰서 가자!"

"경찰서?"

"어."

"아니, 방법이 없다며?"

"부모라면 막을 수 없지. 하지만 의사라면 막을 수 있어!"

노형진은 다급하게 경찰서로 향했다.

물론 신고를 해도 된다.

하지만 신고한다고 해도 결국 출동한 경찰들은 수술을 막지 않는다.

아니, 막지 못한다.

그들로서는 어느 게 맞는지 모르니까 섣불리 움직이지 않을 것이다.

"장 형사님!"

노형진은 급격하게 방향을 트는 차량에서 손잡이에 매달리며 전화를 걸었다.

─노 변호사님, 어쩐 일이십니까?

장근혁 형사.

강력계 소속으로, 그가 초임이던 시절 노형진이 경찰서에 들락날락하면서 알게 되었다.

"급한 사정이 있어서요! 지금 경찰서에 계십니까?"

─그런데요.

"지금 상황이 급해서 그러는데, 사람 하나만 긴급체포 해 주세요! 가능하시겠습니까?"

─아니, 노 변호사님, 그게 무슨 말씀이십니까? 그게 얼마나 위험한데요. 요즘 그런 시대 아닙니다.

남의 청탁을 받고 엉뚱한 사람을 긴급체포 한다?

그게 바깥으로 새어 나가면 그의 형사 생활도 끝이다.

당연히 장근혁 형사는 곤란해할 수밖에 없었다.

"청탁이 아닙니다! 실제 사건입니다!"

ㅡ실제 사건요?

"네, 당장 나올 준비 하세요! 거의 다 와 갑니다!"

ㅡ아니, 사정을 알아야⋯⋯.

"가면서 알려 드릴게요! 가면서! 으아아아!"

차가 휙 방향을 바꾸자 노형진의 입에서 절로 비명이 터져 나왔다.

카메라고 신호고 다 무시하고 내달리는 손채림.

"면허 취소당하겠다!"

아슬아슬하게 차 끝을 스치고 지나가는 다른 차들.

사방에서 빵빵거리는 경적이 울리고 있었다.

끼이익!

거친 파열음과 함께 멈추는 차량.

"도착!"

그 말이 끝나기 무섭게 덩치 큰 남자가 뒷좌석에 올라탔다.

"도대체 무슨 일입니까?"

"벨트 매세요."

"아니, 무슨 일인데⋯⋯ 으아아아!"

벨트도 매기 전에 급가속하는 손채림의 행동에 기겁하는 그였지만, 일단 상황이 급한 듯해서 흔들리는 와중에도 벨트를 매면서 물었다.

"상황이 뭔데 이렇게 서두릅니까?"

"신생아 수술에 관한 일입니다."

"그게 무슨 말인가요?"

"신의증언이라는 곳 아십니까?"

노형진은 사건을 설명해 줬고, 장근혁은 어이가 없다는 표정이 되었다.

"그게 사실입니까? 100% 죽어요?"

"네, 전직 의사가 해 준 말입니다."

"그런데 수술을 한다고요?"

"법의 허점입니다."

누가 봐도 명백하게 살인이다.

하지만 의사니까, 의료 행위고 부모가 허락했으니까 그건 무죄가 된다.

부모는 일단 아이를 살리기 위해 수술을 시도했다.

그건 살리기 위한 수술이지 죽이기 위한 수술이 아니다.

그런 만큼 살인죄가 안 된다.

"중요한 건, 그들이 살인미수가 되더라도 멈출 생각이 없다는 겁니다."

"끄응……."

장근혁의 얼굴이 창백해졌다.

거칠게 모는 차가 무서워서?

아니다.

"이거 무슨 일이 벌어질지 아시죠?"

"뒷수습이 무서워서 사람 못 구하면 변호사 때려치워야지요."

특정 종교에 대한 도전이다.

소수의 종교일수록 그들은 더욱 공격적으로 변한다.

당연히 이 일을 종교 탄압으로 몰아가면서 일을 크게 키울 것이다.

"아, 진짜…… . 서장이 또 지랄할 텐데."

법적인 문제를 떠나서 종교적 문제가 들어가면 정치권에서는 부담스러워한다.

"꼬우면 때려치우고 오세요."

"끄응, 하지만 아까 그 인간들이 법적인 한계를 이용하는 거라고 하셨잖습니까? 가도 못 막는 거 아닙니까?"

이미 판례가 존재하니 소송을 해도 먹힐 리 없다.

더군다나 아직은 수술을 하기 전이다.

그러니 막을 수가 없다.

"부모는 못 막지만 의사는 막을 수 있습니다."

"어떻게요?"

"아까 살인미수라고 말씀드렸잖습니까?"

"살인미수? 아!"

살인미수.

상대방을 죽일 목적으로 행동하였으나 그 행동이 결과를 도출하지 못한 상태.

그러니까 살인에 실패했을 때의 이야기다.

"그리고 이 경우 살인미수로 볼 가능성이 충분합니다."

임진기의 말에 따르면 그는 수술 경험이 거의 없을 테고, 당연히 실패 확률은 100%라고 했다.

그리고 의사는 그 가능성을 알고도 수술에 들어가기로 했다.

"하지만 그 확률이라는 게 애매한 것 아닙니…… 끄아아악!"

한 대의 트럭이 차를 스치고 지나갔다.

그리고 그들의 뒤로 '빠앙!' 하고 경적이 울려 퍼졌다.

"애매하기는 하지요."

그가 실력이 없다고 해도 100%는 아니다.

다만 100%에 한없이 가까워질 뿐.

의료 행위란 그런 것이다.

"하지만 그건 판례가 없죠."

"판례가 없다?"

"네, 저들은 판례가 있으니까 그걸 들이밀고 있는 겁니다."

하지만 그 판례는 수술로 아이가 사망한 사건에 대한 거다.

사망에 이를 수 있다는 것을 알면서도 수술에 들어가는 초반에 대해서는?

판례가 없다.

그게 수술이 될지 아니면 살인이 될지에 대한 근거도 없고 말이다.

"저들이 법의 허점을 이용한다면 우리도 법의 허점을 이용합니다."

"좋은 생각이네요. 우리가 살아서 도착한다면요."

장근혁은 말을 하면서 다시 한 번 손잡이를 꽉 잡았다.

다행히 손채림은 딱지는 무지막지하게 뗐을지언정 사고는
내지 않고 병원에 도착했다.

"어딥니까!"

노형진이 차에서 내리는 순간 기다리고 있던 여자가 튀어
나왔다.

노형진은 그녀가 누군지 바로 알아차렸다.

얼마 전 있었던 태움 사건에서 도움을 받은 여자였다.

"501호 수술실이에요! 어서요!"

다급하게 달려가던 노형진.

그는 엘리베이터에서 내리다가 순간 뒤이어 내리려는 사
람들을 막았다.

"아니, 왜 그러세요!"

"의사가 아직 수술실에 안 들어갔네요."

"그런데요? 지금 수술하면 죽어요!"

다른 사람도 아니고 간호사는 누구보다 잘 알고 있었다.

"잠시만요! 기다리세요!"

"아니, 왜요!"

다급하게 움직이려고 하는 사람들.

노형진은 엘리베이터 앞에서 그들을 끌고 나와 의사의 시
야에서 벗어났다.

"살인의 착수 때문이죠."

"살인의 착수라뇨?"

"살인미수로 체포하려면 상대방이 계획을 확실하게 짜거나 살인의 착수에 들어가야 합니다."

물론 계획은 확실하게 짜 놨다.

문제는 그게 수술 계획이라는 것.

"확실하게 잡으려면 그가 살인에 착수해야 합니다."

"그게 언제인데요!"

"수술실에 들어갔을 때요."

노형진은 그들에게 말했다.

잠시 후 수술실로 의사가 들어가는 게 보였다.

그걸 본 노형진은 눈을 찌푸렸다.

'죽이려고 작정했군.'

긴장감 때문일까?

의사의 손은 사정없이 떨리고 있었다.

심장병 수술을 할 사람의 손이 저렇게 떨리고 있다니.

일반인이라도 죽을 만했다.

"혹시 저 의사도 신의증언 신도인가요?"

"네, 어떻게 아셨어요?"

간호사의 말에 노형진은 눈을 찌푸렸다.

임진기의 말이 맞았다.

그렇다면 의사의 실력은 안 봐도 뻔하다는 소리.

"잠시만요. 아직 아닙니다. 이제 곧…….."

노형진은 시계를 보다가 고개를 끄덕거렸다.

"갑시다!"

안으로 우르르 몰려가는 사람들.

다른 간호사들이 그들을 막으려고 했지만, 경찰이 신분증을 들이밀자 막을 수가 없었다.

"뭐예요! 나가요!"

"경찰입니다."

장근혁은 그 큰 덩치로 간호사들을 밀고 수술실로 들어갔다.

막 메스를 들려던 의사는 갑자기 몰려들어 온 사람들을 보고 당황했다.

"뭐야, 당신들! 당장 나가!"

수술 모자와 마스크 사이로 드러난 눈에서 불꽃이 튀었다.

하지만 그도 잠시뿐이었다.

"의사 양반, 당신을 살인미수 현행범으로 긴급체포 합니다."

"뭐?"

의사는 현실을 인지하지 못하고 어리둥절했다.

살인미수의 현행범이라니.

"아이에 대한 살인미수 현행범입니다. 에…… 이름은 모르겠지만 조사하면 다 나오겠지요."

"뭐라는 거야! 당장 안 나가! 지금 수술해야 한다고!"

버럭 화를 내는 의사.

노형진은 그를 보면서 씩 웃었다.

'내가 왜 지금 들어왔는데.'

사실 체포만 하려고 했다면 아까 입구에서 해도 된다.

살인의 계획을 세운 건 맞으니까.

그럼에도 불구하고 지금까지 기다려서 들어온 이유.

그 이유를, 노형진은 바로 보여 줬다.

"캬아아악! 퉤!"

"으악!"

"더러워!"

"뭐 하는 짓거리야!"

당황해서 눈을 크게 뜨는 의사.

노형진은 그런 의사를 보면서 웃었다.

"살인미수를 막고 있는 중입니다."

"뭐?"

"지금 이 수술실은 오염되었지요. 당연히 모든 수술을 멈추고 청소하고 모든 기자재를 소독해야 합니다. 당연히 수술을 진행할 수 없지요."

"뭐? 뭐 이런 새끼가 다 있어?"

"물론 당신이 마음대로 대충 처리하고 수술을 진행할 수도 있겠지요. 하지만 그건 당신의 살인미수 행위의 또 다른 증거가 될 겁니다. 어차피 죽일 거, 오염 따위는 신경 쓰지 않아도 된다, 그런 식으로 말이지요."

"너, 너⋯⋯."

입을 쩍 벌리는 의사.

그리고 주변에서 들리는 목소리.

"퉤퉤퉤!"

나름 침을 뱉으려고 노력하는 손채림.

그리고⋯⋯.

"크르륵."

"어어어?"

아예 작정했는지 콧물까지 들이켜 모은 장근혁.

"캬아악! 퉤!"

"으악!"

왕건이를 보고 수술실 사람들은 기겁했고, 장근혁은 씩 웃었다.

"완벽하게 오염되었네요."

"너⋯⋯ 이 새끼들."

분노로 부들부들 떠는 의사.

하지만 장근혁은 그 말을 깔끔하게 무시했다.

대신에 품에서 수갑을 꺼내 들었다.

"의사 양반, 살인미수의 현행범으로 체포합니다. 당신은 변호사를 선임할 권리가 있으며 묵비권을 행사할 수 있고⋯⋯."

다른 사람들이 얼어붙은 사이, 장근혁은 그를 끌고 바깥으로 나갔다.

"뭐야! 놔! 이거 놔! 안 놔? 너 내가 누군지 알아?"

"에이, 세상의 어떤 경찰이 살인미수범 말을 들어? 그리고 아니까 현장에 체포하러 왔지."

장근혁은 다른 사람들이 볼 수 있게 의사의 두 손목에 곱게 채워진 수갑을 대놓고 드러내며 걸어갔다.

"이게 무슨 일이야?"

"아니, 이게 뭔 일이래?"

갑작스러운 상황에 환자, 간호사, 의사 할 거 없이 나와서 구경을 하기 시작했다.

이윽고 병원장이 무서운 속도로 달려 나왔다.

"이게 무슨 일입니까?"

"살인미수 현행범입니다."

"살인미수 현행범?"

의사들의 얼굴이 딱딱해졌다.

그건 전혀 예상하지 못한 말이었기 때문이다.

"이게 무슨 말이야, 김 닥터!"

"아니, 살인미수 현행범이라니요! 원장님, 전 억울합니다. 전 수술을 하려고 한 것뿐입니다."

그는 다급하게 변명을 했다.

하지만 노형진이 뒤에서 그런 그의 말을 확실하게 잘라 버렸다.

"수술이 실패할 것을 예상하고, 그 결과 환자가 사망할 수밖에 없다는 걸 알면서도 수술을 집도하려고 했습니다. 사망률 100%의 수술. 그건 수술이 아니라 살인이지요."

"그게 무슨……."

원장은 이해하지 못한다는 표정이 되었다.

원장이 병원 내 모든 수술에 대해 이야기를 다 듣는 건 아니니까.

"신생아에게 심장병 무혈 수술을 하려고 했더군요."

"네? 어째서요?"

"종교적 이유랍니다."

원장의 얼굴이 시뻘겋게 변했다.

그리고 왜인지, 갑자기 부들부들 떨었다.

그는 붉게 물든 눈으로 의사를 노려보았다.

"누가? 네가?"

어느샌가 김 닥터라는 말은 '너'라는 말로 격하되었다.

"이 새끼가 미쳤나?"

"그게 가능하다고?"

"저런 미친 새끼를 봤나!"

이곳에는 수많은 의사들이 있다.

그들은 그보다 훨씬 경험도 많은 사람들이지만, 신생아에 대한 무혈 수술을 성공한 적이 없다.

그런데 임상 경험도 별로 없는 그가 시도한다고?

"가시죠."

"원장님! 전 억울합니다! 전 부모들의 동의를 받았다고요!"

다급하게 주장하는 김 닥터.

물론 이빨도 안 먹히는 주장이었다.

"그건 어디까지나 일반적인 수술을 기준으로 한 거고요."

그가 주장하는 사건의 판례는 그거다.

수술을 해야 하는 상황에서 부모가 무혈 수술을 요구했다.

의사는 거부했지만 부모는 끝까지 우겼고, 내버려 두면 죽을 수밖에 없는 상황에서 의사는 그들의 말을 거부할 수가 없었다.

의사는 수술을 진행했고 아이는 죽었다.

지금과 비슷하다.

"하지만 그때는 지금과 상황이 다르죠."

그때는 수술 후에 부모가 의사에게 책임을 묻는다고 고소한 거고, 지금은 동의만 한 거다.

그 당시의 의사는 신의증언 신도도 아니었고 살리기 위해 아이에게 수혈을 강행하려다가 실패했지만, 이번에는 아예 수혈 준비 자체도 하지 않았다.

그리고 그 의사는 임상 경험이 많아 살릴 수 있는 기회가 있었지만, 그는 아니었다.

"여러모로 다르지요."

"다르긴 뭐가 달라!"

김 닥터는 항변했지만 원장의 뺨은 분노로 부들부들 떨리고 있었다.

'짝' 소리와 함께 돌아가는 김 닥터의 얼굴.

"원장님?"

"이런 미친 새끼! 누구를 죽이려고!"

원장도 그 사건을 안다.

결정적으로 그 사건의 아이는 열 살 정도라, 진짜 무혈 수술이 성공한다면 극적으로 살아날 가능성이 있었다.

더군다나 그 수술은 심장병 수술도 아니었다.

하지만 신생아에 대한 무혈 수술?

그것도 심장병 수술?

"이 개새끼야! 그게 가능하면 우리가 구경만 하겠냐!"

아직까지 여기의 누구도 성공하지 못한 사례다.

그런데 경험도 없는 녀석이 나선다.

"이런 미친 새끼!"

의사들도 기겁했다.

수술의 천재가 나타나서 아이를 살린다?

그건 어디까지나 소설이나 만화 속의 이야기다.

현실에서는 경험 없이 수술을 성공할 수는 없다.

더군다나 무혈 수술 같은 수술은 더더욱.

"워…… 원장님?"

당황해서 부들부들 떠는 김 닥터와 몸을 돌리는 의사들.

"끌고 가세요."

"원장님! 전 의료 행위를 한 겁니다!"

"그건 의료 행위가 아니라 살인이야!"

원장의 말 한마디에 좌중은 조용해졌다.

"가시죠."

장근혁은 김 닥터의 손을 당겨서 반짝이는 수갑이 잘 보이게 끌고 나갔다.

생각지도 못한 상황에 김 닥터는 저항도 하지 못했다.

"꼭 이렇게 해야 해?"

손채림은 끌려 나가는 김 닥터를 보면서 물었다.

"뭐가?"

"아니, 보통은 조용히 나가는 걸 권하지 않아?"

"누구 좋으라고?"

노형진은 코웃음을 쳤다.

"조용히 나가면? 또 누군가 무혈 수술하려고 지랄을 하겠지. 이번에는 우리가 알아서 다행이지만, 다음번에도 알 수 있을 거라는 법 있어?"

"아."

"결국 최선은 충격 한번 주는 거지."

한 번만 더 같은 짓을 하면 모조리 살인으로 처박아 버린다는 강력한 경고.

그걸 위해 노형진은 가능하면 수갑이 잘 보이도록 끌고 가 달라고 장근혁에게 부탁했다.

"사진은 찍었지?"

"사진을 찍기는 했는데……."

"이 난리를 피워도 이런 일이 결코 한 번으로 끝날 리가 없어. 또 다른 곳에서 또 수술을 시도하겠지."

손채림은 눈을 찌푸렸다.

종교적 광신.

그건 일반인의 상상을 넘어간다.

애초에 정상적인 부모라면 아이 목숨을 걸고, 아니 아이가 100% 죽을 수밖에 없다는 걸 알면서도 무혈 수술이라는 정신 나간 방식을 선택하지는 않는다.

"그리고 우린 그걸 막아야 하고."

"공격이 거셀 텐데."

"그래서 뭐? 킬러라도 보낸대?"

노형진은 코웃음을 쳤다.

애초에 그런 게 무서웠다면 변호사를 하지도 않았을 것이다.

"똑같은 짓을 하지 못하도록 못을 박아 놔야지."

노형진은 눈을 번뜩였다.

⚖️

"이거 미친놈들이네."

노형진은 그들이 과거에 저지른 사건들을 들으며 혀를 끌

끝 찼다.

"답이 없는 놈들입니다."

임진기는 머리를 흔들었다.

"종교를 탄압하려는 건 아니지만, 그쪽 출신 애들은 의사하면 안 됩니다, 진짜로. 사람 목숨을 무슨 신에 대한 제물취급하는 것도 아니고."

"그러니까요. 하지만 법원이 종교 단체랑 싸우고 싶지 않았던 거죠."

고개를 절레절레 흔드는 임진기.

"더 문제는, 그 녀석들이 집요하게 의료계에 진출하려고한다는 겁니다. 다행히 숫자가 많지는 않지만요."

"의료계에 진출하려고 한다구요?"

"네. 그들 말로는 자기네 신도들이 안전하게 치료받을 수 있는 의료계를 만든다는 건데, 거기에는 개소리가 포함되죠."

"무슨 뜻인지 알겠네요. 그 의사의 환자가 자기네 신도만이 아닐 테니까."

"맞습니다."

일반인도 신도 의사에게 진료받으러 간다.

물론 그 신도 의사가 내과로 간다면 크게 문제 될 게 없을수도 있다.

어차피 내과는 약으로 대부분의 처치를 하니까.

"그런데 그놈들이 자꾸 외과를 건드린다는 겁니다."

그리고 자기 취향대로 글을 쓴다.

　무혈 수술이 좋다.
　수혈하지 않아도 되는데 병원에서 수익 때문에 강제로 수혈시키는 거다.
　수혈은 몸에 안 좋다.

그런 걸 인터넷에 씨불인다.
"일단 의사 타이틀을 가지고 있으니까요. 내, 참."
그리고 신도들은 그걸 보고 믿는다.
그래서 어떤 선생님은 무혈 수술이 더 좋다고 했다는 식으로 주장하며 수혈을 거부하다 죽는다.
"자기만 죽으면 말을 안 해요."
명백하게 수혈이 필요한 일반 환자에게도, 자신의 종교적 신념을 이유로 수혈을 거부하는 것이 가장 큰 문제다.
"제가 아는 선배분도 그 때문에 소송당하고 결국 종합병원에서 잘릴 뻔했습니다. 다행히 병원에서 속은 걸 알고는 무마되었지만요. 그로 인해 7억 가까이 손해를 봤지요."
"소송요?"
"네."
응급의학과 의사였던 그는 다중 교통사고가 나자 그걸 해결하기 위해 바쁘게 움직였다.

그런데 그런 그의 아래에 신의증언 신도가 있었다는 것.

"선배가 그 사실을 몰랐던 거예요. 그나마 수혈만 좀 하면 버틸 만한 사람이 있어서, 그 선배가 다른 의사가 올 때까지 일단 더 급한 환자를 보려고 수혈을 지시했거든요. 다중 교통사고라 피해자는 많은데 의사가 부족해서요. 뭐, 원래 응급실이 그런 곳이지만요. 그런데 그 인턴이, 선배가 다른 응급 환자를 보는 사이에 환자에게 식염수를 주입했죠. 그 때문에 피가 희석되고 출혈 속도가 빨라져서, 결국 과다 출혈로 사망했습니다."

선배는 그 인턴의 종교를 몰랐지만 관리 책임이 있는 사람이었고, 결국 그 책임을 지고 소송에서 상당한 배상금을 물어 줘야 했다.

병원도 명백한 의료 과실이기 때문에 엄청난 돈을 물어 줘야 했고.

"그 인턴은요?"

"거기서는 쫓겨났지만, 다른 곳에서 의사 노릇을 하고 있다고 들었습니다."

노형진은 눈을 찌푸렸다.

사람을 죽이고도 그렇게 뻔뻔하게 산다는 게 이해가 가지 않았다.

"물론 그 종교를 믿는 사람들이 다 나쁘다는 건 아닙니다. 사실 독실한 만큼 바른 생활을 하는 부분도 있어요."

임진기는 입맛을 다시며 말했다.

"하지만 최소한 자신이 손대선 안 되는 분야에는 가지 말아야지요."

의사를 하지 말라는 게 아니다.

안과, 이비인후과같이 수혈과 그다지 관련이 없는 분야도 많다.

"아니, 그것까지도 안 바라요. 그냥 '나는 신의증언 신도이니까 수혈을 못 합니다.'라고 말하고 다른 사람을 부르든가, 다른 병원으로 보내든가."

그런데 굳이 자신이 진료하겠다고 우기면서 식염수니 헤파린 같은 혈액응고제를 들이부으면서 남의 목숨 가지고 자신의 종교적 신념을 관철하려고 든다는 것.

"이번 건도 마찬가지예요. 방법이 있으면 그곳으로 가야지, 왜 엉뚱한 곳에서 애를 죽이려고 드는 건지 원."

임진기는 질렸다는 듯 말했다.

"방법이 있다고요?"

"사실은 무혈 수술이 가능한 방법이 있습니다."

"있다고요? 전에는 없다고 하셨잖습니까?"

"그때는 정말 없는 줄 알았지요. 하지만 기록을 찾아보니 있더군요. 제가 심장 쪽 의사가 아니라서 새로운 기술이 나온 걸 몰랐습니다."

노형진은 이해가 가지 않았다.

무혈 수술을 그렇게 주장한다면 당연히 그곳에 가서 해야
한다.

　그런데 왜 여기서 한단 말인가?

　애초에 그 말대로라면, 무혈 수술이라는 것 자체가 가능하
다는 소리가 아닌가?

　'내가 실수한 건가?'

　혹시나 지레 겁먹고 자신이 중요한 수술을 방해한 건가 하
는 생각을 하는 순간, 임진기가 그런 노형진의 마음을 알아
챘는지 선을 그었다.

　"어차피 거기서 무혈 수술은 성공하지 못했을 겁니다. 현
장 사진 보니까 필요한 장비도 전혀 없더군요."

　"장비가 필요한가요?"

　"그렇지 않았다면 개나 소나 무혈 수술을 했을 겁니다. 설
사 장비가 있다 해도 성공할 수가 없고요."

　"어째서요?"

　"최신 기술이기 때문입니다. 공개된 지 얼마 되지도 않은 데
다, 한국에는 그 수술을 할 수 있는 분이 딱 한 분 계십니다."

　그의 말에 따르면 미국에도 가능한 사람이 얼마 없다고 한다.

　"고작 한 명요?"

　"그나마 한 분이라도 직접 가서 배워 오신 게 어딥니까?"

　"어찌 되었건 무혈 수술이 가능하기는 하네요."

　"네, 확실합니다. 의사협회에서 확인한 겁니다."

"그런데 왜 그리로 안 간 겁니까? 아이를 위해서라면 뭐든 한다면서요?"

그 말에 임진기는 한숨을 내쉬곤 말했다.

"돈이죠."

"돈?"

"그 수술 기법은 한국에서 한 명만 할 수 있습니다. 그리고 애석하게도…… 의료보험의 대상이 아닙니다."

"네?"

"의료보험이 그냥 적용되는 게 아니거든요."

가령 수많은 감기약이 있지만, 의료보험은 그중 몇 가지만을 지원한다.

"하지만 어떤 약은 지원하지 않지요. 신약 같은 것은요."

질병으로 구분하기도 하지만 지원 대상이 되는 약도 존재하는 것.

"무혈 수술, 그것도 단 한 명만이 할 수 있는 무혈 수술입니다. 그리고 한국에서는 아직 검증된 것도 아니고요. 사용되는 약품도 의료보험 대상이 아닙니다. 그리고 수술 자체도 쉬운 게 아닙니다. 스태프가 수십 명이 붙어 일곱 시간 넘게 해야 하는 대수술입니다. 그걸 의료보험의 지원 없이 수술하려면 최소한 몇억은 가뿐하게 들어갈 겁니다."

결국 방법이 있는데도 돈을 아끼기 위해 일반 병원에서 무리하게 하려고 했던 것이다.

"그런데 우리가 체포한 그 의사, 그 사람도 심장 전문의라면서요? 그럼 수술 자체는 가능한 거 아닙니까?"

진짜로 무혈 수술을 하려고 했던 사람, 그 사람이라면 가능했던 것일까 하는 생각에 노형진은 조심스럽게 물었다.

하지만 임진기는 그렇게 생각하지 않았다.

"자동차 운전도 그렇게는 못 합니다."

코웃음을 치는 임진기.

확실히 기술은 존재한다.

하지만 기술이 존재하는 것과 그걸 행하는 것은 전혀 다르다.

"그런 수술을 하기 위해서는 수십 번의 시행착오를 거쳐야 합니다. 그 기술을 만들어 낸 사람도 수천 번씩 시뮬레이션 하고 수십 번씩 카데바(의료용 기증 시신)를 해부하고 또 치료하면서 연습했을 겁니다. 과연 그 의사도 그랬을까요?"

한국에서 구할 수 있는 자료는 잘해 봐야 논문 정도이지 영상은 아니다.

그리고 아무리 천재라고 해도 논문 하나 보고 그 수술을 재현할 수는 없다.

"그런데 그걸 읽어 보고 이제 무혈 수술을 할 수 있다고 덤비다니, 정말 제정신인 건지."

옆에서 듣고 있던 손채림은 고개를 갸웃했다.

"그래도 심장 전문의잖아요? 기본적인 지식이 있을 텐데."

"택시를 몰 수 있다고 해서 F1 그랑프리에 나갈 수는 없는 노릇이지요."

충분한 경험도, 지식도 없는 상황에서의 도전이다.

"거기에다 수술을 할 수 있는 그분에게도 확인해 봤습니다. 관련 질문이 전혀 없었다고 하더군요. 진짜로 하려고 했다면 가서 한마디라도 보고 듣고 배우려고 했겠지요."

"그러면?"

"진짜로 논문만 보고 따라 하려고 했던 겁니다. 장비도 제대로 없이."

"허."

노형진은 절로 한숨이 나왔다.

남의 목숨을 고작 자기 수술 연습용으로 쓸 생각을 하다니.

"도대체 그런 인간이 어떻게 의사가 된 건지."

"어, 생각해 보니 그러네? 그 사람, 어떻게 의사가 된 거지? 그것도 심장 전문의가?"

손채림은 이야기를 듣던 중 이해가 가지 않는 부분이 생겼다.

심장 전문의를 하려면 임상은 필수다.

그런데 그는 신의증언 신도다.

그런데 어떻게 임상 경험을 쌓는단 말인가?

대부분의 수술은 수혈을 기본으로 깔고 가는데 말이다.

"보통은 불가능하죠. 더군다나 심장 쪽이라면 실적 없인 전문의는 못 따요."

"그러면 그 의사는 뭐죠?"

"아마 얼마 전에 들어간 신도일 겁니다. 그런 경우가 종종 있어요."

본래는 신도가 아니었는데 나중에 입교한 경우가 없지는 않으니까.

"아니, 왜? 그러면 다른 곳으로 가야지!"

"뻔한 거 아냐?"

일단 심장 전문의를 딴 상태다.

그런데 종교를 가지게 되었다.

그리고 수혈은 불가능하다.

당연히 수혈을 하지 않는 다른 과로 가야 한다.

"그런데 그러면 까마득한 자기 후배들하고 함께 다시 배워야 한다는 거야."

"아……."

인턴이나 레지던트 과정을 거치지는 않겠지만, 전문의 과정은 철저하게 따로 배워야 한다.

"그게 싫은 거지."

그러니 입 꾹 다물고 있었던 것.

"아무리 그래도 그렇지, 병원에서 그런 걸 몰라?"

임진기는 고개를 흔들었다.

"웃긴 얘기이긴 하지만, 대부분 신의증언 신도들이 의사가 되면 자기 종교를 감춥니다."

"어째서요?"

"아무리 의사가 막장이라고 해도, 그런 짓을 두고 보는 사람이 얼마나 될까요?"

"아하!"

만일 자기 아래에서 그런 일이 터지면 자기 커리어도 날아갈 수 있는 사건이다.

그러니 제대로 된 의사라면, 아니 의사라는 직함을 가지고 있는 사람이라면 신의증언 신도를 받지 않는다.

"그래서 대부분의 신도들은 종교를 속입니다. 그래서 죽을 맞이지요."

"아! 그래서 원장이 그렇게 화를 냈던 거군요!"

"원장이요?"

노형진은 그날 있었던 일을 이야기해 줬다.

보통 이런 상황이라면 팔이 안으로 굽는다고, 일단 의사 편을 들어 준다.

그런데 원장은 종교적 이유라는 말을 듣자마자 화가 나서 의사의 따귀를 날렸다.

"그럴 겁니다. 명백하게 거짓말한 거니까요. 아마 아이가 죽는 것보다, 그 후에 자신이 책임져야 하는 상황이 더 무서웠을 겁니다."

병원, 특히 수술이나 수혈이 필수적인 종합병원은 신의증언 신도의 근무를 철저하게 막는다.

그런데 그걸 걸러내지 못했으니, 아마 사망 사고가 났다면 원장은 엄청나게 질책당했을 것이다.

"남의 목숨 가지고 뭐 하는 짓거리인지."

고개를 절레절레 흔드는 손채림.

"일단 의사를 막았으니 잘된 건가?"

"아니야."

"뭐?"

"보호자가 누군지 잊었어?"

"아……."

보호자는 극렬 신도다.

그리고 그들은 수혈을 거부한다.

"이 기록에 따르면, 심장병 수술을 하지 않으면 5세 이전에 죽을 가능성이 90% 이상이야."

즉, 심장병 수술을 하지 않을 수는 없다는 것이다.

문제는 그 무혈 수술이라는 것.

"결국 부모는 어떤 식으로든 수술을 하려고 하겠지. 하지만 그들의 재산은 수술을 하기에는 턱없이 부족해. 잔인하지만 한국은 자본주의국가고, 자본주의국가는 돈으로 사람의 목숨을 계산하지."

"그러면 어쩌지?"

해도 죽고, 안 해도 죽는다.

안 하면 그나마 좀 더 살고, 하면 바로 죽고.

"일단 아이들을 그 인간들에게서 잘라 내야지."

"살인 교사로 고발하기는 했지만, 될까?"

"글쎄……."

노형진이 걱정하는 게 그것이었다.

누가 봐도 이건 살인 교사로 볼 만한 상황이다.

하지만 그들이 부모라는 특성이 그걸 막고 있다.

"실패율 100%의 수술을 생판 타인이 부탁하면 교사겠지만……."

부모니까, 살리기 위해 마지막 희망을 잡았다고 하는 것은 교사에 해당되지 않는다.

잘해 봐야 유기 치사.

"그리고 저쪽에서 가만히 있을 것 같지도 않고 말이지."

노형진은 걱정스럽게 말했다.

"뭐, 어쩌겠어. 급한 건 넘어갔으니."

노형진은 힐끗 달력을 바라보았다.

"장기전으로 가야지."

골든 타임은 끝났다.

납치범 노형진

"종교 탄압을 중지하라! 중지하라!"

"이건 명백한 종교 탄압이다!"

경찰서 앞에서는 수십 명이 연일 연좌 농성을 하고 있었다.

장근혁은 머리를 부여잡았다.

"아주 죽겠어요. 저 새끼들은 집에도 안 가나?"

"사람 목숨보다 교리가 더 중요한 사람들인데 집이 대수겠습니까?"

"끄응."

그는 짜증스럽게 담배를 물었다.

그리고 허공으로 '후우.' 하고 연기를 내뿜었다.

"아무래도 살인미수는 힘들 것 같아요."

"역시나 그렇군요."

일단 살인미수가 힘들 수밖에 없는 게, 살인의 고의가 없었기 때문이다.

"노 변호사님도 아시죠, 그놈의 목적인지 뭔지?"

"압니다."

100% 죽을 수밖에 없는 수술을 한다고 해도, 거기에 살인의 고의가 없으면 살인미수가 성립되지 않는다.

그곳에서 살인미수로 체포한 것도 그러한 자세한 사정을 모르는 사람들의 지식을 이용해서 다급하게 막기 위한 것이었지, 애초에 될 거라고는 기대도 안 했다.

"어찌 되었건 살리기 위한 목적으로 하는 수술이니까."

"거참, 웃긴 놈의 나라라니까요. 배우는 게 없어요, 배우는 게. 그 난리를 치고도 말이지요."

천성계 병원 사건 때와 마찬가지.

"그때도 제대로 처벌된 의사는 없지요?"

"그랬죠."

그들은 살인이 아니라 의료 행위라 주장했고, 검사들은 그들이 의사라는 점 때문에 그걸 부정할 수가 없었다.

결국 수백 명이 죽은 사건인데 살인으로 처벌받은 사람은 단 한 명도 없이, 모조리 업무상 과실치사로 처벌받았다.

"대놓고 죽이겠다고 방송이라도 하라는 건지."

장근혁은 두 번째 담배를 물면서 한숨을 푹 쉬었다.

"거기에다 위에서도 막 지랄합니다. 왜 종교 집단을 건드리냐고. 종교가 무슨 권력도 아니고."

문제는 업무상 과실치사 미수라는 죄목은 없다는 것이다.

당연히 그는 무죄로 나올 테고, 똑같은 짓을 또 할 거다.

"기껏해야 업무상 배임이겠지요."

"그걸로는 의사 면허 박탈 안 됩니다."

"그러니까요. 닝기미."

일단 아이는 살렸다.

하지만 그가 수술하는 것을 막을 수는 없다.

"그쪽 부모는 뭐랍니까?"

"선생님이 나오는 대로 수술 진행하겠답니다."

"병원에서 허락해 줄 리 없잖습니까?"

"벌써 오래전에 잘렸죠."

장근혁은 고개를 절레절레 흔들며 말했다.

이미 그는 병원에서 잘렸다.

사람의 목숨이 걸려 있는 일에 자신의 종교적 신념을 적용한 이상, 그는 더 이상 의사가 아니니까.

"하지만 다른 곳에서 수술실을 빌리는 건 불가능하지 않으니까요."

"하긴."

노형진은 고개를 끄덕거렸다.

임진기의 말에 따르면 그 종교 출신 의사가 하는 병원이 적지 않은 모양이니까.

"그런데 진짜 곤란해서 묻는 건데, 수술을 그대로 진행했다면 확실하게 죽는 겁니까?"

"아이요?"

"네."

"확실하게 죽었을 겁니다."

그건 임진기뿐만 아니라 다른 병원의 의사들까지 다 확언한 것이다.

물론 기적이라는 게 있을 수도 있지만, 인간의 생명을 기적에 기대어 주사위를 던질 수는 없다.

"와, 니미 씨발."

장근혁이 욕하는 그때, 손채림이 뿌루퉁한 얼굴로 다가왔다.

그 표정을 보고 노형진은 한숨을 쉬었다.

"잘 안된 모양이지?"

"상대방이 학대가 아니라고 발뺌하는데."

"아니긴 개뿔."

아이를 살리는 방법은 단 하나, 부모의 양육권을 박탈하는 것이다.

그리고 양육권 박탈을 요구할 수 있는 사람은 검사와 지역 단체장.

"양쪽 다 거부했어. 아무래도 종교가 영 꺼림칙한가 봐."

"종교의 문제가 아닐 텐데?"

"그들은 종교의 문제라고 생각하던데."

"끄응."

결국 최후의 수단까지 차단당했다.

"미친 새끼들, 죽고 싶으면 자기들이나 죽을 것이지."

자기들이 성인으로서 수혈을 거부하는 것은 이해한다.

그건 직접 선택한 거니까.

하지만 신생아는 무슨 죄가 있다고 부모들의 선택 때문에 목숨을 잃어야 한단 말인가?

"일단 제가 시간을 끌면서 의사가 나가는 것을 막아 보겠지만, 오래는 못 막습니다."

그렇게 말한 장근혁은 담배를 비벼 끄고는 문 바깥에서 시위하는 사람들을 보면서 눈을 찌푸렸다.

"알겠습니다."

노형진은 고개를 끄덕거렸다.

"나머지는 제가 알아서 하지요."

손채림은 노형진과 함께 경찰서에서 나오면서 시위하는 사람들을 힐끗 보았다.

"선하게 생겼는데."

"응?"

"아니, 딱히 악해 보이지 않는데 왜 아이를 못 죽여서 안달인 거야? 그냥 보통 사람들이잖아."

"그게 종교야. 내가 그래서 종교를 안 믿어."

누군가가 그를 과거로 돌려보내 준 것은 사실이다.

하지만 그게 어떤 신인지, 어떤 이유로 보냈는지는 모른다.

그러니 차라리 어떤 종교도 믿지 않는다.

그저 자신의 일을 묵묵하게 할 뿐.

"그리고 일하다 보면 방법이 나오겠지."

노형진은 착잡하게 말했다.

⚖

"과연 어떤 방법을 써야 하나."

마땅하게 좋은 방법이 떠오르지 않자 노형진은 고민에 빠졌다.

일단 수술을 막기는 했지만 영원히 막을 수는 없다.

그랬다가는 자신이 아이를 죽이는 꼴이 된다.

"일단 시도해 보고 방법을 찾아야 한다는데?"

그들의 답변서를 보고 노형진은 피식 웃었다.

그들은 무혈 수술에 대해, 그러한 도전이야말로 과학을 발전시키는 일이라고 주장하고 있었다.

그러나 노형진은 딱 한마디로 그들의 말을 압살해 버렸다.

"마루타네."

"그렇지?"

살아 있는 사람을 대상으로 한 생체 실험.

그건 일본이 과거에 한 인체 실험 마루타와 한 치도 다를 바가 없었다.

"자기 아들을 마루타로 삼을 정도의 종교적 확신이라……. 참 대단하네."

"이걸로 친권 박탈 소송 못 하나?"

"못 할걸."

저쪽에서 보낸 것은, 축약하면 개소리지만 일단 법적인 미사여구로 곱게 포장되어 있다.

딱 봐도 전문적인 변호사가 쓴 거다.

아마도 같은 종교를 가진 변호사가 끼어들었으리라.

"우리나라는 이런 경우에 방법이 없어."

"끄응…… 그렇지."

노형진은 옛날 사건이 기억났다.

"옛날에도 이런 사건이 있었는데."

"옛날에도?"

"그래, 그때도 개판이었지."

"어땠는데?"

"어떤 여자아이가 자기 아버지한테 강간당하다가 구조되었거든."

"으웩, 드러워. 그런데?"

"그런데 그 애가 알고 보니까 심각한 병이 있는 거야, 당장 수술을 해야 할 만큼."

"그래서?"

"아이를 아버지에게 돌려보냈지."

"뭐?"

"웃긴 게, 강간범이 친아버지인데 수술 동의서를 써 줘야 하는 거야."

그는 아이를 돌려보내고 소를 취하하지 않으면 동의서를 못 써 주겠다고 버텼다.

아이의 목숨이 왔다 갔다 하는 시점이었기에 결국 경찰은 어쩔 수 없이 아이를 그 아버지한테 돌려보냈다.

"그 후에 수술은 했어."

"그걸 다행이라고 해야 하나?"

"다행?"

노형진은 코웃음을 쳤다.

"강간은 친고죄잖아."

"……."

즉, 아이가 아버지를 고소한 거다.

그런데 경찰은 그 강간범에게 딸을 다시 돌려보냈다.

"그날 밤 아이가 병원에서 뛰어내려서 자살했어."

"헉!"

상식적으로 그런 상황이면 친권을 박탈해야 한다.

하지만 경찰은 아이를 그냥 강간범에게 돌려보낸 것이다.

'친권자'라는 이유로 말이다.

"지금도 마찬가지야. 우리가 친권을 부정하기에는, 그들의 범죄행위가 증명되지 않았어."

"하지만 죽잖아?"

"그건 과거에 일어난 일이 아니라 미래에 일어날 가능성이 높은 일이야. 어떤 법도 미래의 문제를 처벌하지 않아."

죽은 후에는 유기로 처벌할 수 있을지언정, 현재로써는 방법이 없는 것이다.

"미국은 아동 인권에 대해 너무 빡빡해서 문제인데 여기는 너무 물러서 문제라니까."

노형진은 고개를 흔들었다.

그때였다.

띠리링.

"응?"

다급하게 울리는 벨 소리.

노형진은 무심코 핸드폰을 받아 들었다.

"네, 노형진 변호사입니다."

－노 변호사님!

전화를 건 사람은 다름 아닌 간호사였다.

"어쩐 일이세요?"

－아이가…… 아이가!

"아이가 왜요?"

－그 미친놈들이 아이를 데리고 갔어요!

"네?"

―병원에서 강제로 퇴원시켰어요! 다른 병원에 간대요!

"다른 병원이라고 하면……."

노형진이 벌떡 일어났다.

"설마? 제가 알아볼게요!"

노형진은 다급하게 장근혁에게 전화를 걸었다.

"장 형사님! 혹시 그 의사 나갔습니까?"

―네? 아, 네. 아무래도 영장이 안 나와서 오전에 나갔는데요.

"끄응……."

―왜 그러십니까?

"아이가 퇴원했답니다."

―아이가 퇴원…….

딱 그림이 그려졌다.

어디선가 다시 아이를 수술하려고 할 게 분명했다.

"뭐야? 이런 미친놈들, 부모 맞아?"

―이런 쌍! 내가 가서 총으로 쏴 버리고 만다.

옆에서 무슨 일인가 하고 쳐다보던 손채림은 물론이고, 장근혁 역시 길길이 날뛰었다.

노형진은 잠깐 고민하다가 입술을 깨물었다.

법으로 안 된다면…….

"우리도 같은 방법을 씁시다."

-뭐라고요?

"같은 방법을 쓰자고요. 저들이 법의 허점을 이용한다면 우리도 하자고요."

-하지만 살인죄가 안 된다는 거 아시잖아요?

이미 그걸로 한번 잡혔다가 풀려났다.

만일 그걸로 다시 체포한다면 명백하게 월권이 된다.

"체포 안 하면 됩니다."

-네?

"저들이 법을 안 지킨다면, 나도 안 지키렵니다."

-그게 무슨 말입니까?

"그냥요. 저 잡으러 올 때는 수갑 새걸로 가지고 오세요."

-노 변호사님? 노 변호사님!

장근혁이 다급하게 다시 불렀지만 노형진은 전화를 끊었다.

"어쩌려고?"

"어쩌긴. 나 변호사야. 어쭙잖은 놈들도 법을 이용하는데 우리가 법을 이용하지 않으면, 변호사 자격증 괜히 딴 거지."

"우리가 뭘 어떻게 이용해?"

"일단 아이를 살리는 걸로 말이야."

노형진은 다른 곳으로 전화했다.

"임 변호사님."

-아, 네, 노 변호사님. 무슨 일이 있으신가요?

"혹시 아이 수술을 할 수 있는 의사를 당장 구할 수 있습니까?"

―의사요? 아이라니요? 설마, 전에 그 아이요?

"네."

―알아보면 찾을 수 있겠지만…….

어리둥절한 목소리의 임진기.

노형진은 그에게 계속 말을 했다.

"당장 수술할 수 있는 의사를 알아봐 주세요."

―무혈 수술을 해야 하면 비용이 엄청나게 나올 텐데요?

"필요하다면 해야지요. 일단은 일반 수술을 하게끔 부모를 설득해 볼 생각입니다."

―일반 수술도 괜찮다면 의사를 구하는 건 그리 어렵지 않을 겁니다. 하지만 그들이 허락하지 않을 것 같은데요. 이제 와서 설득이 될 사람들이라면 이미 그렇게 했겠지요.

"최선은 다해 봐야지요. 안 된다면 결국 무혈 수술로 가야 하고요."

―설마 그 비용을 노 변호사님이 내시려는 겁니까?

"돈의 가치는 사람마다 다르니까요."

수억이 누군가에게는 평생을 일해도 손에 넣지 못할 어마어마한 돈이겠지만, 누군가에게는 하룻밤 파티에 들어가는 비용일 뿐일 수도 있다.

―양쪽 다 알아보지요. 설득이 잘되었으면 좋겠네요.

그렇게 말은 했지만 임진기 변호사는 알고 있었다. 그게 불가능하다는 것을.

"아이를 위해 행운을 빌어야지요."

노형진은 씁쓸하게 대답하는 것 말고는 해 줄 말이 없었다.

⚖

"최악의 경우 납치를 해야 할지도 몰라."

"뭐?"

노형진의 말에 손채림은 깜짝 놀랐다.

납치라니?

"아이를 죽일 수는 없잖아."

"하지만 그건 불법이잖아!"

"나는 변호사야. 거기서 빠져나갈 방법이 있으니 괜찮아. 하지만 넌…… 좀 빠졌으면 해."

"나는 거기에 참여하면, 못 빠져나가는 건가?"

"그건 아니지만 사실 좀 위험한 부분이 있거든."

노형진은 차마 그 방법이 아이의 수술이 성공했을 때만 가능하다는 것을 말할 수가 없었다.

그래서 손채림이 빠지길 바랐다.

하지만 손채림은 그럴 생각이 전혀 없었다.

"어찌 되었건 빠져나갈 방법은 있다는 거잖아? 그런데 내가 왜 빠져?"

손채림은 운전을 하면서 노형진을 힐끗 보았다.

"이런 재미있는 사건에 내가 빠지면 안 되지. 그리고 정말로 아이를 납치하려고 한다면 내 혼신의 운전 실력이 필요할텐데? 툭 까놓고 말해서 운전은 너보다 내가 더 잘하거든!"

"으음, 지독한 길치였던 너한테 이런 팩트 폭력을 당하다니 할 말이 없군."

"흑역사는 꺼내지 말지? 그때는 어쩔 수 없었다고. 너도 어릴 적부터 100미터 이상 되는 거리는 무조건 운전기사가 딸린 자가용을 타고 움직였다고 생각해 봐. 길치가 안 될 수가 없을걸. 그때는 손가락만 까딱해도 다 사다 주던 시절이었다고."

노형진은 입맛을 다셨다.

그럴 수밖에 없다.

자신은 안전 운전 타입이다.

운전 실력 하나만 본다면 손채림이 훨씬 더 좋다.

의외로 그녀는 스피드광이었으니까.

목숨을 내걸고 타야 한다는 조건이 있지만.

"하지만 어찌 되었건 납치야. 사실대로 말하자면, 아이가 살면 문제가 되겠지만 죽으면 문제가 될 거야. 수술에 부모의 허락이 없었으니까."

"알아, 알아. 하지만 이럴 때 아니면 언제 납치라는 걸 또 해 보겠어?"

"'언제 해 보겠어?'가 아니라, 영영 하면 안 되는 거거든!"

"에이, 그래도 형진이랑 같이 가는데 설마 감옥 가겠어?"

히죽 웃는 손채림.

"그리고 그것도 부모를 끝까지 설득하지 못했을 때의 이야기잖아. 우리가 무혈 수술을 해 주겠다는데도 거절할까?"

"글쎄, 그렇기는 한데…… 종교라는 게 워낙 극단적인 경우가 많으니까 감안해야지. 부모 한 명의 허락만 받을 수 있어도 부담이 덜한데 말이지."

물론 이대로라면 아이가 죽을 수밖에 없는 상황이니 정상 참작이야 충분히 되겠지만, 그래도 생명이 걸린 일이라 납치를 하게 되면 그에 대한 책임이 노형진에게 넘어온다.

"끄응…… 미친놈 때문에 우리 별걸 다 해 본다."

손채림은 히죽거렸다.

확실히 살다 살다 이런 일을 해 본 적은 없으니까.

"그런데 어떻게 납치하려고? 차라리 다른 사람들을 이용하는 게 좋을 것 같은데."

"사람이 너무 많아지면 변론도 복잡해져. 차라리 우리가 깔끔하게 처리하는 게 좋아."

"으음…… 하지만 무슨 수로?"

손채림은 차를 세우면서 집을 바라보았다.

제법 커다란 아파트.

그들의 집이다.

"그건 설득에 실패하면 생각 좀 해 봐야지."

고개를 들어서 높은 건물을 바라보는 노형진.

그는 깊이 심호흡을 하면서 손채림에게 물었다.

"저곳에 아이가 있다 이거지?"

"그래, 그 사람들 집이야. 확실해."

"그들이 그냥 포기하려고 할 리는 없고. 그들이 가려고 하는 병원은 찾은 거야?"

"정보 팀에서 이미 알아보고 있어. 사실상 한 곳뿐이지만. 혹시 몰라서 계속 알아보고 있어. 일이 틀어지면 곤란하니까."

"한 곳?"

"그래. 정상적인 병원이라면 그딴 수술을 받아 주겠어?"

"하긴."

"그런데 신의증언 계열 병원이 딱 하나 있더라고."

물론 큰 병원은 아니다.

하지만 심장 수술, 그것도 무혈 수술을 할 만한 병원은 많지 않다.

장비가 없기 때문이다.

"영원한생명 병원이라는 곳이야."

신의증언 계열 병원이고, 일단 공식적으로 외과는 존재한다.

당연히 수술실도 있고.

"그리고 그 김 닥터라는 놈이 거기에 이력서를 내 놓은 걸 확인했어."

"벌써?"

"수술을 할 생각인 모양이야. 다른 병원에서는 더 이상 그를 받아 주지 않을 테니까."

"하긴."

다른 사람도 아니고 종합병원 원장을 속이고 사람을 죽일 뻔한 놈이다.

그 소식을 다른 병원에서 못 들었을 리 없고, 정상적인 병원은 그를 받아 주지 않을 것이다.

"결국 개인 병원 아니면 자기를 받아 주는 병원으로 가야 하지."

손채림의 말에 노형진은 고개를 끄덕거렸다.

"하지만 심장 전문의니까."

내과도 아니고 심장 전문의를 개인 병원에서 찾는 일은 없다.

당연히 그는 자신을 받아 주는 다른 병원으로 가야 한다.

"시기는 어떻게 할 거야?"

"당연히 아이를 데리고 나오는 시점이지."

노형진은 아파트를 보면서 중얼거렸다.

"하지만 어떤 식으로 납치하려고? 애를 낚아채려고? 그러다 큰일 난다."

아이는 심장병이 있다.

납치하는 과정에서 자칫 잘못되면 충격으로 죽을 수도 있다.

"가장 좋은 건 차를 탈취하는 거지."

"하지만 그냥 순순히 차를 내줄까?"

"안 주겠지."

노형진은 안타깝게 말했다.

"뭐, 일단 그 방법은 최후의 수단이니까. 최대한 설득을
잘해 봐야지."

노형진이 돈을 내서 아이에게 무혈 수술을 시켜 주겠다는,
즉 의뢰인을 위해 돈을 쓰는 건 그가 그다지 선호하는 방식
이 아니다.

하지만 아이의 목숨을 위해서라면 노형진은 어느 정도 감
수할 생각이 있었다.

"그걸 받아들여 줄지는 모르지만."

"수술을 해 드리겠습니다. 원하시는 대로 무혈 수술입니
다. 한국에 가능한 분이 계십니다."

"수술비를 내주신다 이건가요?"

"네, 시간을 좀 주신다면 비용을 내드릴 수 있습니다."

"으음……."

그 말에 부모의 눈빛이 흔들렸다.

처음에 자신들을 방해할 때는 마냥 미웠다.

하지만 꿈에도 그리던 무혈 수술이 가능한 의사를 불러 준

다고 하니 당연히 흔들릴 수밖에 없었다.

하지만 문제는 다른 곳에 있었다.

"저들은 이단입니다!"

노형진을 바라보면서 소리를 지르는 남자들.

그들을 보고 노형진은 눈을 찌푸렸다.

"그게 중요합니까?"

이단.

확실히 그들의 입장에서는 이단일 것이다.

"한번 방해했던 인간들입니다! 그런데 이제 와서 의사를 불러 준다고요? 그것도 수억씩 들여서?"

'확실히 알고 있군.'

그게 아니라면 수억씩 든다는 것을 어떻게 알겠는가?

"저 이단은 거짓말을 하고 있는 겁니다! 저 자식은 사탄의 앞잡이예요!"

"생명을 구하려는 사람에게 사탄이라니, 어이가 없군요."

"입 닥쳐라, 마귀야! 그렇게 선량한 영혼을 타락시키려 하고 있지 않느냐!"

"허?"

손채림은 그걸 보고 어이가 없었다.

"이봐요! 우리는 순수하게 호의로 아이의 생명을 구하려고 하는 거라고요. 그런데 누구보고 마귀라는 거예요?"

"속지 마세요! 저들은 이단이고 마귀입니다! 수억씩 들여서 수술을 대신 해 줄 리가 없습니다! 전처럼 거짓말하고 수술할 겁니다!"

"거짓말?"

"그래! 거짓말!"

과거에 어떤 의사들이, 무혈 수술을 한다고 하고서는 어쩔 수 없이 수혈을 했다.

물론 거짓말을 한 것은 사실이다.

그러나 의사로서 그들은 생명의 가치를 우선시했을 뿐이다.

"지금도 마찬가지예요! 저렇게 감언이설로 속이고 아이의 심장에 부정한 피를 심으려는 겁니다!"

"원하면 확인하면 되지 않습니까? 아무리 그래도 그 의사 사진 정도는 구할 수 있을 테니…….."

"웃기지 마! 우리가 그런 알량한 속임수에 넘어갈 줄 아느냐!"

"속임수가 아니라…….."

"거절하겠습니다."

노형진이 더 설득하려고 했지만 아이아버지는 확실하게 못을 박아 버렸다.

"우리는 그렇게 속을 생각이 없습니다."

"속이는 게 아니라니까요."

"이단들은 언제나 우리를 부정하게 봅니다. 우리는 그저 우리의 신념이 있고, 또 그걸 지키려고 하는 것뿐입니다."

"그걸 존중하려고 협상하는 거 아닙니까?"

"우리에게 거짓말하는 게 존중입니까? 나가세요. 당신들과 이야기하고 싶지 않습니다."

더 이상 이야기하지도 않고 축객령을 내리는 부모.

노형진과 손채림은 어쩔 수 없이 그들의 집에서 쫓겨나야 했다.

"아니, 저 인간들 왜 저래? 자기들 원하는 대로 아들을 살려 주겠다고 하는 거잖아! 그런데 왜 싫다고 하냐고!"

화가 난다는 듯 하늘에 대고 소리를 지르는 손채림.

"피해망상 같은 거야."

"피해망상?"

"그래. 아까 말했잖아, 거짓말했다고."

물론 그들의 신념이 상식에 반하니 비정상적인 것이 맞다.

하지만 그들은 그걸 지키려고 한다.

"문제는 상식과 종교가 충돌할 때 발생하지."

거짓말한 의사처럼, 아이를 우선시하는 사람도 존재할 것이다.

그들은 그런 경험이 많이 쌓여 있을 테니 일단 이단이라고 하면 피해망상에 휩싸여 거짓말한다고 의심할 것이다.

"아, 진짜 미치겠네! 그걸 말이라고……!"

"어쩌겠어, 그게 현실인데."

한숨을 쉬면서 다시 그 집을 바라보는 노형진.

"그게 쌓이고 쌓여서 그런 거야. 비유하자면 이런 거지.

너희가 우리를 왕따시키면, 우리도 너희를 왕따시킬 거다."

"끄응……."

"더군다나 종교잖아."

만일 그냥 자기들끼리만 있었다면 아마 모른 척 노형진의 말을 들었을지도 모른다.

종교적 신념도 지키면서 아들도 살릴 수 있을 테니까.

"하지만 종교는 집단적이지. 특히 신의증언은 더더욱."

"그러니까 다른 종교인들이 뭐라고 하니까 못 한다?"

"이런 집단적 종교는 보통 생활의 기반이 그들과 공동체화되는 경우가 많거든."

그들에게서 이단이라는 결정이 내려지거나 눈 밖에 나면 생활 자체가 불가능해진다는 소리다.

"아무리 그래도 그렇지, 아들 목숨을 이런 식으로 취급해?"

"부모가 우리를 믿지 않는 게 가장 클 테니까."

물론 그들이 와서 의사를 보고 확인만 한다면 어렵지 않게 본인 확인을 할 수 있을 것이다.

하지만 그들은 그마저도 거절했다.

"최소한의 양보도 하지 않겠다는 거지."

"저 사람들 머릿속은 정말 모르겠다."

"그건 나도 몰라. 하지만 일단은 어쩔 수 없으니 극단적 방법이라도 써야……."

노형진이 진지하게 범죄를 저지르는 것에 대해 이야기하

는 그때, 갑자기 문자가 날아왔다.

"어?"

"왜?"

운전을 하던 손채림은 노형진이 문자를 보고 당황하자 다급하게 물었다.

"엄마한테서 문자가 왔는데?"

"엄마? 너희 엄마?"

"아니, 아이엄마."

"뭐? 아이엄마가 왜?"

분명히 자신들 앞에서 거절의 의사를 명확하게…….

'그러고 보니.'

거절한 것은 아이아버지이지 어머니가 아니다.

의견을 적극적으로 낸 것도, 아이아버지와 그 주변 인물들이었고.

'정작 엄마는 말을 거의 안 했네?'

했다고 해도 아이아버지에게 동조하는 정도였지, 진짜로 노형진을 욕하거나 덤빈 적은 없었다.

"뭐라는데?"

"조용히 자기와 만나 달라는데?"

"의견 차이가 있는 건가?"

"그럴지도?"

노형진은 어쩌면 이것이 하늘이 내려 준 기회가 아닐까 하는 생각이 들었다.

⚖️

"그 말이 사실이에요, 원하면 돈을 내준다는 게?"

"네. 하지만 수술을 하기 위해서는 아시다시피 부모님의 동의가 필요합니다."

무단으로 수술을 할 수는 없다.

사실 노형진은 최악의 경우 납치를 해서라도 수술할 생각이었다.

문제는, 그랬다가 수술이 잘못되면 자신에게 타격이 크다는 것.

그런 경우 자신에게 살인죄가 뒤집어씌워질 수 있어서 그건 말 그대로 최후의 수단으로 남겨 둬야 했다.

"진짜로 우리가 더 이상……."

"누차 말씀드리지만 돈을 내실 필요는 없습니다. 아이를 위해서 제가 내는 거니까요."

그 말에 입을 꾸욱 다무는 아이엄마.

노형진은 확실히 그녀가 갈등하고 있다는 것을 느꼈다.

그리고 그게 틈이라는 것도.

"남편분과 의견 충돌이 있었던 거라면, 마음대로 하셔도 됩니다."

"마음대로라니요?"

"부모 중 한 분만 동의하셔도 되는 거니까요."

"네?"

그 말에 눈을 크게 뜨는 아이의 엄마.

노형진은 그녀에게 차분하게 물었다.

"부부의 관계는 서로 공동대리인 같은 관계죠."

"그게 무슨 말이죠?"

"쉽게 말해서 한 명이 대리서를 내면 다른 한 명도 그에 동의한 것으로 인정한다는 겁니다."

예를 들어서 아내가 반대하더라도 남편이 집을 팔고 싶다면, 아내 몰래 집을 팔 수 있다.

물론 아내의 반대가 있지만, 남편이라는 특성상 거래한 상대방은 선의의 제삼자가 되어서 그 거래에 영향을 미치지 않는다.

동의 없이 집을 판 행동이 아내와 남편의 이혼소송에 영향을 미칠 뿐이다.

"이 경우도 마찬가지입니다."

수술 동의서에 부모 중 한 명만 사인을 해도, 의사나 병원은 법적으로 양측 다 동의한 것으로 본다는 것.

"그러니까 거기서 수술하는 데 하등 지장이 없다는 거죠."

이렇게 되면 문제가 되는 것은 수술비밖에 없게 되는데, 그건 노형진이 내줄 생각이었다.

"그런…….."

그 말에 아랫입술을 깨물면서 고민하는 아이엄마.

손채림은 그걸 보면서 이해가 가지 않았다.

"돈을 내준다고 하잖아요? 그런데 왜 그렇게 고민해요? 아이 목숨이 달려 있는데."

"그게…… 불가능해요."

"네?"

"아이를 빼 올 수가 없어요."

결국 상황을 사실대로 말하는 엄마.

이번 사건이 이슈화되면서, 공동체에서 사람들을 보내 보호라는 명목하에 지켜보고 있다는 것.

"그래서 아까 그렇게 사람들이 많았던 거예요?"

약속을 잡고 간 거라 해도 그렇지, 왜 그렇게 사람이 많은가 했더니 공동체에서 사람을 보낸 거였단 말인가.

"그들은…… 무엇보다 교리를 우선해요."

아이의 목숨보다는 교리다.

자기 아이가 아니니까.

죽더라도 교리를 지켜야 한다는 것이다.

"남편은…… 그들의 리더 같은 존재구요."

"골수 신자라는 거군요."

"모태 신앙이에요."

"그럼 어머님은?"

사실 답이 어느 정도 예상되기는 했다.

그녀도 모태 신앙이고 골수 신자라면, 이 자리는 애초부터 성립될 수도 없었을 테니까.

"저는…… 결혼할 때 개종한 거예요."

그냥 남편이 좋았다.

사실 이런 부분만 빼면, 남편은 나쁜 사람이 아니었다.

그래서 당시에는 이런 사건이 벌어질 거라고는 꿈에도 생각도 못 했기에 기꺼이 남편을 따라 개종했다.

"하지만……."

"자식의 죽음을 바라는 부모는 이 세상에 없지요."

남편도 중요하지만 자신의 아이도 중요하다.

더군다나 이건 자존심과 생명의 문제다.

무게 추가 어느 쪽으로 기울어질지는 뻔하다.

"아이를 살리고 싶어요. 제가 빼내 와서, 당장이라도 데리고 가고 싶지만……."

"감시 중인 게 문제군요."

노형진은 골똘하게 생각에 잠겼다.

'그들도 그 부분을 감안하겠지.'

과연 이런 상황에서 지금까지 가족 중 누군가가 수혈을 해서라도 살리려고 한 일이 없었을까?

그럴 리가 없다.

거기에다 다른 사람도 아닌 갓 태어난 어린아이다.

‘실제로도 그런 일이 있었다고 했지?’

가끔 아이를 살리기 위해 수혈을 인정하는 부모가 있다는 소리는 임진기 변호사에게도 들었다.

그러나 그건 종교적 자존심을 건드린다.

‘마이클의 사례도 그렇고.’

마이클은 세계적인 가수였다.

그런 그가 어떤 앨범을 발표했을 때, 갑자기 그가 악마 숭배자라는 이야기가 나왔다.

전 세계적으로 그런 이야기가 돌았고, 교회들은 그를 규탄했다.

‘하지만 시간이 지난 뒤에 밝혀진 진실은 기가 막혔지.’

결과적으로 마이클은 악마 숭배자가 아니었다.

오히려 독실한 종교인이었다.

다만 그가 찍은 뮤직비디오에 그가 믿던 특정 종교의 교리상 맞지 않는 부분이 존재해서, 그 종교의 신도들이 그 부분을 문제 삼아 마이클을 이단이라 선포하고 악마 숭배자로 몰아간 것이다.

‘이번 일도 마찬가지야.’

종교라는 이름이 들어가면 이성이 마비된다.

더군다나 자신의 아이도 아닌 남의 아이다.

그러니 종교적 목적을 위해 희생하는 것에 대해 감각이 둔해질 수밖에 없다.

"아이를 데리고 나올 수가 없으시니……."

"네."

데리고 나오려고 해도, 그들이 따라올 테니까.

"그렇다면 결국 납치 말고는 방법이 없군."

"으엑?"

손채림은 질려 버렸다.

결국 남은 수단이 최악의 수단이라니.

"진짜 할 거야?"

"해야지."

다만 이 계획에는 한 가지 조건이 있었다.

"어떻게 하실 겁니까?"

"……."

"이건 어머님의 도움이 없으면 성립되지 못합니다. 그게
무슨 뜻인지 아시죠?"

그렇게 된다면 그녀는 교단에서 축출된다.

이단 판정을 받을 것이다.

그리고 이혼당할 것이다.

"전……."

그녀는 한참 침묵을 지키다가 힘겹게 입을 열었다.

"의사한테 들었어요."

"무슨 이야기를요?"

"이 심장병이 유전일 가능성이 높다고."

"유전?"

"네. 저나 남편, 어느 쪽인지 모르지만……."

그녀는 고개를 숙였다.

그리고 힘겹게 입을 열었다.

"우리는…… 교리상 피임을 허락하지 않습니다."

"아……."

그 말은 또다시 아이를 낳을 가능성이 높다는 뜻이며, 그 아이 또한 심장병을 안고 태어날 가능성 역시 있다는 뜻이다.

그리고…….

"그때는 죽겠군요."

여기서 물러나면, 이후에 태어나는 아이 역시 죽을 가능성이 높다는 것이다.

"전…… 아이를 죽이면서 살고 싶지 않습니다."

내가 죽더라도 품 안의 아이를 지키고 싶은 것이 엄마라는 존재다.

"이혼……하겠습니다."

그녀는 마음을 굳힌 듯했다.

그런 그녀에게 노형진은 진지하게 이야기를 꺼냈다.

"그러면 일반 수술도 감수하실 겁니까?"

"일반 수술요? 아까 무혈 수술이라고 하지 않으셨나요?"

"그랬지요. 하지만 어머니가 이쪽으로 오신다면 이야기가 달라집니다."

이것이 법이다

그녀가 이쪽으로 붙는다는 것.

그건 아이를 수술할 수 있다는 뜻이다.

상대방이 그걸 모를 리가 없다.

"문제는 한국에서 무혈 수술을 할 수 있는 분은 한 분뿐이라는 겁니다. 만일 우리가 사라진 후에 그곳에 사람을 보내서 수술을 막거나 아버지가 전화를 걸어서 수술 동의 의사를 철회해 버리면, 우리는 수술을 하지 못합니다."

노형진도 그들의 교리를 지켜 주고 싶었다.

돈의 문제가 아닌 존중의 문제이니까.

하지만 현실적으로 무혈 수술을 하게 된다면 그들에게 특정당해서 저지당하기가 쉽다.

"그들의 방해를 피해 안정적으로 수술하기 위해서는 일반 수술을 하는 쪽이 안전합니다."

노형진의 말에 그녀는 결심한 얼굴로 고개를 끄덕거렸다.

"어차피 떠날 종교입니다. 수혈해도 상관없습니다. 필요하다면 제 몸 안에 있는 피라도 전부 주겠어요."

그녀의 눈빛은 지금까지와 다르게 불꽃이 활활 피어오르고 있었다.

⚖️

수술 당일, 부모는 아이를 데리고 집 밖으로 나왔다.

주변에는 몇몇 건장한 사내들이 서 있었다.

"말해 준 대로네."

아이엄마가 말해 준 대로였다.

계획대로 그들은 수술하기 위해서 나왔고, 주변에는 건장한 남자들이 눈에 불을 켜고 있었다.

"저 사람들이 전부 신도들인가 보네."

"그런가 보다."

그날부터 지금까지 지난 며칠간, 같은 집에서 숙식까지 해결해 가면서 감시해 왔던 것.

"이해가 안 간다, 멀쩡한 사람들인데."

이미 그들에 대해 조사도 했다.

그런데 그들은 미친 광신도들이 아니다.

그냥 평범한 가정을 가진 흔한 일반인일 뿐이었다.

그런 사람들이 갑자기 저렇게 변하다니.

"그게 종교의 무서운 부분이야. 종교는 인민의 아편이라는 말이 그냥 생긴 게 아니잖아."

"그나저나 생각보다 인원이 많아. 어쩌지? 이래서는 제대로 데리고 나오기 힘들겠는데."

"어쩌긴. 그래도 해야지. 오늘이 아니면 기회가 없어."

"그건 그렇지."

저들은 수술, 아니 아이에 대한 사형 집행을 하러 나온 거다.

당연히 오늘 아니면 시간이 없다.

"아마 저 남자들은 다른 차를 타고 따라갈 거야."

"어떻게 알아?"

"운전할 때 아이는 카시트에 태우잖아."

"아하!"

"결국 엄마가 뒷좌석에 앉기 마련이지."

그러면 다른 사람이 타기는 애매해진다.

결국 다른 사람들은 다른 차를 탈 수밖에 없다.

"역시 그러네."

노형진의 예상대로 그들은 다른 차에 올라타더니 따라가기 시작했다.

"출발해."

그들이 출발하자 손채림 역시 천천히 차를 끌고 나갔다.

그들은 딱 붙어서 움직였고, 노형진과 손채림은 거리를 좀 두고 그들을 따라갔다.

그들을 따라가면서도 손채림은 이해가 가지 않았다.

"그런데 도대체 왜 따라가는 거야? 어차피 병원에 가면 끝인데."

"지난번처럼 우리가 막을까 봐 그러는 거야."

"병원에서 안 막고?"

"아마 병원에서 기다리고 있는 사람도 있겠지."

일단 수술이 시작되면, 아무리 영장이 있다고 해도 수술실로 들어가지 못한다.

도리어 그게 살인미수가 될 수도 있으니까.

"그런 만큼 대기실에서 수술실로 넘어가는 그 짧은 시간만 몸빵하면 수술을 막지 못하지. 물론 그 시간이 지나면 아이는 죽겠지만."

절개하는 순간부터 아이의 출혈은 시작될 테니까.

그 순간이었다.

띠리링.

핸드폰 벨 소리에, 노형진은 잠깐 받을까 말까 고민하다가 이름을 보고 받아 들었다.

"임 변호사님, 준비는 어떤가요?"

─일단 준비는 다 끝났습니다. 스태프들 모두 기다리고 있습니다. 일단 긴급 수술이고 동의서도 들어오기는 했으니까 별문제는 없었습니다.

"후우, 다행이군요. 혹시나 전화해서 확인하면 어쩌나 했는데……"

─다행히 사정을 듣고 모른 척해 주기로 하셨습니다. 그분도 이런 경우를 많이 보신 모양이더군요. 법적으로 문제 될 건 없으니까 확인 절차 없이 그냥 바로 수술에 들어가시겠답니다. 다만 아이를 데려오는 방법이……

"그 부분은 제가 감당하겠습니다. 걱정하지 마세요."

─너무 무리하시는 건 아닌지 모르겠네요.

"아닙니다. 하지만 스태프들에게서 이 이야기가 새어 나가지 않도록 조심하세요. 혹시라도 누군가 쓸데없는 정의감에 경찰이라도 부르면 모조리 허사가 됩니다."

-그러지요.

노형진은 입을 다물고 심호흡했다.

그런 그에게 손채림이 걱정스럽게 물었다.

"그나저나 저걸 어떻게 다 막지? 예상보다 숫자가 더 많은데."

"그러게."

노형진도 곤란한 표정이 되었다.

"이제 와서 작전을 바꿀 수는 없고. 뒤차들이 문제네."

노형진은 눈을 찡그렸다.

소란을 일으켜서 그들을 내리게 한 뒤에 차를 탈취할 계획이었는데, 뒤차가 줄줄이 따라가니 힘들 듯했다.

"그래? 그러면 강행 돌파뿐이네."

"강행 돌파?"

노형진은 그게 무슨 소리인지 몰라 되물었다.

"우리가 탄 차를 이용하는 거지."

"그건 안 되는데? 이건 스포츠카라고."

지난번 사건을 해결할 때 샀던 슈퍼 카를 끌고 왔으니까.

"여기에 애를 태울 수는 없어. 자리도 없고. 심장병이 있는 애를 태우고 질주하다 뭔 일이 터질 줄 알고?"

"이거 수리비 비싸겠지?"

"그렇겠지."

노형진은 '설마?' 하는 얼굴이 되었다.

그때 손채림이 무언가를 결심한 듯한 표정으로 외쳤다.

"자, 차 보험료 올라간다!"

"자…… 잠깐!"

손채림은 무서운 속도로 앞으로 치고 나가기 시작했다.

"으아악!"

이 차를 타고 도로로 나가면 보통 홍해가 갈라지는 듯한 느낌을 받는다.

그런데 오늘은 홍해가 갈라지는 것보다 튀어 나가는 게 더 빨랐다.

"자…… 잠깐!"

"나의 운전에 자비는 없지롱!"

"그건 또 뭔 소리야!"

끼이익!

그 순간 들리는 파열음.

아슬아슬하게 치고 나가던 슈퍼 카의 뒤쪽을, 아이가 타고 있던 차가 '쾅' 소리를 내며 박았다.

"억!"

짧은 비명을 내는 노형진.

"몸 숙이고 있어."

"아…… 알았어."

손채림의 말에 노형진은 잽싸게 의자를 뒤젖혀서 몸을 감췄다.

그리고 손채림은 차에서 내려서 그들에게 삿대질을 했다.

"무슨 운전을 이따위로 하는 거야!"

"당신 뭐야!"

"뭐긴, 차 주인이다! 이게 얼마짜리인 줄 알아!"

"아니, 그건……."

운전하던 아이아버지는 당혹감을 감추지 못했다.

'씨발, 큰일 났다.'

딱 봐도 '나는 비싼 차입니다.'라고 외치는 듯한 슈퍼 카다.

그런 차의 뒤쪽 범퍼가 쭈욱 긁혀 있었다.

"당신들 미쳤어! 어! 이게 얼마짜리 차인데!"

"그건……."

딱 봐도 10억은 넘는 차다.

그런데 사고를 낸 차는 아무리 봐도 3천만 원 이하다.

사실 그 차도 중고로 산 가족들 입장에서는 죽을 맛이었다.

"이거 어쩔 거야! 어!"

"당신이 먼저 치고 들어왔잖아요!"

"당신? 당신? 어디서 봤다고 당신이야!"

다행히도 그는 손채림을 바로 알아보지 못하는 듯했다.

"어, 뭐야?"

아니나 다를까, 뒤에서 따라오던 사람들이 차에서 내려서 다가왔다.

"뭐야?"

"이 여자는 뭐야?"

남자들은 어리둥절한 표정이 되었다가 기스가 난 차를 보고 얼굴이 어두워졌다.

"이런."

"이거 어쩌지?"

과실 비율이 이쪽이 낮다고 하더라도, 비싼 차는 수리비 자체가 비싸다.

"이 정도 슈퍼 카면…… 수리비 1억은 깨지겠는데?"

"헉!"

누군가 한 말에 다들 깜짝 놀랐고, 운전하던 아이아버지는 얼굴이 퍼렇게 질려 손채림에게 항변했다.

"당신이 먼저 끼어들었잖아!"

"이봐요, 내가 봐도 당신이 먼저 끼어들었어."

워낙 고가의 차량이다 보니 어떻게 해서든 책임을 벗어나려고 하는 찰나, 그들 중 누군가 손채림을 알아보았다.

"저 여자, 그때 그 여자 아냐?"

"그때?"

"그 변호사랑 같이 왔던."

"어, 그런가? 하지만 그 여자가 갑자기 왜 이런 차를 끌고 나타나겠어?"

이것이 법이다

그들이 혼란스러워하는 사이 노형진은 슬쩍 고개를 들어 그들을 바라보았다.

'역시.'

순간적인 상황을 받아들이지 못하고 허둥대는 사람들.

그들의 눈에서 아까의 독기는 어느새 사라지고 없었다.

"이봐, 일단 이야기 좀 하자."

일단 전에 변호사와 함께 왔던 여자라 확신한 남자가 손채림에게 다가갔다.

그런데 그때 갑자기 손채림이 비명을 질렀다.

"까아아악! 살려 주세요! 사람 살려!"

"어억!"

"뭐야!"

갑자기 그녀가 비명을 지르면서 도로로 뛰어들자 줄줄이 멈추는 차들.

"응?"

안 그래도 비싼 슈퍼 카 사건인지라 관심 있게 지켜보다가 뭔 일인가 싶어 다가오던 사람들도 갑작스러운 비명에 깜짝 놀랐다.

"뭐…… 뭐여?"

놀라서 손채림의 팔을 잡는 남자.

손채림은 그걸 뿌리치지 않고 더 비명을 질렀다.

"사람 살려! 납치범이야!"

"납치범?"

"자…… 잠깐! 납치범이라고?"

갑작스러운 비명에 그들도 놀랐지만, 더 놀란 건 주변 사람들이었다.

"이봐요! 그게 무슨 말이야!"

손채림을 더욱 강하게 끌어당기는 남자.

"살려 주세요! 납치범이에요! 살려 줘요!"

"저놈들 뭐야!"

당연히 주변 사람들이 모여들었고, 분위기는 흉흉하다 못해 살벌해졌다.

"잠깐, 이건…….."

상황을 이해하지 못한 그들이 움찔거리는 사이, 손채림이 또다시 비명을 질렀다.

"이 사람들이 내 차를 들이박고 절 끌어냈어요! 살려 주세요!"

"뭐?"

몰려든 사람들의 상상력이 동원되었다.

옆을 들이박힌 최고급 차.

그리고 시커먼 옷 일색인 남자들.

"당신들, 잠깐 나 좀 봅시다."

한데 뭉치는 사람들을 보고 아차 싶어진 그들은 그곳을 벗어나려고 했다.

일단 수리비도 무섭고, 사람들의 분위기가 이상해졌기 때문이다.

"살려 주세요! 납치범들이 저를 끌고 가요!"

"이 새끼들이 백주 대낮에 뭔 짓이야!"

"경찰 불러! 경찰!"

불행히도 사람들에게는, 돈 많은 아가씨를 납치하기 위해 그들이 고의적으로 사고를 내고 여자를 차로 끌고 가려고 하는 것처럼 보였다.

"아니, 우리는……."

물론 당하는 사람 입장에서는 억울하겠지만.

"막아!"

"도망가지 못하게 막아!"

졸지에 사람들에게 둘러싸인 그들.

노형진은 슬쩍 차에서 내려 길게 긁혀 있는 자신의 차를 보고 입맛을 다셨다.

그리고 조용히 그들의 차로 다가갔다.

그걸 본 손채림은 더 크게 소리를 질렀다.

"오빠가 시킨 거지! 오빠가 시킨 거 맞지!"

"오빠?"

"뭐야? 재산 분쟁이야?"

또다시 연상되는 그림.

왜 사고를 내고, 왜 납치하려고 했을까?

돈 많은 집안, 그 재산의 독식을 노리는 오빠, 그리고 짐

덩어리 여동생.

"경찰 불러!"

"이거 막장이구먼!"

사람들은 당연히 그들을 가로막았다.

'한국 막장 드라마에 영광이 있으라.'

손채림은 속으로 웃었다.

그들은 어떻게 해서든 변명하려고 했지만, 이미 사람들은 그들의 말을 들을 생각이 없었다.

"경찰 불러!"

"언제 오는 거야!"

"와, 막장이네, 이 새끼들."

"아니, 우리는……."

같이 움직이기는 했지만, 그들은 깡패가 아니다.

당연히 시민들에게 포위되자 당황해서 어쩔 줄 몰라 했다.

그사이 노형진은 차로 슬쩍 다가갔다.

다행히 아이들의 아버지가 사건을 해결하기 위해 그쪽에 가 있어서, 아이엄마만이 차를 지키고 있었다.

"접니다."

"헉! 변호사님, 어떻게……?"

"저들이 숫자가 좀 많아서 작전을 바꿨습니다."

노형진은 슬쩍 시선을 손채림 쪽으로 향했다.

그녀는 비명을 빽빽 지르면서 훌륭하게 시선을 끌고 있었다.

"제가 차를 몰고 가겠습니다. 같이 가시겠습니까?"

"아니요. 같이 가면 저한테 전화하고 난리도 아닐 거예요."

물론 전화야 꺼 두면 그만이지만, 다른 가족들에게 위해를 가할 가능성도 존재한다.

그리고 그들에게 혼란을 야기하기 위해서라도 그녀는 여기에 남아 있는 게 더 좋다.

"그러면 내리셔서 저쪽으로 슬쩍 합류하세요. 같이 시선을 끌어 주시고요."

"아이들을 부탁드려요."

"걱정하지 마세요."

그 말에 그녀는 슬쩍 차에서 내리면서 문을 열어 뒀다.

노형진은 그녀가 그쪽으로 가서 더욱 혼란을 이끌어 내는 것을 확인하고, 차에 올라타 시동을 걸었다.

부르릉.

잽싸게 도망가는 차량.

"어어?"

난리 법석인 와중에 차 한 대가 움직이자 사람들은 깜짝 놀랐다.

특히 사정을 모르는 아이아빠는 숨이 넘어갈 지경이었다.

"자…… 잠깐!"

거기에는 아이들이 타고 있으니까.

당연히 막으려고 움직이는 사람들.

손채림은 그들을 막기 위해 더 크게 소리를 질렀다.

"한패가 도망친다!"

"어억!"

"잡아라!"

상황이 급박해졌다. 아이들이 타고 있는 차를 도난당한 아이아버지가 졸지에 한패가 도망치려고 하자 같이 도망치려고 한 사람 취급을 받아, 사람들이 그에게 매달린 것이다.

"잡아!"

"이 납치범 새끼들!"

우르르 달려드는 사람들.

"자…… 잠깐!"

"애들! 우리 애들!"

훌륭하게 연기하는 엄마.

물론 손채림도 그들을 놔줄 생각이 없었다.

"당신들, 어디 가려는 거야! 역시 오빠가 시킨 거 맞지!"

"잡아!"

"이런 미친 새끼들!"

"아기! 내 아기!"

"무슨 개소리야!"

하지만 누구도 그들을 보내 줄 생각을 하지 않았고, 그사이에도 아이들을 태운 차는 빠른 속도로 멀어지고 있었다.

"차 상태가……?"

임진기는 살짝 찌그러진 차를 보고 깜짝 놀랐다.

"아, 사고가 좀 있었습니다. 수술 준비는요?"

"다 끝났습니다."

"그럼 바로 시작하죠. 금방 올 겁니다."

"그러지요."

임진기는 잠들어 있는 아이를 조심스럽게 안아 들어 병원 안으로 들어갔다.

"아저씨, 진짜 내 동생 안 아프게 되는 거야?"

"응. 그러니까 걱정하지 마."

다행히도 아이의 누나는 전에 한번 봤던 노형진을 기억하고 있어서 울고불고하지 않았다.

물론 놀라기는 했지만.

"봐 봐, 병원이잖아. 그렇지?"

"응, 병원 맞아."

엄마랑 아빠가 병원에 간다고 했고, 진짜로 병원에 왔다.

"엄마랑 아빠는 사건 수습하고 바로 올 거야."

"알았어, 아저씨."

"우리는 저기 가서 기다리자. 아저씨가 사탕 사 줄까?"

병원 매점에서 사탕을 사 주는 사이에 임진기가 다시 돌아왔다.

"어때요?"

"다행히 수술은 잘 진행되고 있습니다. 특별한 일이 없는 한 무사히 끝날 겁니다. 문제는 다른 쪽이 난리가 났다는 겁니다."

"난리?"

"무혈 수술이 가능한 분이 계신 병원 말입니다. 그곳에 신도들이 들이닥쳤다고 하네요."

"아…….."

노형진은 한숨을 내쉬었다.

예상대로였다. 그 말은…….

"애엄마가 잘 도망갔군요."

"그런 것 같습니다."

혼란스러운 와중에 아이엄마가 도망쳤을 것이다.

아무리 작전이라지만, 자기 자식이 심장 수술을 하는데 옆에 있어 줄 수도 없다는 것은 가슴이 미어지는 일일 테니까.

그녀는 이쪽으로 오고 있을 가능성이 높다.

"그쪽에서는 무혈 수술을 할 거라 생각해서 그쪽 병원으로 간 거군요. 예상대로 말입니다."

"일반 수술을 할 거라고는 생각도 못 한 모양이네요."

"그들 생각에는 아이 부모 모두 충실한 신도이니까요."

그러니 가장 먼저 무혈 수술로 생각이 미쳤을 것이다.

"본의 아니게 민폐를 끼친 건 아닌지…….."

"다행히 경비들이 잘 막아서 큰 혼란은 없었답니다. 수술 예정이 없다고 확인해 줬더니 군말 없이 돌아갔고요."

"다행입니다."

그 병원에 민폐를 끼친 거라면 여러모로 심각한 문제가 될 테니까.

그런 노형진을 보던 임진기는 걱정스럽게 물었다.

"그럼 그들은 우리가 어디서 수술하는 건지 모르는 거겠지요?"

만에 하나 여기를 알아내고 찾아와서 난장을 치기 시작한다면 좋게는 흘러가지 않을 거라는 생각에 걱정이 된 것이다.

"모를 겁니다. 설사 안다고 해도 이미 시작된 수술은 멈출 수가 없지요."

아마 차를 찾는다고 난리를 치고 있겠지만, 어디로 갔는지 모를 차를 추적하는 건 그들로서는 불가능할 것이다.

그들이 찾았을 때쯤이면 수술은 무사히 끝나 있을 테고.

"그러면 이제 자수해야겠군요."

"그런데…… 계획대로 될까요?"

"될 겁니다. 법이란 그런 거니까요."

노형진은 씩 웃으며 전화기를 들었다.

"여보세요."

—노 변호사님?

장근혁은 전화를 받고 어이가 없어서 물었다.

지금 자신에게 들어온 신고가 맞는지 이해가 가지 않았기 때문이다.

　―지금 이상한 신고가 들어왔는데요.

　"아, 그거 맞아요."

　―네?

　"제가 있는 병원은 ○○병원입니다. 생애 첫 수갑이니까 꼭 예쁜 걸로 가지고 오세요."

　―…….

　장근혁은 할 말을 잊어버렸다.

⚖

　"여."

　장근혁이 와서 노형진을 체포해 갔을 때, 손채림은 경찰서에서 이미 수갑을 차고 기다리고 있었다.

　"늦었네?"

　"바로 온 거야."

　"그러면 경찰이 일을 안 한 거네. 자수까지 했는데 뭐 이리 오래 걸려?"

　"끄응……."

　장근혁은 그 말을 듣고 머리를 흔들었다.

　"도대체 무슨 생각을 하신 겁니까?"

"아이를 살리기 위해서는 어쩔 수 없었습니다."

"하지만 납치라니요. 이게 얼마나 큰 죄인데요!"

"압니다. 그렇지만 방법이 그것뿐이었네요."

"이야기는 들었습니다."

만일 노형진이 납치하지 않았다면 오늘이 아이의 제삿날이 되었을 것이다.

"하아."

장근혁은 한숨을 내쉬었다.

"아이는 어떤가요?"

"수술은 잘 끝났다고 하더군요."

장근혁이 늦게 노형진을 데리고 온 이유가 바로 그거였다. 수술이 진행되어서, 누구도 그걸 막지 못하게 해야 했으니까.

"그러면 다행이군요."

"하지만 이건 어떻게 해결하실 건지……."

"방법이 있으니까 걱정하지 마세요."

노형진은 웃으면서 손을 들었다.

그러자 그의 손에서 반짝이는 새 수갑.

"그런데 이거 기념으로 저 주시면 안 되나요?"

"안 됩니다."

죽이려는 자, 살리려는 자

　납치. 그것도 영아 납치.

　그건 아주 큰 죄다.

　아무리 노형진이라고 해도 그 죄를 벗어날 수는 없다.

　물론 엄마의 수술 동의가 있기는 했지만 납치인 것은 확실
하니 그 죄를 피할 수는 없다.

　하지만 노형진도 아이를 살리자고 감옥에 가고 인생 망칠
생각은 눈곱만치도 없었다.

　"재판장님, 이번 사건은 아이를 살리기 위한 범죄였습니
다. 이는 긴급피난에 해당됩니다."

　노형진은 따로 변호사를 쓰지 않고 스스로 변론하기로 했다.

　그 자신보다 나은 변호사는 없을 테니까.

"긴급피난이라……."

"재판장님, 이번 사건에서 중요한 것은 아이의 생명이 아니라 피고인들의 범죄 사실입니다. 피고인들은 계획적으로 아동을 납치하고 부모로부터 격리시켰습니다."

검사는 어떻게 해서든 노형진을 감옥에 넣고 싶은 눈치였다.

'그럴 만하지.'

노형진 때문에 창피를 당한 검사는 몇 명이며, 또 옷을 벗은 검사는 몇 명이던가?

검사들 입장에서는 지금이 노형진에게 복수할 절호의 기회였다.

하지만 노형진이 아무런 생각 없이 목숨을 건 것은 아니었다.

"재판장님, 이걸 봐 주시기 바랍니다."

노형진은 자료를 들고 입을 열었다.

"증거 을제3-1호를 보시면, 아이의 심장 사진입니다. 이 사진은 그 사건 당시에 찍은 것입니다."

"흠."

"해당 심장 질환에 대한 무혈 수술이 가능한 분은 대한민국에 현재 한 분뿐입니다. 아이들의 부모가 선택한 의사는 무혈 수술 경험도 없었고 장비나 전문 의료진조차도 터무니없이 부족한 상황이었습니다. 무려 열두 명의 의료진이 일곱 시간의 수술을 해야 하는 대수술인데 말입니다. 그런데도 불구하고 그 아이들의 부모는 그러한 아이를 경험도, 장비도 없는 같은 종교를 믿는 의사에게 맡겨서 무혈 수술을 통해 치료하겠다고 주장했습니다. 하지만 관련 전문가들의 의견에 따르면 심장병 수술, 그것도 이러한 형태의 심장병 수술은 최소한 수백 시간의 연습이 필요한 초정밀 수술입니다. 그러나 정작 당사자인 의사는 지금까지 이런 수술에 대한 무혈 수술 경험도 없었고 조사에 따르면 관련 질문이나 지식의 습득을 위한 질의조차도 하지 않았습니다. 당연히 이런 수술은 필연적으로 실패할 수밖에 없고, 심장 수술의 실패는 아이의 사망으로 이어질 수밖에 없습니다. 이렇듯 아이의 목숨이 위험한 상황에서 저희는 아이의 생명을 구하기 위해 최선을 다했으니 이는 명백하게 긴급피난에 해당되며, 그로 인해 위법성이 조각됩니다."

형법 22조의 긴급피난에 의한 위법성 조각.

노형진이 노리는 것이 바로 그것이었다.

"재판장님, 그렇지만 그 긴급피난이 성립될 수가 없습니다. 심장병은 당장의 문제가 아닙니다."

"심장병은 당장의 문제입니다. 전문가의 소견에 따르면 아이는 수술을 하지 않으면 3개월 이내에 사망할 상황이었습니다."

"그래서 부모가 그날 수술을 하려고 했습니다만?"

"아까도 말했지만 경험이 없는 사람이 집도하는 무혈 수술이었지요."

"무혈 수술은 부작용이 전혀 없는 최신 수술 기법입니다."

그는 나름 노형진을 공격했다.

하지만 그 공격 방법이 영 어설펐다.

'쯧쯧, 그렇지. 그럴 줄 알았다.'

납치에만 매달리다 보니 무혈 수술에 대해 제대로 준비하지 못한 게 뻔했다.

더군다나 상대방이 자신들에게 불리한 무혈 수술에 대해 말해 줄 리 없고.

"누가 그게 최신 기법이 아니란 겁니까? 중요한 것은, 피고인인 제가 그 수술 전문가에게 맡겨 주겠다고 했는데도 아이의 아버지가 전혀 경험이 없는 의사에게 맡기려고 했다는 겁니다."

"경험은 쌓으면 되는 겁니다."

"그걸 굳이 아이의 목숨을 바쳐서 쌓아야 합니까? 그리고 아까 뭐라고 하셨지요? 부작용이 전혀 없는 무혈 수술요?"

말도 안 되는 소리다.

어떤 수술이든 부작용이 없을 수는 없다.

단순하다는 코골이 수술도 부작용은 존재한다.

그런데 부작용이 전혀 없는 수술이라니.

'그게 가능하면 혁명이겠지.'

그게 불가능하니까 수술은 언제나 최후의 수단이 될 수밖에 없는 것이다.

"재판장님, 검사 측이 제출한 기록에, 무혈 수술에 대한 의견을 제시한 의사에 대해 알아보셨습니까?"

"의사?"

"그렇습니다. 상식적으로 수술에서 부작용이 없다고 주장하는 것 자체가, 그 주장자의 의사로서의 소양에 문제가 있는 것으로 보입니다."

그러자 그 말에 발끈하는 검사.

"재판장님! 피고인은 학술적 조언자에 대한 허황된 거짓 논리로 증거의 신빙성을 부정하려고 하고 있습니다! 확실한 증거도 없이 조언자에게 모욕적인 언사를 하는 것은 명백히 잘못된 행동입니다!"

노형진은 기록을 보면서 한숨을 쉬었다.

'내가 왜 그런 말을 하겠니?'

다 이유가 있었다.

그리고 그 이유를 말하기 위해 한 이야기였고.

"김아령, 한국혈액 연구소 소속 대체 혈액 연구원. 맞습니까?"

"맞습니다만."

의사라고 해서 다 사람을 치료하고 수술하는 건 아니다.

당연히 연구만 하는 타입의 의사도 있다.

연구를 해야 신약이 나오니까.

"그러면 김아령의 과거에 대해서도 아십니까?"

"과거?"

어리둥절한 표정이 되는 검사와 판사.

"그녀의 종교는 신의증언입니다. 그리고 그들은 무혈 수술을 신봉하고, 수혈받는 것은 종교적 타락으로 받아들입니다. 이번 사건의 핵심은 종교적 관점에서의 수혈 거부 행위입니다. 성인이라면 본인이 수혈을 거부하여 사망하더라도 스스로 책임지면 그만이지만, 영아에게도 그런 책임능력이 있다고 생각합니까?"

노형진이 그 말을 하면서 검사를 바라보자 그는 움찔했다.

딱 봐도 김아령에 대해 제대로 조사하지 않고 의사의 의견이라고 제출하니까 좋다고 가지고 온 게 분명했다.

"김아령은 특정 종교에 속한 자로서, 수혈을 거부하고 있는 사람입니다."

"특정 종교에 대해 편견을 가지고 증거도 없는 말을 하면 안 됩니다."

"그래요?"

노형진은 피식 웃었다.

"재판장님, 미리 준비한 증인을 신청해도 되겠습니까?"

"인정합니다."

임진기가 앞으로 나왔다.

그리고 선서한 뒤 증인석에 앉았다.

"증인, 증인의 직업이 뭐지요?"

"현재는 변호사입니다."

노형진이 먼저 질문을 했다.

그런데 임진기가 증인석에 등장하자 방청석에 앉아 있던 김아령이 갑자기 안절부절못하기 시작했다.

"'현재는'이라고 하셨지요? 그러면 과거에는 어떤 일을 하셨나요?"

"의사였습니다."

"그렇군요."

노형진은 잠깐 말을 멈추고, 창백한 얼굴을 하고 있는 김아령을 바라보았다.

"혹시 증인은 저기 있는 김아령 씨를 아십니까?"

"압니다."

노형진의 말에 주변에서 웅성거리는 소리가 나왔다.

"어떻게 아시지요?"

"김아령 씨가 인턴일 때 같은 병원에서 근무하여 몇 번 마주친 적이 있습니다."

자리에서 벌떡 일어나는 김아령.

하지만 그녀는 자신을 막는 건장한 남자들 때문에 바깥으로 나가지 못했다.

"뭐예요!"

날카롭게 따지는 김아령.

하지만 남자들은 비키지 않았다.

"방청객분, 여긴 재판정입니다. 조용히 하세요."

판사의 말.

"하지만 이 사람들이……."

"재판장님, 현재 김아령 씨는 증인으로 신청된 상태 아니던가요? 왜 현장에서 벗어나려고 할까요?"

"그건……."

"증인입니까? 그러면 앉아 계십시오."

김아령은 어쩔 수 없이 의자에 앉았다.

노형진은 그걸 보고는 피식 웃으며 질문을 이어 갔다.

"그래서 김아령 씨에 대해 잘 아요?"

"잘 알지는 않습니다."

"어느 정도는 아신다는 거네요?"

"네. 저뿐만 아니라 당시 병원에 있었던 사람들이라면 다 압니다."

"그래요? 김아령 씨가 그렇게 온 병원에 알려진 계기가 있나요?"

노형진의 말에 김아령은 얼굴이 사색이 되었다.

하지만 그녀는 벗어날 수가 없었다.

이제는 모두의 시선이 그녀에게 쏠리고 있었기 때문이다.

"김아령이 그 당시에 사람을 죽였기 때문입니다."

재판정에 순간 침묵이 흘렀다.

다른 것도 아니고 사람을 죽였단다.

그 말이 몰고 온 충격은 이만저만 큰 게 아니었다.

"재판장님! 이 재판은 증인의 과거의 잘못에 대해 따지는 자리가 아닙니다!"

검사는 잽싸게 말을 잘랐다.

"재판장님, 증인의 신빙성이 이번 재판의 가장 중요한 요소입니다. 그러니 증인의 위증 가능성에 대해 따지지 않을 수 없습니다."

"그건……."

"인정합니다. 증인신문 계속하세요."

아무리 다른 사건을 따지는 게 아니라고 해도, 다른 것도 아니고 사람을 죽인 것이니까.

"그 사건에 대해 설명해 줄 수 있습니까? 간단하게요."

"김아령이 구급실에서 인턴으로 일할 때였습니다. 그녀는 자신의 종교적 신념을 이유로, 과다 출혈 환자에게 수혈을 하는 대신에 식염수를 주입했습니다. 그러자 환자의 출혈 속도가 빨라졌고, 결국 그 환자는 사망했습니다."

"종교적 신념이라 하시면?"

"그녀는 신의증언 신도입니다."

"뭐야, 자기 종교 때문에 환자에게 수혈을 해 주지 않아서 죽었다고?"

웅성거리는 사람들.

그리고 검사는 당혹감을 감추지 못했다.

이번 사건도 신의증언 신도의 수혈 거부로 발생한 일이었으니까.

"그런데 어떻게 여기에 있는 거죠?"

"종합병원에서 의사에 의한 살인 사건이 나면 일이 커집니다. 그래서 병원은 막대한 배상금을 주고 사건을 무마했습니다."

"그러면 김아령 씨는 아무 처벌도 받지 않았다는 겁니까?"

"병원에서는 쫓겨났지만 의사 자격이 박탈되지는 않았습니다. 살인이 아니라 진료 과실로 처리되었기 때문입니다."

"그래서요?"

"그 당시 자격을 박탈하지 않는 조건이, 민간인과 접촉하지 않는 쪽으로 가야 한다는 것이었습니다. 그래서 혈액 연구원을 지원한 걸로 압니다."

"그래요?"

노혀진은 김아령을 바라보았다.

그리고 천천히 물러났다.

"이상입니다."

"어…… 음……."

좌중에 흐르는 침묵.

살인.

그것도 종교적 살인자가 다른 사건에 대해 증언을 한다는 황당한 상황.

"검사 측, 증인신문 하세요."

"네? 아, 네……."

검사는 몇 가지 질문을 던졌다.

하지만 대부분은 노형진에게 유리한 답이 나올 수밖에 없었다.

"그러니까 무혈 수술을 통해 아이가 살아날 가능성도 있지 않습니까?"

"무혈 수술로 인해 아이가 살아날 가능성은 있습니다. 하지만 그 당시 선임한 의사가 그 수술을 성공할 가능성은 0%라고 봐도 무방합니다."

"세상에 성공률 0%짜리 수술이 어디 있습니까? 무혈 수술을 그렇게 납치까지 해 가면서 해야 합니까? 피해자들이 선임한 의사 역시 심장병 수술 경험이 풍부한 전문의입니다. 그런데 무슨 억하심정으로 납치까지 해 가면서 다른 의사에게 맡긴단 말입니까?"

어떻게 해서든 납치를 주장하려고 하는 검사는, 결국 같은 수술이라고 주장하려고 했다.

하지만 그건 임진기가 코웃음만 치게 만들 뿐이었다.

"무혈 수술에 대해 전혀 이해하지 못하고 계시군요."

"네?"

그 말에 반문하는 검사.

부정은 할 수가 없었다.

자신도 감을 잘 못 잡고 있는 건 사실이니까.

"이번 사건에서 중요한 것은 피를 흘리지 않는 게 아니라 수혈을 하지 못하게 한 겁니다. 수혈 없이 출혈을 최소한으로 하여 수술하는 게 무혈 수술이니까요. 애초에 피를 단 한 방울도 흘리지 않고 하는 수술이 어디 있습니까?"

"그런데요?"

"수혈을 하지 않으려면 신체의 피 자체가 빠져나오지 못하게 해야 하는데, 인간의 피는 모두 심장을 거칩니다. 그래서 특수한 장비와 숙련된 의료진이 외부의 장비를 이용해서 심장을 대체한 후에 심장을 수술하는 게 이번 수술의 관건입니다. 수술이 시작되면 의사는 혈관을 절단하고 0.1초 단위로 혈관을 외부 장비와 연결해서 피의 손실을 막아야 합니다. 1초가 아니라 0.1초 단위입니다. 인간의 심장은 매초마다 계속 피를 뿜어내니까요. 그게 무혈 수술의 가장 핵심이지요. 증거로 제출한 영상을 보시면, 무혈 수술의 난이도는 상상 이상으로 높습니다. 수술을 마친 의료진이 그 자리에서 쓰러져서 잠들었을 정도니까요. 그런 힘든 수술을 한 번도 해 보지 않은 의사가 자신과 같은 무경험자로 이루어진 의료진을 데리고, 그것도 절반밖에 안 되는 숫자로 진행하는 건 불가능합니다. 따라서 무혈 수술은 상당한 숙련도를 갖춘 의사만이 가능하다 할 수 있습니다. 하물며 그 의사조차 부작용이 없다는 소리는 안 하는데 관련 전문가도 아닌 혈액 임상 연구원이 무혈 수술이 부작용이 없다고 주장한다니, 한마디로 어불성설이라고밖에 말할 수 없습니다."

"……."

검사는 침을 꿀꺽 삼켰다.

자신이 생각해도 말이 안 되기는 한다.

'젠장.'

자신이 데리고 온 가장 확실한 의사 역시 의심받는 상황.

"다음 증인을 신청합니다."

노형진은 검사가 물러나자마자 기다리지 않고 김아령을 증인으로 신청했다.

도망가려던 김아령은 비틀거리면서 증인석으로 나올 수밖에 없었다.

"증인."

노형진은 그녀의 창백한 얼굴을 보면서 물었다.

"아까 전 다른 증인의 말이 사실입니까?"

"아닙니다."

"증인, 증인석에서 선서한 후에 거짓말하면 위증죄로 처벌받습니다. 다시 묻겠습니다. 그 말이 사실인가요?"

"아니에요!"

"그래요? 하지만 그날 다른 의사들이나 병원 기록에 따르면, 증인이 명령을 거부하고 혈액 대신에 생리식염수를 주입한 게 확실한데요."

"그걸로 살 수 있다고 생각했습니다."

"어째서죠? 그리고 방금 아니라고 하지 않았나요? 그럼

위중한 걸 인정하는 겁니까?"

"그건…….”

"증인, 의사는 사람을 살려야 하는 막중한 책임을 가지고 있는 자리입니다. 그냥 그럴 것 같다는 생각이 아니라, 확실한 방법을 찾아서 수행해야 합니다.”

"…….”

"그래서, 그 그럴 거라는 확신은 어디서 들었지요?"

"그건…… 다른 의학 논문에서입니다.”

"어떤 거죠?"

"사우단 선생님의 과다 출혈 시 생리식염수와 혈액응고제 혼합을 통한 출혈 방지라는…….”

"사우단이라…….”

노형진은 코웃음을 쳤다.

그녀가 그 말을 할 거라는 걸 알고 있었다.

그녀가 사건 당시에도 했던 변명이니까.

"그리고 사우단 선생님이라는 사람은 신의증언 교도시구요.”

"아니, 그건…….”

"재판장님, 해당 논문을 제출하겠습니다. 사건 당시 이미 그 논문은 일고의 가치도 없다고 폐기 처리된 겁니다.”

논문이라는 것은 연구 결과를 가지고 가능성을 따지는 것이다.

상상으로 만들어진 소설은 절대 논문으로 인정되지 않는다.

"사우단이라는 의사는 여기에 있는 김아령 증인과 같은 종교를 가지고 있습니다."

"그건……."

"증인, 그러면 증인은 병원에서 과출혈에 대해 뭐라고 배웠지요?"

"네?"

"과다 출혈의 응급조치에 대해 말씀해 주십시오."

"일단…… 생리식염수를……."

"교단에서 배운 거 말고, 학교에서 배운 거 말입니다."

그녀는 입술을 깨물었다.

말할 수가 없었으니까.

"정말 그 정도 지식도 없이 의사가 된 겁니까? 아니면 증언 거부입니까?"

노형진의 매서운 질문에도 그녀는 말이 없었다.

노형진은 한숨을 푹 내쉰 뒤 증거 자료를 손에 들었다.

"그러면 제가 대신 읽어 드리지요. 과다 출혈 시 일단 수혈을 병행하며, 동시에 과다 출혈의 근원점을 찾아서 지혈을 시도한다. 아주 간단하고 명확한 방법이지요. 한 가지만 빼고 말이지요."

과다 출혈이 일어났을 때 수혈만 하면 살 수 있었다.

그런데 그녀는 그걸 막았다.

"그 당시에 그 정도 지식이 없었던 것도 아닌 것 같은데,

왜 생리식염수를 투입해서 과다 출혈을 촉발시켰죠?"

"아닙니다!"

"아니라고요? 생리식염수를 투입하면 피가 희석되면서 출혈이 빨라집니다. 여기 보면 게다가 증인은 혈액응고제도 아예 안 넣었어요."

"실험적 방법이었습니다. 일단 혈액응고제는 상처에 나중에 직접적으로 투입을⋯⋯."

"증인!"

노형진은 활활 불타는 눈빛으로 그녀를 바라보았다.

"동의서 받았습니까?"

"네?"

"환자나 가족들의, 실험적 치료에 대한 동의서를 받았었느냔 말입니다."

"그건⋯⋯."

"그걸 보통 뭐라고 하는지 아십니까?"

노형진은 그녀를 노려보면서 차갑게 한마디씩 끊어 말했다.

아니, 그녀에게 말하는 게 아니라 주변에 말하는 것이었다.

"마! 루! 타!"

"아닙니다!"

과거 구 일본군이 했던 잔혹한 생체 실험.

그 실험에 강제로 끌려간 수많은 조선 사람들.

그들을 일본군은 마루타, 즉 통나무라고 불렀다.

사람이 아닌 '물건'.

"아니긴 뭐가 아닙니까! 재판장님, 증인은 검증되지 않은 자신만의 종교적 이론을 증명하기 위해 피해자를 사망으로 몰아넣었습니다. 그 당시 민사적 합의가 이뤄져서 형사적 수사가 이루어지지 않았다고 하나 그건 어디까지나 사건의 은폐. 증인은 명백하게 업무상 과실치사를 저지른 셈입니다."

"그건……."

"증인을 업무상 과실치사로 고발하는 동시에, 동일한 목적으로 이루어진 증인의 잘못된 주장을 증거 및 참고 목록에서 삭제하여 주시기 바랍니다."

"으음……."

검사는 사색이 되었다.

설마 자신의 정당성을 증명하기 위해 증인을 감옥에 넣어버리는 강공을 할 줄은 몰랐던 것이다.

문제는 이게 먹힌다는 거다.

"인정합니다."

"헉!"

"증인이 체포당해?"

"증인은 위증한 것이 분명해 보일 뿐만 아니라 과거 사건을 은폐한 것이 확실해 보이므로, 현 시간부로 긴급체포를 명령합니다. 또한 해당 사건에 대해 재조사를 명령하도록 하겠습니다."

"아니에요! 아니야!"

김아령은 그제야 울부짖었지만, 이미 늦었다.

"이…… 이런……."

"나는 사람 죽이지 않았어! 나는 안 죽였다고!"

"그러면 네가 죽인 건 누군데!"

울부짖으면서 끌려 나가는 그녀에게 사람들이 소리를 질렀고, 노형진은 그 모습을 보면서 씩 미소를 지었다.

⚖️

"완전 제대로 당했네."

손채림은 히죽 웃으며 말했다.

다행히 그녀와 노형진 둘 다 구속은 면했다.

그러니 재판이 끝나면 구치소로 돌아가지 않아도 되었다.

"검사 속깨나 쓰리겠네. 그나저나 검사는 모르고 그녀를 받아들인 걸까?"

"그럴걸."

검사가 의학에 대해 잘 알 가능성은 높지 않다.

그런 상황에서 혈액 연구원이 도와주겠다고 먼저 나서니 옳다구나 하고 받아들였을 것이다.

"꿍꿍이가 있을 거라고 의심했어야지."

의사는 시간이 돈인 인간들이다.

그런 놈들이 어째서 무보수로 자신을 도와주는지, 그는 의심하지 않았다.

"애초에 그 사건에 대해 어떻게 알았는지만 알았다고 해도 이 창피는 안 당했지."

"ㅎㅎㅎ."

"아마 들어가서 개같이 깨지고 있을걸."

"으ㅎㅎ."

노형진은 피식 웃었다.

다른 사람도 아니고 살인범을 증인으로 삼았으니.

"업무상 과실치사가 나올까?"

"업무상 과실치사보다는 미필적고의에 의한 살인이 나올걸."

"어째서?"

"의사잖아."

생리식염수를 넣으면 죽는다는 걸 그녀는 알고 있었다.

그런데 그녀는 생리식염수를 넣었다.

죽이려는 고의는 없었겠지만, 죽어도 그만이라 생각한 것이다.

"그걸 단순히 업무상 과실치사로 보기 힘들거든."

업무상 과실치사는 업무상 필요한 주의를 게을리해 사람을 죽음에 이르게 한 경우 인정된다.

하지만 김아령이 과다 출혈 환자에게 식염수를 넣은 건 절대 '주의를 게을리한 실수'가 아니었다.

"미필적고의에 의한 살인이라……."

"그래서 병원에서 덮었던 거고."

만일 병원 소속 의사가 환자를 고의로 죽였다는 소문이 나봐라.

어마어마한 후폭풍이 불 게 뻔했다.

"하지만 날 건드린 게 문제지."

묻혀 있던 사건이다.

형사적으로 처벌이 진행된 적이 없는 사건.

"하지만 정식으로 접수되면 이야기는 달라지거든."

정식으로 사건이 접수된 이상 살인으로 수사가 진행될 것이다.

그리고 그런 경우 미필적고의에 의한 살인은 피할 수 없다.

"일타이피지."

"그러네."

자신들의 억울함을 주장할 뿐만 아니라 검사에게 한 방 먹였다.

이제 검사는 섣불리 움직일 수 없다.

"그러면 이제 어쩌지?"

"뭘?"

"다음 재판에서 뭐든 꺼내 놔야 우리가 주장하는 게 인정되잖아."

자신들이 주장하는 것은 긴급피난.

그런고로 그걸 인정받기 위한 다른 자료가 필요했다.

"아…… 내가 움직일 수 있으면 좋은데."

하지만 일단 사건의 당사자가 움직이는 것은 좋아 보이지 않기 때문에, 그녀는 현재 꼼짝 못하고 있는 상황.

"걱정하지 마. 이미 움직이고 있으니까."

노형진은 자신의 재판을 길게 끌고 갈 생각이 없었다.

⚖️

"재판장님, 긴급피난이라고 하지만 이는 명백하게 피고인에게 어떠한 이득도 없습니다."

검사는 일단 변론을 시작했다.

하지만 의학적으로 질 수밖에 없는 상황에서 마땅하게 주장할 만한 게 없었다.

"긴급피난이 뭔지부터 제대로 배워야겠네요. 긴급피난은 본인의 이익이 아니라 타인의 이익이 다른 이득을 아득하게 넘어설 때도 성립합니다. 이 사건의 경우 신생아의 생명이 걸려 있는 문제였지요."

"하지만 다른 방법을 썼어야지요."

"이미 다른 방법을 썼습니다. 하지만 검찰은 아이를 부모에게 돌려보내도록 했지요."

"끄응……."

확실히 그랬다.

경찰에 신고하고 수사했지만, 사건 자체가 발생한 것이 아니기 때문에 검찰로서는 부모에게 아이를 돌려보낼 수밖에 없었다.

"아이는 수술을 하지 않으면 3개월 내에 사망할 수밖에 없는 상황이었습니다. 하지만 그렇다고 부모가 원한 대로 다짜고짜 무혈 수술을 진행했다면 그날 당장 죽었겠지요."

"하지만 부모가 불법을 행하지는 않았잖습니까?"

"이익의 침해가 꼭 불법일 필요는 없습니다. 그리고 그 침해 역시 이루어진 이후일 필요가 없지요. 이루어진 이후라고 하면 사후 처리지 긴급피난은 아닙니다. 확실하게 이루어질 미래에 대한 대피가 긴급피난입니다."

당연히 그들은 수술을 하려고 했을 테고, 아이는 죽을 수밖에 없다.

검사는 작전을 바꾸기로 했다.

"하지만 부모가 무혈 수술을 할 거라는 확실한 증거가 어디 있습니까? 당사자인 부모가 마음을 바꿔 먹었을 수도 있는데요?"

"그래요?"

'예상대로네.'

자신이 이 작전을 짜면서 질 거라는 생각은 하지 않았다.

긴급피난으로 위법성이 조각 되면 처벌은 받지 않으니까.

하지만 단 하나, 부모가 무혈 수술을 포기했다면 이야기는 달라진다.

"그러면 부모님을 증인으로 모셔도 될까요?"

"증인으로요?"

"네."

"그건 피해자들에게 너무 가혹한 행위가 될 것 같은데요."

'언제부터 피해자를 그렇게 챙겼다고.'

노형진은 코웃음을 쳤다.

아이에게는 어떤 문제도 없다.

사실 다른 사람들이라면 자신에게 따지기는커녕 감사의 인사를 해도 부족하다고 생각할 것이다.

노형진이 무단으로 수술을 하는 바람에 아이는 살렸지만, 자신들은 종교적 신념을 어기지 않은 상황이 되었으니까.

"그러면 피해자들이 무혈 수술을 포기했다는 증거는 있나요?"

"증거요?"

"반면에 그들이 무혈 수술을 시도한 증거는 사방에 있습니다."

이미 그들에 대해 조사를 하면서 행적을 알아봤다.

"그들은 총 일곱 군데의 병원을 돌면서 무혈 수술을 요구했고 그중 여섯 군데에서 거부당했습니다. 그러다가 마지막으로 갔던 곳에서 이번 사건의 수술을 담당했던 의사를 만나 무혈 수술을 약속받은 거고요."

"그래서요? 그게 그 이후에 무혈 수술을 포기했을 가능성을 없애 주지는 않잖습니까?"

"그러면 왜 그 의사를 찾아갔을까요?"

"뭐요?"

"재판장님, 여기에 있는 그날 병원의 예약 기록을 확인해 주시기 바랍니다. 그 당시 수술 예정 기록은 병원에서 해직된 그 의사의 것입니다."

"하지만 그건 자기들 때문에 해직되었으니 미안해서……."

"미안하면 피하려고 하는 게 보통이지요. 더군다나 그곳은 일반 병원이지 종합병원이 아닙니다. 수술을 할 수야 있겠지만, 심장병 수술을 하기 위한 장비는 최소한만 존재할 뿐이지요. 안전을 위해서라면 당연히 커다란 종합병원에 가야 하는 거 아닌가요?"

"예약이……."

"긴급 수술이라는 게 달리 있는 게 아닙니다."

만일 수술이 급하고 당장 죽을 가능성이 있다면, 의사는 다른 수술을 캔슬 해서라도 당연히 그 수술을 먼저 한다.

더군다나 신생아라면 수술에서 당연히 압도적인 우선순위를 가진다.

"그런데 왜 군이 안전장치도, 실력도 없는 의사를 찾아가서 아이의 수술을 맡기려고 했을까요?"

"큭."

검사는 아무런 말도 하지 못했다.

자신이라도 자신의 아이를 위해 큰 병원을 가지 작은 곳에 가지 않을 테니까.

"그건 본인에게 듣는 게 확실하다고 생각합니다. 재판장님, 피해자의 부모를 증인으로 부르겠습니다."

결국 검사는 가장 확실한 카드를 꺼내 들었다.

부모가 마음을 바꿨다고 하는데 노형진이 아니라고 주장할 수는 없을 테니까.

잠시 후 남자가 증인 선서 후 증인석에 앉았다.

"증인, 증인은 이번 납치 피해자의 아버지 맞습니까?"

"맞습니다."

"그날 이후 많이 고통받고 계시죠?"

"이루 말할 수 없는 고통을 받고 있습니다."

"증인, 증인은 그날 무혈 수술을 할 예정이었나요?"

"그럴 리가요. 저도 아이를 사랑합니다. 아이를 위해 무혈 수술을 포기했습니다."

"재판장님, 보다시피 증인은 그날 무혈 수술을 포기하고 정상적인 일반 수술을 할 예정이었습니다. 하지만 피고인은 그러한 증인의 아이를 납치했습니다."

그 후에도 몇 가지 질문이 계속되었다.

대부분의 증언은, 자신은 아이를 위해 자신의 종교를 포기했다는 식으로 이어졌다.

"그래요?"

노형진은 입맛을 다셨다.

'참 웃기다니까.'

남을 처벌하기 위해 거짓말을 한다.

그건 용서받지 못할 일이다.

하지만 신이 실제로 존재한다면, 자식을 위해 자신의 신념을 잠깐 내려놓는 것은 용서할 것이다.

그런데 남자는 용서받을 수 없는 것은 포기하지 못하고 용서받을 수 있는 것을 포기했다.

"그래서 증인은 피고인을 용서할 수 있습니까?"

"절대로 용서할 수 없습니다."

손채림은 어이가 없었다.

"말이 안 되는 거 아냐?"

"내 말이."

자신들 덕분에 아이는 살았다.

설사 진짜로 그들 말대로 오해가 있어서 자신들이 큰 실수를 했다고 해도, 아이는 살았고 그 덕분에 저들은 적지 않은 돈을 아낄 수 있었다.

그런데도 용서를 못 한다니.

'뭐에 대해 용서해야 하는지를 모르는 모양이네.'

노형진은 고개를 끄덕거리면서 일어났다.

검사가 증인신문을 마쳤으니 이제 자신이 해야 하는 시점이다.

"증인, 증인은 절 용서할 수 없다고 하셨죠?"

"그렇습니다."

남자의 눈빛은 불이 활활 타오르는 듯했다.

'그래, 마음 같아서는 날 죽이고 싶겠지.'

하지만 그건 그의 마음이다.

아마 신이 있다면 그를 용서하지 않으리라.

"재판장님, 여기서는 더 이상 신문하지 않겠습니다."

"응?"

"이게 무슨 소리야?"

증인이 나와 있고 신문을 해야 사건을 뒤집을 수 있다.

긴급피난이라고 하지만 어찌 되었건 노형진이 오해해서 납치한 셈이고, 당연히 납치에 대해 처벌이 있을 수밖에 없다.

"다만 새로운 증거를 내놓고자 합니다."

"새로운 증거?"

"그렇습니다. 허락해 주시겠습니까?"

"뭡니까?"

"녹음 기록입니다."

"음…… 한번 들어 보도록 하지요. 허락하겠습니다."

노형진은 미리 준비한 파일을 재생했다.

그 파일에서는 낯선 여자의 목소리와 남자의 목소리가 흘러나왔다.

-안녕하세요. 여기 병원입니다.

-그런데요?

-저기, 아이들을 데리고 가셔야 하는데요. 둘째는 아직 퇴원이 힘들지만 첫째는 치료를 받은 것도 아니라서 데리고 가셔도 됩니다.

-…….

그런데 남자는 아무런 말도 하지 않았다.

자신을 병원 직원이라고 소개한 여자는 상대가 아무런 말이 없자 다시 입을 열었다.

-혹시나 병원비 때문에 그러시는 거라면 걱정하지 않으셔도 돼요. 병원비는 완납되었습니다. 지금까지의 것뿐만 아니라 앞으로의 병원비도 일부 선납되어 있으니까 그건 걱정하지 않으셔도 됩니다.

친절한 설명. 그러나 그다음에 들려온 목소리는 생각지도 못한 말을 툭 던졌다.

-악마의 피가 흐르는 자식은 안 데려옵니다.

-네?

직원은 당황한 목소리로 되물었다.

-수혈을 받은 아이는 이미 순수성을 잃었습니다. 그 아이 몸속에는 성혈이 아니라 사탄의 피가 흐르고 있습니다. 그런 아이는 내 자식이 아닙니다. 못 데려옵니다.

-자…… 잠깐만요, 아버님! 그게 무슨 말씀이세요?

-이만 끊겠습니다.

-아니, 잠깐만요! 아이가 무슨 죄가 있다고! 아버님! 첫째 아이는

요! 병원에 같이 있잖아요!

─사탄에게 아이를 가져다 바친 뱀 같은 아이입니다. 그 애, 내 애 아닙니다.

그리고 끊어지는 통화.

노형진은 표정이 굳은 남자를 차가운 얼굴로 바라보았다.

"녹음한다고 고지하지 않는다고 해서 녹음되지 않는 건 아니지요."

"……."

"수혈을 허락했다고요? 악마의 피라면서요?"

"……."

"아이가 무슨 죄입니까? 아이는 살기 위해 노력하는 것뿐, 아무 잘못 없습니다. 누나도 자기 동생을 살리겠다고 저한테 온 거구요. 그런데 뱀 같은 아이요? 증인, 다시 한 번 묻겠습니다. 수혈받는 거, 허락했습니까? 확실하게 말하세요. 여기서 거짓말하면 위증입니다.

그 말에 남자는 순간 꿀 먹은 벙어리가 되었다.

거짓말을 하는 건 어렵지 않지만 녹음된 자신의 목소리가 그걸 부정하고 있기 때문이다.

"이상입니다."

노형진은 구역질 나는 인간을 더 이상 보고 싶지 않아서 몸을 돌렸다.

"독하다, 진짜."

손채림은 재판 기록을 보면서 고개를 흔들었다.

"우리야 그렇다고 쳐. 아이들을 그렇게 버리나?"

"끄응."

노형진과 손채림은 긴급피난이 인정되었다.

과학적으로 아이가 죽을 수밖에 없는 상황에서 아이를 살리기 위해 납치한 것이니까.

하지만 결말이 다 좋은 건 아니었다.

"애들이 너무 불쌍하다."

"그나마 다행인 건 엄마가 이혼하면서 애들을 빼 올 수 있다는 거야."

"무단으로 수술에 동의했는데 불리하지 않아?"

"상식에 의한 판단을 하는 게 재판부의 책임이니까. 물론 가끔 그러지 않는 경우도 있지만, 이 경우는 아주 확실하지."

부모 중 아버지는 아이를 죽이려고 했고, 엄마는 아이를 구하려고 했다.

누가 양육에 더 적합한지는 뻔하다.

"더군다나 살다 보면 어떤 일이 벌어질지 알 수 없어. 그런데 아버지 쪽은 수혈을 거부하지. 재수 없게 교통사고라도 나면 아이들은 죽을 거야. 그걸 아는데도 재판부가 양육권을 아버지 쪽에 넘기겠어?"

"아하! 그러면 문제가 될 건 없네?"

"그래. 물론 무단으로 동의한 것에 대한 책임이 없는 건 아니지만 귀책사유는 남자 쪽이 훨씬 크니까 아마 재산도 꽤 가지고 올 수 있을 거야."

그 말에 손채림은 안심된다는 표정을 지었다.

"그것도 좋지만 전 이번에 그 긴급피난이라는 판례가 너무나 마음에 듭니다. 일단 이번 판례는 사회적으로 아주 중요합니다."

임진기는 흥분한 얼굴로 말했다.

그럴 수밖에 없었다.

"그동안은 의사들이 아이를 살리고 싶어도 살릴 방법이 없었거든요. 하지만 판례가 생겼으니까요."

무혈 수술로 인한 사망을 막기 위한 긴급피난.

지금까지 부모가 수혈을 거부하면 의사 입장에서는 두 눈 멀쩡히 뜨고 환자가 죽는 걸 기다리는 수밖에 없었다.

하지만 긴급피난이라는 판례가 생겼으니 의사들은 다소 귀찮긴 해도 우선 아이들을 살린 후에 처벌을 피할 수 있게 되었다.

"가능한 한 널리 이번 사건을 알려 주세요."

"안 그래도 사방에 이야기하고 있습니다. 아마 특정 종교를 가졌다는 이유로, 아니 특정 종교를 가진 부모에게서 태어났다는 이유로 죽는 아이들의 숫자가 확 줄어들 겁니다."

"물론 없어지지는 않겠지요."

노형진은 안타깝다는 듯 고개를 흔들었다.

"어쩌겠습니까? 세상은 완벽하지 않으니까요."

그저 한숨만 나오는 일이었다.

싱글이 죄냐!

"저거 교동이 아니냐?"

"응?"

노형진은 차를 마시다가 손채림의 말에 고개를 들었다.

"교동이?"

"교동이 맞네."

"교동이가 이쪽으로 왜 와?"

교동은 노형진과 손채림의 친구다.

당연히 초등학교 동창이고 동창회에서도 만나는 사이다.

하지만 집도 사무실도 이쪽으로 올 일은 없다.

"아니야. 교동이 맞아. 오호라."

노형진은 그제야 고개를 돌려서 교동이가 있는 곳을 바라보았다.

그가 등지고 있어서 몰랐던 것이다.

이윽고 쫘악 빼입고 온 한교동이 그의 눈에 들어왔다.

"어라, 저게 어쩐 일이야? 가서 인사라도……."

"스톱. 넌 눈치가 왜 그렇게 없냐?"

"응?"

"딱 보면 몰라?"

손채림은 키득거리면서 말했다.

그제야 노형진은 한교동이 잔뜩 긴장하고 있다는 사실을 알았다.

"그러고 보니 쟤, 저런 스타일 안 좋아하지 않았냐?"

매일같이 자유를 외치면서 헐렁한 티에 청바지만 입고 다니던 놈이 정장에 넥타이까지 맸다?

진짜 어색한 모습이다.

"아직도 모르겠어?"

"뭘? 아아."

노형진은 그 순간 이쪽으로 등을 돌리고 있는 여성의 모습을 확인하고 피식 웃었다.

"벌써 그럴 나이인가?"

"좀 빠르기는 하지만 그럴 나이지. 거참, 기분 묘하네."

딱 봐도 두 사람은 맞선을 보는 게 맞았다.

여자도 그렇고 남자도 그렇고, 어색함이 철철 넘친다.

이것이 법이다

"그래서 여기로 온 거구나."

한교동의 집은 여기서 멀다.

그러나 일반적으로 맞선을 볼 때는 남자가 여자 쪽으로 움직인다.

즉, 여자의 집이 이 근처라는 소리다.

"오호, 재미있는 거 구경하네."

키득거리면서 바라보는 손채림.

노형진은 그런 손채림을 발끝으로 툭 쳤다.

"야, 왜 남의 흑역사를 구경하려고 그래?"

"그래야 나중에 동창회에서 뭐 하나 뜯어먹지."

"거참."

그렇게 말하면서도 노형진도 고개를 슬쩍슬쩍 돌렸다.

"그나저나 아직 이른 시간인데 맞선이라니."

노형진은 시계를 슬쩍 바라보았다.

오후 2시.

맞선을 보기에는 상당히 이른 시간이다.

"뭐 어때? 토요일인데."

"그런데 토요일에 일하는 우리는 뭐냐?"

"우…… 우울해졌어."

축 늘어진 손채림.

일이 많다 보니 토요일도 나와서 근무해야 하는 처지다.

그러니 슬프다 못해 짜증이 난다.

"때려치울까. 나도 나름 그래도 조물주 위의 건물주인데."

"잘도 때려치우겠다."

노형진은 어깨를 으쓱했다.

"우리도 가서 일하자고. 오후의 여유는 여기까지."

"아깝다."

끝까지 구경하고 싶었던 손채림은 입을 삐쭉거렸지만, 어쩔 수 없다는 듯 자리에서 일어났다.

"그러면 나 화장실 좀 다녀올게."

"그래라."

노형진은 느긋하게 남은 차를 마시면서 대답했다.

손채림이 간 지 얼마 지나지 않아서 한교동의 맞은편에서 여자가 일어나는 것이 보였다.

'오, 예쁜데?'

노형진은 그제야 여자의 얼굴을 보고 미소를 지었다.

상당한 미녀다.

아니나 다를까, 한교동의 입꼬리는 귀에 걸려 있었다.

'가서 알은체해……? 아서라.'

잔뜩 긴장했는데 맞선 장소를 자신에게 들켰다는 걸 알면 얼어붙을 수도 있고, 잘될 만한 것도 안되는 수도 있다.

'잘되길 빈다.'

노형진은 피식 웃고 남은 차를 한입에 털어 넣었다.

그리고 얼마나 지났을까.

"왜 안 와?"

아무리 기다려도 오지 않는 손채림 때문에 그는 핸드폰 시계를 바라보면서 중얼거렸다.

심지어 나중에 갔던 한교동의 맞선녀가 먼저 올 정도였다.

손채림은 좀 더 시간이 지나서야 모습을 드러냈다.

"뭐 이리 오래 걸려? 변비냐?"

시간도 시간이고 아까와 다르게 상당히 어두운 얼굴을 하고 있는 손채림의 모습에, 노형진은 피식하며 놀렸다.

"넌 여자한테 변비가 뭐니?"

"너무 오래 걸리니까 그랬지."

친하기 때문에 노형진은 농담을 건넸지만, 손채림은 여전히 얼굴이 어두웠다.

"왜 그래?"

"잠깐, 가지 말고 있자."

"응?"

손채림은 말하면서도 한교동의 맞선녀에게서 시선을 떼지 못하고 있었다.

"뭐야? 무슨 일인데?"

"좀…… 그러네……."

"응?"

"아까 화장실에서 저 여자를 봤어."

"아, 아까 화장실에 가는 것 같더라."

아무리 맞선 자리라고 해도 생리 현상을 어찌할 수는 없으니까.

"그런데 왜?"

"통화하더라고, 오늘 두 탕이라고."

"두 탕이라니?"

"오늘만 맞선을 두 번 본대."

"뭐?"

노형진은 그 말이 이해가 가지 않았다.

무슨 맞선을 하루에 두 번이나 뛴단 말인가?

"아무래도 알바 같아."

"알바? 무슨?"

"맞선 알바."

"맞선 알바?"

노형진은 어리둥절했다.

자신은 그런 걸 겪어 보지 못했기 때문이다.

그러자 손채림은 노형진 쪽으로 몸을 숙이며 작게 말했다.

"남자들은 잘 모를 거야. 여자들 사이에서 알음알음 소문이 난 거거든."

"알음알음 소문이 났다니?"

"맞선 알바 말이야."

손채림은 눈을 찌푸렸다.

그녀 또한 맞선 알바라는 게 이해가 가지 않았기 때문이다.

"자세하게 말해 봐."

"음…… 너 맞선 업체 계약은 알지?"

"알지."

맞선 업체에 등록하면 몇 번 사람을 만나는 조건으로 상당한 금액을 내놓아야 한다.

일반적으로 5회 기준에서 300만 원선, 그러니까 한 번에 무려 60만 원인 셈이다.

"그런데 소문으로는, 맞선 업체에서 그런 걸로 장난치는 경우가 많대. 실제로 내 주변에서도 봤고."

여자들은 남자들에 비해 수가 부족하다.

그리고 여자들이 원하는 조건이 있다.

300만 원씩 내고 가입하는 사람들이 그저 그런 사람들을 만나서 횟수를 까먹고 싶어 하지는 않는다.

"남자들은 대부분 그런 것에 무심한 편이지."

일단 남자들은 자신들이 일하면서 먹여 살린다고 생각하는 경우가 많으니까.

"하지만 여자들은 아니거든."

일단 상대방이 경제력이 있어야 안정된 삶이 가능하기 때문에, 그들은 소개가 들어와도 상대에게 어느 정도 능력이 되지 않으면 만남을 거부한다.

"그렇다 보니 아무래도 괴리가 생겨."

여자들은 자신들보다 여유로운 사람을 구한다.

그리고 일반적인 사람들은 주선해 줘도 여자들이 거부한다.

"설마?"

"맞아. 그런데 계약해 놨으니 주선은 해야 하거든."

그때 등장하는 게 바로 알바다.

일당을 주고 하루 만나라고 하는 것이다.

한 번 만나고 나서 여자가 애프터 신청을 거부하는 것은 방법이 없으니까.

"그런 알바가 있다는 소리는 많이 들었어. 내가 아는 사람도 그런 알바 해 보라고 이야기도 들었고."

"들었다고?"

"그래, 모델이거든."

그런데 외모가 되고 시간적으로 여유가 있으니까 그런 알바를 해 볼 생각이 없느냐고 회사에서 접근했다는 것이다.

"회당 15만 원이래."

"미친."

"하지만 생각해 보면 회사 입장에서는 남는 거 아냐?"

"그건 그렇지."

무려 45만 원이나 남는 것이다.

"그래서?"

"그래서는 무슨 그래서야. 당연히 안 한다고 했지."

초보 모델이기는 하지만 그 정도로 자존심이 없는 것도 아니었고, 슈퍼 모델 대회에 출전을 준비하는 와중에 그런 행동을 했다가 나중에 문제가 되면 인생이 망가지기 때문에 그녀는 단호하게 거절했다고 한다.

"그런데 그런 일을 하는 사람들이 의외로 많다고 들었어."

"으음……."

노형진은 시선을 돌려서 다시 지그시 한교동을 바라보았다.

"확실한 거야?"

"확실한 것 같아. 다음번엔 신촌에서 저녁 7시에 맞선이래."

"미친놈들."

노형진은 이를 빠드득 갈았다.

여기에 나오는 사람들은 나름 절박한 마음을 가지고 있다.

그런데 그런 식으로 이용해 먹다니.

"대부분 외모가 되는 애들을 알바로 쓰니까, 남자들은 그것도 모르고 혹해서 나오지."

맞선을 하기 전에 일단 서로 사진을 주고받는다.

그리고 그 후에 만남을 결정한다.

"그런데 여자가 예쁜데 남자가 거절할 리 없지."

노형진은 속으로 탄식을 했다.

'와, 저거…… 진짜.'

"하지만 그거 가지고 알바라고 하기는 좀 그렇잖아? 외모가 되면 만나고자 하는 남자가 많은 거 아냐?"

"내일도 두 탕이래."

"할 말 없네."

고작 이틀 사이에 네 번?

그러면 빼도 박도 못하고 알바다.

여자라고 해서 주선비를 안 받는 게 아니니까.

다섯 번 만나는 데 300인데, 그중 대부분을 이틀 만에 쓸 리는 없으니까.

"이거 뭐야, 진짜."

노형진은 눈을 찌푸렸다.

아까 전에 잘되라고 속으로 기원해 주던 그 마음은 사라진 지 오래였다.

"어쩌지?"

손채림은 곤란한 표정을 지었다.

사실을 말해 줘도 문제, 안 해 줘도 문제다.

"교동이도 그냥 숫자를 채우는 거겠지?"

"그렇겠지."

한교동이 친구이기 때문에 잘 안다.

평범한 집에서 태어나 평범하게 자란 소시민이다.

그가 다니는 기업도 아주 큰 기업은 아니다.

결혼 시장에서 메리트가 있는 타입은 아니라는 소리다.

그러니 여자들이 딱히 혹하지는 않을 만한 그런 타입.

거기에다 생긴 것마저 평범하다.

"애매하기는 한데……."

말해 주면 상처를 받을 건 뻔하다.

하지만 말을 안 해 주면 저 여자는, 아니 그 회사는 계속 한교동뿐만 아니라 다른 사람들에게 사기를 칠 것이 뻔했다.

"말해 줘야지."

"여기서?"

"아니."

여기서 말해 주면 일이 커진다.

"지금은 증거가 없잖아. 그래서야 허위 사실 유포밖에 더 돼?"

"아…… 짜증 나네."

"일단…… 저 둘이 헤어지고 나서 이야기하자."

"끄응."

"내일 너 무슨 일 없지?"

"없기는 한데……. 아, 황금 같은 휴일을 날리게 생겼네."

손채림은 노형진이 무슨 생각인지 알아차렸다.

"좋게 생각해, 친구 인생 구한다고 치고."

"에휴."

손채림은 고개를 끄덕거릴 수밖에 없었다.

⚖️

"안녕히 가세요."

한교동은 미소를 지으며 여자를 배웅해 주었다.

"네, 들어가세요."

여자가 택시를 타고 떠나자 그의 얼굴에서는 숨길 수 없는 함박웃음이 피어올랐다.

"아자!"

느낌이 좋았다.

이대로 잘만 하면 만남을 이어 갈 수 있을 것 같았다.

더군다나 상당한 미녀다.

"내 인생 핀다!"

한교동이 그렇게 주먹을 불끈 쥐는 순간. 뒤에서 누군가가 그의 어깨에 손을 올렸다.

"좋냐?"

"응? 으억!"

노형진과 손채림이 뒤에 서 있었다.

"너희가 어쩐 일이야?"

"어쩐 일은. 이 옆이 우리 회사야."

"어?"

"우리 회사라고."

"그, 그래?"

"그래서, 좋냐?"

"어…… 음…… 어디부터 봤냐?"

"'안녕하세요.'부터."

처음부터 봤다는 소리다.

한교동의 얼굴이 붉게 물들었다.

"비밀로 해 주라. 그래도 맞선은 좀…… 그렇지 않냐?"

노형진은 한숨을 푹 쉬었다.

딱 봐도 이번 만남에 기대하고 있다는 걸 알 수 있었다.

하지만 현실을 알려 줘야 한다.

"그게 말이다……."

노형진은 입맛을 다셨다.

"왜 그래? 혹시 네가 아는 여자야?"

"그건 아니고."

노형진은 말을 하는 대신에 손채림을 바라보았다.

"얘가 아까 화장실에서 그 여자와 마주쳤거든."

"화장실?"

"그래."

손채림은 어쩔 수 없다는 듯 설명했다.

노형진이 설명하는 것보다는 직접 설명하는 게 나을 테니까.

그리고 시간이 흐를수록 한교동의 얼굴에는 진한 실망감
이 떠올랐다.

"그게 무슨 소리야? 알바라니?"

"그러니까 그냥 횟수 한 번 차감하려고 대충 나왔다는 소
리야."

"그, 그럴 리 없어……. 얼마나 잘 대해 줬는데……."

"알바니까 그렇지."

좋게 대해 주고, 다음번에 안 보면 그만이다.

여기서 짜증을 부리면 컴플레인이 들어가니까 자기도 귀찮다.

"지금도 맞선 보러 간 거야."

"서, 설마……."

"미안하다."

"……."

혼이 나간 듯한 한교동.

믿고 싶지 않은 눈치이지만 어쩌겠는가, 현실인 것을.

"아니…… 도대체 왜 그런 게……."

말을 더듬어 묻는 한교동.

이런 게 왜 알려지지 않았냐는 소리인 듯했다.

"이거 엄밀하게 말하면 범죄야."

노형진은 그의 어깨를 두들기며 말했다.

"그놈들이 사기를 치는 건데 걸리게 하겠어?"

절대 걸리지 않게 조심할 게 뻔했다.

애초에 맞선이라는 구조의 특성상, 걸리는 게 힘든 것도 사실이다.

한 번 만나고 여자가 애프터 신청을 거절하는 것은 흔하게 있는 일이고 불법이 아니니까.

"아니야……. 그럴 리 없어……."

"확실해."

"……."

한참 침묵을 지키던 한교동은 힘겹게 입을 열었다.

"어딘지 알아?"

"응?"

"어딘지 아냐고. 그냥 너희들 말만 믿을 수는 없잖아."

"알아."

손채림은 안타깝게 말했다.

"가자."

"내일도?"

"내일?"

"그래, 내일도 있더라. 내일은 어딘지 모르지만."

한교동은 오만상을 찌푸렸다.

하지만 마음을 강하게 먹었다.

"가자."

⚖

"안타깝네."

이틀간 한교동과 노형진, 손채림은 그녀의 동선을 따라다녔다.

그날은 알고 있으니 그곳에 가면 되는 것이었고, 다음 날은 그녀를 미행해서 따라다녔다.

"개자식들."

그 결과 한교동은 분노를 감추지 못했다.

자신에게 말한 모든 게 거짓이었다.

심지어 사는 곳도 서울이 아니라 분당이었다.

"이건 빼도 박도 못하는데."

노형진은 사진을 펼치면서 한숨을 쉬었다.

"진짜 너무하더라."

손채림도 안타깝다는 듯 말했다.

"너도 봤지?"

"그래."

그녀를 따라간 곳.

보통 맞선이 많이 이루어지는 장소들이었다.

나름 운치 있고 두 사람이 이야기하기 좋은 커피숍.

그런 커피숍이 많은 건 아니니까.

"그중 몇 명이나 알바일까?"

"모르지."

그곳에 갔을 때 그들의 눈에 들어온 것은 누가 봐도 맞선을 보는 듯한 사람들이었다.

한두 커플이 아니다.

주말을 이용해서 선을 보러 나온 사람들.

그들은 얼굴에 한가득 기대를 안고 선을 보고 있었다.

"어쩔래?"

"어쩌기는, 소송해야지."

한교동은 차갑게 말했다.

"내가 그곳에서 벌써 세 번째야."

"세 번째 맞선이라는 거야?"

"아니, 세 번째 가입이라고."

"세 번째? 잠깐만, 그 말은……?"

"그래, 900만 원이나 냈어."

"이런……."

"그런데 매번 이런 식이었던 거라면……."

어찌 보면 맞선까지 봐 가서면서 결혼하기에는 이른 나이일 수도 있다.

하지만 그의 집에서 가능하면 빨리 결혼하기를 원해서 그렇게 노력한 것이다.

그런데 이런 식으로 뒤통수를 치다니.

"그 돈 찾아와야지."

"증거가 애매하기는 한데."

노형진은 턱을 문질렀다.

일단 한 건은 확실하다.

문제는, 확실한 건 한 건이라는 것뿐이다.

"더군다나 이건 너 하나의 문제가 아니야."

손채림은 한교동의 말에 조심스럽게 말했다.

"아니라니?"

"내가 들은 회사는 다른 회사였어."

"뭐?"

"한두 곳이 이런 행동을 하는 게 아니라는 거지."

손채림은 한숨을 쉬었다.

"여자들끼리 있는 인터넷 카페에서 물어보면, 이런저런 이야기가 나오기 마련이거든."

손채림은 여초 카페에 가입해서, 슬쩍 이런 알바 제안이 들어왔는데 해도 되는 거냐고 글을 올렸다.

"그런데 의외로 그런 알바 하는 사람이 제법 있더라고."

"허."

"대부분은 그거 사기 치는 거라고 하지 말라고는 하는데……."

일부 짭짤한 알바라고 적극 추천하는 사람도 적지 않았다는 것이다.

"어떤 사람은 유부녀인데 그 알바 한다고 하더라."

"유부녀가?"

"그래. 거기에다 그런 알바 하는 남자들도 있는 모양이야. 하긴, 이런 사기가 남녀 따지겠어? 아주 개판이야."

유부녀가 맞선 자리에 나가는 경우도 있을 뿐만 아니라, 아예 그 알바비조차도 아깝다고 직원을 대타로 보내는 회사까지 있다는 것이다.

"그건 진짜 사기인데?"

"그런 알바 하는 사람들은 그렇게 생각 안 해. 그다지 심각하게 생각하지 못하는 것 같더라고."

"끄응……."

노형진은 신음이 절로 나왔다.

가끔 사람들은 범죄를 너무 쉽게 생각한다.

"어떤 여자들은 그냥 나가서 밥이나 한 끼 얻어먹고 기분 좀 맞춰 주다 오는 게 어떠냐는 식이야. 그 바람에 싸움까지 났다니까."

"응?"

"그냥…… 그렇게 되더라고."

그게 범죄라는 여자들과, 그건 그냥 알바라고 주장하는 여자들끼리 댓글로 싸움까지 났다는 소리에 노형진은 혀를 끌끌 찼다.

"하여간 이리저리 알아보니까 알음알음 하는 사람들이 적지 않아."

"그래?"

"맞선 업체에 다닌다는 여자 말로는 회사마다 다른데, 보통 20~30% 정도는 그런 알바라고 봐야 한다고 하더라고. 그나마 메이저는 좀 덜한데 작은 곳은 심각한 모양이야."

"심각한데. 맞선 시장이 얼마나 되지?"

"정확한 통계는 없지만 못해도 500억은 되지 않을까?"

그러면 못해도 100억 이상이 사기로 버는 돈이라는 뜻이다.

노형진은 턱을 문질렀다.

"와, 이거 엄청 심각한데."

매년 100억씩 사기를 친다.

결혼 시장에 맞선 업체가 등장한 것이 1990년대다.

그러니 20년이 넘게 그런 것이다.

"소송, 너희한테 맡기고 싶다."

한교동은 착잡하게 말했다.

그냥 당한 게 너무나 억울했다.

"소송하는 건 어렵지 않은데…… 이기는 게 쉽지가 않아."

"어째서?"

"우리가 가진 건, 네 상대로 나온 여자가 이틀 동안 맞선을 네 번 봤다는 것뿐이잖아."

그리고 맞선의 횟수는 총 다섯 번.

그들이 그걸 한꺼번에 몰아서 한 거라고 하면 자신들은 할말이 없다.

"그렇다고 그냥 넘어가?"

"그럴 수는 없지. 아까 채림이도 말했잖아. 매년 이런 식으로 사기 치는 곳들이 한두 곳도 아닌 것 같은데."

"그러면?"

"이건 기획 소송 쪽으로 가야 할 것 같아."

"기획 소송?"

"그래."

피해자들이 어마어마하게 많을 테니 전부 모아서 움직여

야 하는 사건이었다.

"아무래도 이번 사건은 좀 힘들겠는데?"

노형진은 걱정스럽게 중얼거렸다.

⚖️

"맞선이라……."

송정한은 바쁜 와중에 찾아와서 이야기를 들었다.

애초에 새론은 기획 소송을 하기 위해 만들어진 곳이고, 이 정도 규모의 기획 소송이 흔한 건 아니니까.

"나 때는 그런 거 없었는데 말이지."

"대표님은 어떻게 결혼하신 겁니까?"

"응? 아, 내 와이프는 학교 선배 동생이었지."

그때는 서로서로 그렇게 소개를 받아서 결혼하는 게 보통이었다.

지금이야 결혼 업체를 이용하지만, 그때는 거의가 인맥이었던 것이다.

"아니면 기껏해야 마담뚜를 거치거나."

"마담뚜요?"

"아…… 그랬지."

김성식의 말에 송정한은 기억난다는 듯 고개를 끄덕거렸다.

"난 사법 고시 합격하고 나니 집으로 마담뚜가 오더군."

"저도 그랬습니다."

"허."

신기한 이야기에 손채림은 눈을 빛냈다.

"마담뚜요? 아직도 그런 게 있어요?"

"여전히 있을걸. 안 그런가?"

노형진은 슬쩍 고개를 돌렸다.

"뭐야? 안 갔나?"

"그럴 리가요."

노형진이 사법시험을 합격했을 때도 찾아왔었다.

"와, 신기하다."

"아직도 있을 수밖에 없지."

그들은 철저하게 상류층만을 대상으로 한다.

그런 만큼 상류층이거나 상류층이 될 가능성이 높은 사람에게 빠르게 접근한다.

"하지만 최소한 그 사람들은 사기는 안 쳤네만."

"손님이 상류층 아닙니까?"

"그렇기는 하군."

상류층을 대상으로 사기를 치면, 마담뚜는커녕 먹고살기도 힘들어질 것이다.

"지금도 마찬가지입니다. 상류층을 대상으로는 이런 장난 안 칩니다."

"그렇겠지."

결국 아무런 힘도 없고 정보도 없고 대응할 방법도 없는 사람들을 대상으로 한다는 것이다.

"더 웃긴 건, 이런 알바가 여자만 있는 게 아니라는 거죠."

"여자만 있는 게 아니다?"

"네, 몇몇 업체에는 남자 알바도 있다고 하더군요."

물론 여자 알바와는 좀 다르다.

여자 알바들은 외모를 무기로 휘두르지만, 남자 알바는 재력을 무기로 휘두른다.

"그래서 상류층 남자를 소개시켜 준다는 말로 여자 회원에게서 돈을 뜯어내는 사례도 있다고 하더군요."

"남자는?"

"당연히 사기죠."

재력은커녕 그냥 알바생이다.

적당히 있는 척하다가 헤어지면 땡.

"남자든 여자든, 일단 사기에서 안전한 건 아닙니다. 우리 눈에 보였던 것이 여자 알바생일 뿐인 거죠."

"흠……."

송정한은 턱을 문지르며 고민에 빠졌다.

"자네는 어떻게 생각하나? 내가 봐서는 사기인 것은 맞지만, 이걸 해결할 만한 방법이 없어 보이는데."

"그래서 저도 고민 중입니다."

맞선 정보를 캐내는 것은 불법이다.

그리고 맞선을 본 사람들의 데이터베이스를 만드는 것도 불가능하다.

실제로 맞선을 자주 보는 사람도 있을 수 있으니까.

자신의 친구인 교동이만 해도 가입만 세 번이다.

이번 횟수를 뺀다고 해도, 맞선만 무려 열 번을 넘게 본 셈이다.

'〈백 번 선본 남자〉라는 영화도 나오는 판국에 횟수만으로 구분할 수는 없지.'

그렇다고 가입 기록을 보여 달라고 할 수도 없다.

가입 기록이야 만들면 그만이니까.

게다가 개개인의 정보를 캐내는 것은 불가능한 데다 불법이다.

"인터넷으로 현상금을 거는 것도 불가능해. 일단 이런 일을 하는 사람이 주변에다가 떠드는 경우는 드물 것 같네."

"여자는 건드릴 생각이 없습니다."

"그게 무슨 소리인가?"

"제가 건드리는 건 회사입니다."

"회사?"

"네."

"그게 무슨 소리인가? 무슨 증거가 있다고?"

일단 법적으로는 맞다.

그 계획을 짠 것은 다름 아닌 회사다.

그런 만큼 신고 대상은 그 여자들이 아닌 회사가 되어야
한다.

"다들 여자를 노리는 쪽으로 이야기하기에 말씀드리는 겁
니다."

"그러면?"

"집단소송의 좋은 점이 뭔지 아십니까?"

"뭔데?"

"있어 보인다는 거죠."

다들 어리둥절한 표정이 되었다.

"생각해 보세요. 저들은 알바를 불러서 횟수를 때웠습니
다. 그렇지요?"

"그렇지."

"아닌 걸 어떻게 증명하죠?"

"응?"

노형진은 그동안 많이 고민했다.

하지만 생각하다 보니 그 고민이 의미가 없다 싶었다.

왜 구분해서 생각한단 말인가?

사기의 주체는 아르바이트를 나온 사람들이 아니다.

회사다.

자신들이 그 아르바이트를 하러 나온 사람들에게 화낼 이
유는 없다.

"집단소송을 할 때 그들이 가만히 있지는 않을 텐데?"

"가만히 있지는 않을 겁니다. 하지만 회당 300만 원이죠. 그런데 꽝이 걸린 사람들 기분이 어떨까요?"

"꽝이 걸린 사람들의 기분이라······. 당연히 돈이 아깝겠지."

"그런 상황에서 만일 집단소송을 건다면, 그들은 뭐라고 할까요?"

"아하!"

안 그래도 요즘 인터넷에서 그런 소문이 많이 퍼지고 있다.

물론 아직은 알음알음 수준이지만.

그리고 그런 소문을 접한 사람 입장에서는 한 번쯤 의심을 해 보지 않을 수가 없다.

왜 나만 거절당하나.

왜 나만 이런 취급을 당하나.

혹시나 나와 만난 사람이 알바생이 아닐까?

더군다나 업체마다 다르다고는 하지만, 소문으로는 심하면 30%가 알바라고 했다.

보통 5회의 만남을 약속하는 만큼 5회 중 최소 1회, 운 나쁘면 2회는 알바를 만날 수밖에 없는 구조다.

"우리는 그걸 수면 위로 끌어 올릴 수 있습니다."

인터넷 방송국을 통해 뉴스화해 달라고 할 수도 있다.

그들을 통해 종편 뉴스에 내보내 달라고 할 수도 있고.

"그걸 보고 사람들은 무슨 생각을 할까요?"

애프터 신청을 거절당한 대부분의 사람들.

그들이 과연 상대방이 순수하게 선보러 나온 사람이라 확신할 수 있을까?

"피해자나 가해자를 거를 필요는 없지요."

의심이 있으면 고발한다.

그게 정석이니까.

"그리고 그들은 그게 얼마나 타격을 줄지 알 겁니다."

맞선 시장에서 가장 중요한 것은 믿음이다.

믿음이 없는 만남? 그건 역시 의미가 없다.

"과연 그들이 뭐라고 할지 두고 보자구요, 후후후."

다음 날부터 언론에서 일제히 맞선 알바에 대해 보도하기 시작했다.

물론 '일제히'라고 하기에는 확실히 부족하기는 했다.

하지만 결혼하고 싶어 하는 사람들 입장에서는 억울할 수밖에 없는 사실이었다.

─알바비로 15만 원 받았어요. 나가 보니까 부자인 줄 알더라고요. 부자요? 하하, 부자면 그 돈 받고 나가겠습니까? 회사에서 그러더라고, 부자인 척하라고. 거기 입고 나간 거요? 당연히 짝퉁이지요.

노형진은 뉴스를 보면서 씨익 미소 지었다.

누군지 모르게 모자이크 처리되어 있지만, 그 남자가 하는 말은 속이 쓰리다 못해 터질 만한 내용이었다.

"알바는 남자보다는 여자가 더 많지 않아?"

손채림은 그 인터뷰를 보면서 고개를 갸웃했다.

"그렇기는 하지. 아무래도 맞선 업체에서는 여자가 부족한 게 사실이니까. 여자 알바가 압도적으로 많겠지."

"그런데 왜 남자를 이용한 거야?"

"여자 알바도 나왔잖아."

"그래도 인터뷰 내용의 대부분은 남자잖아? 피해자도 남자가 많을 텐데? 그런데 왜 하필이면 남자 알바를 써?"

"집중력 때문에."

"집중력?"

"아무래도 남자들은 피해를 입어도 어지간하면 뒤로 물러나거나 포기하는 경우가 많아. 설사 움직인다고 해도, 주변에서 사람을 모으기보다는 그냥 알아서 소송을 하려고 하고."

"그런데?"

노형진은 인터넷에 들어가서 검색어를 쳤다.

그리고 손채림은 그걸 보고 탄성을 질렀다.

"허어?"

"반면에 여자들이 뭉치는 속도는 어마어마하지."

벌써 몇몇 카페가 생겼다.

맞선 알바에 대한 소송을 하고자 하는 카페들.

그런데 닉네임 같은 걸 보면, 아무래도 그걸 만든 사람은 여자인 듯했다.

"남자들은 대개 개개인으로 움직이려는 경향이 있지만, 여자들은 보통 뭉쳐서 대항하려고 해. 우리의 목적은?"

"집단소송이지."

"그러면 우리가 만나야 하는 사람은 누구?"

"뭔 소리인지 알겠네."

그냥 해당 카페의 주인만 만나서 이야기하면 된다.

남자들이 많기야 하겠지만 그들을 모으는 것은 쉽지 않은 데 반해, 여성 피해자들은 이미 뭉친 상태니까.

"우리가 의뢰를 받기는 편하지. 그리고 이런 식으로 먼저 시작해 놓으면, 나중에 남자 피해자들을 데리고 오는 것도 편하고."

"하긴, 그렇겠네."

이미 소송이 진행 중인 카페가 있으니 남자들은 거기에 이름만 올리면 된다.

"개개인이 소송하려면 입증책임 같은 게 문제가 되지. 하지만 개개인이 아니라면 이야기가 달라져."

이렇게 뭉칠수록 소송가격은 커지고 증명의 부담은 줄어든다.

"당연하게도 결혼 회사 입장에서는 압박을 받을 수밖에 없고."

"아직 소송도 시작하지 않았는데?"

"아까도 말했다시피 맞선 시장에서 가장 중요한 것은 믿음이야. 알음알음이라는 건, 사실 대부분은 예상한다는 거거든."

하지만 드러나지 않는 것과 드러나는 것의 차이는 크다.

그리고 그 차이가 아마 세상을 바꾸게 될 것이다.

무고죄 받고 무고죄 더

"하지만 상대방이 사기꾼인지 알 수가 없지 않습니까?"

노형진의 예상대로 한두 군데씩 피해자들이 모이는 곳이 생겼고, 자신이 피해자라고 생각해서 모인 사람들 또는 호기심에 들어온 사람들 등 많은 사람들이 그곳에 가입했다.

노형진이 그들을 설득해서 자리를 만드는 건 그리 어렵지 않은 일이었고, 그게 이번 사건을 뒤집을 카드였다.

"증거는 이미 확실하게 모아 뒀습니다."

"저도 압니다. 이미 말씀해 주셨지요."

노형진이 모은 증거는 어마어마했다.

알바를 했다는 사람들의 증언, 그리고 그런 알바를 구하는 인터넷 게시 글 등등.

생각보다 알바를 뛰는 사람들이 꽤 있었던 것이다.

"뭘 그렇게 두려워하십니까?"

"두려워하다니요?"

노형진은 여전히 고민하는 사람들을 보고 되물었다.

"어차피 그곳에 다시 들어가서 소개받을 거 아니지 않습니까?"

"그건 그런데……."

"물론 마음은 이해가 갑니다. 대부분의 한국 사람들은 자기가 조금 손해를 감수하고 말면 된다고 생각하거든요."

그런데 이런 사기꾼들은 그러한 감정을 이용한다.

당연히 그들은 그런 사람들에게서 많은 돈을 뜯어낼 수 있다.

"물론 300만 원이 적은 돈은 아닙니다만, 여러모로 복잡해지기에는 많은 돈도 아니지요."

누군가 대표로 나서서 입을 열었다.

"거기에다 예의가 아니지 않습니까?"

"예의요?"

"네, 어찌 되었건 우리와 맞선을 봤던 사람들인데 그들을 고발한다는 게……."

"아아아."

노형진의 예상대로였다.

다들 고소하고 싶어 하지만, 정작 상대가 진짜인지 알바인지 알 수가 없다는 게 문제였다.

"뭔가 착각하시는 것 같은데요."

"네?"

"우리는 맞선 상대를 고발하는 게 아닙니다."

"그러면요?"

"맞선 상대와 함께 고발하는 거죠."

"맞선 상대와 함께 고발한다고요?"

"여기에 계신 분들, 다들 전화 가지고 계시지요? 그렇다면 이 중에는 맞선을 보았던 상대의 번호를 가진 분들도 계시겠네요?"

"그건 그런데…….."

아예 번호도 못 받고 나온 사람도 있는 반면, 그래도 전화번호는 주고받았다가 애프터 신청에서 거절당한 사람들도 적지 않았다.

"저는 그분들과 함께 회사를 고발하고자 하는 겁니다."

"어떻게요? 증거가 없잖아요?"

"고발과 고소는 다릅니다."

"다르다고요?"

"네."

사람들이 많이 헷갈려 하는 부분이다.

몇 번이나 설명을 했지만, 새로운 사람을 만날 때마다 어쩔 수 없이 설명해야 하는 부분.

"고소는 '내가 피해를 입었으니 저들을 처벌해 주십시오.' 하는 거지요."

"그런데요?"

"고발은 '불법행위가 이루어지고 있으니 조사해 주십시오.' 하는 겁니다."

"으음…… 그래서요?"

"두 가지는 전혀 다르지요."

고소는 무고가 될 가능성도 있다.

물론 고발도 그건 마찬가지이기는 하지만 다른 건, 당사자가 없다는 것이다.

고소를 하면 입증책임은 고소한 사람에게 있지만 고발은 쉽게 말해서 '신고'하는 것인지라, 그 사건에 대한 조사 및 범죄의 입증책임이 경찰에게 있다.

"그게 무슨 차이가 있지요?"

누군가 묻자 노형진은 차분하게 그에게 설명해 줬다.

"즉, 우리가 입증할 필요가 없이, 경찰이 알아서 다 해 준다는 겁니다."

"그것도 무고가 될 수 있잖습니까?"

"아니요. 이건 무고가 되지 않습니다."

무고가 되기 위해서는 누군가를 거짓으로 처벌받게 할 목적으로 고의적으로 없는 죄를 만들어서 뒤집어씌워야 한다.

"하지만 이 경우는 그게 해당되지 않죠."

어찌 되었건 그런 맞선 알바를 한 사람들이 분명히 존재하며 또 그런 알바를 하려고 인터넷에서 사람들을 모으는 글을 스크린샷으로 찍어 두기도 했으니까.

"그들이 알바를 썼다는 증거는 확실하게 있습니다. 중요한 건 그거죠."

범죄일 것 같은 일말의 가능성.

그 가능성만 있어도 고발에는 문제가 없다.

"고소와는 다르죠. 고소는 내 피해를 입증해야 하니까."

그러기 위해서는 상대방의 범죄 사실을 증명해야 하지만 고발은 그럴 이유가 없다.

"무고가 되지 않는다?"

"네. 지금 몇몇 분들이 그들과 통화했다고 들었는데, 아닌 가요?"

몇몇 사람들이 고개를 끄덕거리면서 인정했다.

"나한테 사기 친 거 아니냐고 따졌더니, 고발하면 무고로 맞고소한다고 하더라고요."

"어디죠?"

"뚜장인이라는 곳이에요."

"아아."

노형진도 그곳이 어딘지 알았다.

뚜장인.

조사해 보니 알바를 가장 많이 쓴다고 소문난 기업이었다.

'40%라고 하던가?'

노형진은 어이가 없었다.

이는 절반 가까이가 아르바이트생이라는 뜻이기 때문이다.

"고소하면 무고로 고소한다고 했다고요?"

"네."

"역시나군요."

"역시나?"

"무고라는 게 의외로 가장 많이 쓰이는 방어 방법이거든요."

"네?"

"생각해 보세요. 그들은 기업입니다. 만일 고객과 트러블이 생기면 어떻게 하려고 할까요?"

"그건……."

"일반적으로 일단 대화를 통해 사태를 해결하려고 할 테지요."

지금은 21세기다.

인터넷에 까발리면 여러모로 안 좋다.

안 그래도 뉴스에서 계속 때리는 중인데 오해라면 당연히 '고객님, 오해입니다.'를 시전하지, '응, 너 고소.'를 시전하지는 않는다.

"그들이 맞고소 운운한다면 두 가지 가능성이 있지요. 진짜 억울하다, 아니면 이쪽 입을 막아야 한다. 그런데 저들은 서비스 업체입니다. 그러면 보통 어떤 것부터 하려고 할까요?"

"아하!"

일단은 오해라고 하면서 고객의 기분을 풀어 주고 오해를 풀려고 할 것이다.

"그런데 다짜고짜 너 고소를 시전했다는 거죠?"

"네? 아, 네. 그러더라고요. 그런 소리 하면 죄다 고소할 테니까 그렇게 알고 있으라고."

"그러면 입 막기입니다."

고소한다고 겁을 주어 더 이상 아무것도 하지 못하게 막는 것이다.

"하지만 억울하면 경찰에 가서 푸는 게 정상 아닌가요?"

"물론 보통은 그게 정상이지요. 하지만 뉴스를 보셨잖습니까?"

"끄응…… 그건 그러네요."

당장 뉴스에서 까발리는 정보만 봐도, 맞선 업체들이 선량하게 운영한 건 아니라는 증거는 넘친다.

"그러니 귀찮게 설득하느니, 간단하게 협박으로 넘어가는 거죠."

"그런데요?"

"그러니까 우리는 그걸 이용하는 겁니다."

"이용한다?"

"무고죄를 받고 무고죄를 더 올리는 거죠."

"네? 무슨 카드 게임 레이즈도 아니고."

"레이즈 맞습니다."

이쪽에서 사기를 베팅 했고 저쪽은 무고로 대응했으니, 이쪽은 그 무고죄 받고 거기에 무고를 더 얹어서 베팅 하는 것이다.

"헐."

틀린 말은 아니다.

그쪽이 범죄를 감추기 위해 무고를 하는 순간, 그들은 무고죄를 저지르는 셈이 되니까.

"하지만 증거가 없잖아요."

"증거요?"

"네, 그들이 사기를 쳤다는 증거 말입니다."

"그 증거는 여러분들의 전화기에 들어 있습니다."

"우리 전화기요?"

"아까 맞선 봤던 분들 중에 전화번호 아시는 분들, 있다고 하셨죠?"

"저 있습니다."

"네, 저도요."

몇몇 사람들이 손을 번쩍 들었다.

상당수는 알고 있었다.

'그렇지.'

아예 번호를 받지 못했다면 모를까, 사람마다 다르기는 하지만 혹시 몰라서 또는 귀찮아서 일단 저장했던 번호는 그냥 두는 경우가 많다.

"그들에게 전화해서 같이 고발을 하자고 하세요."

"그건……."

"일단 의심은 확실한 상황입니다. 증거도 있고요. 그들 입장에서도, 상대방이 알바생인가 의심할 수 있는 거죠."

"전 알바생이 아닙니다만?"

누군가 기분 나쁘다는 듯 말했다.

알바생이 아닌데 상대방이 자신을 알바라고 생각하면 기분이 나쁘기 때문이다.

"물론 여기에 계신 분들은 아니겠지요. 하지만 여러분 상대분께서 만난 사람이 딱 한 명이라는 보장은 없지 않습니까?"

"그건…… 그러네요."

일반적으로 1회 가입 비용인 300만 원을 내면 5회의 만남을 주선한다.

자신은 알바생이 아니지만, 그들 중 몇몇이 알바생인지는 아무도 모른다.

"그러니 일단 고발하는 거죠."

"그게 무슨 효과가 있지요?"

같이 묶어서 고발한다면 효과가 있다는 노형진의 말이 그들은 이해가 가지 않았다.

"첫째, 더 이상 알바생이 그런 알바를 하지 못합니다. 아무래도 찔릴 테니까요."

"그것뿐인가요?"

"두 번째가 중요합니다. 알바를 걸러낼 수 있겠지요."

"알바를 걸러낼 수 있다?"

"만일 자신이 속았다는 걸 알고 300만 원을 돌려받을 수 있다면, 여러분들은 어떻게 하시겠습니까?"

"당연히 동참하지요."

위임장에 사인 한번 해 주거나 도장 한번 찍어 주면 끝나는 일이다.

그런 간단한 일을 통해 최소 300만 원, 많게는 1천만 원이 넘는 돈을 받을 수 있다면 다들 주저하지 않고 사인할 것이다.

"그런데 여러분들이 전화해서 그런 이야기를 했을 때 상대방이 거절한다면, 그건 무슨 뜻일까요?"

"아하!"

본인들이 켕기니까, 뭔가 할 수가 없는 이유가 있으니까 도장을 안 찍는 것이다.

"하지만 진짜로 귀찮아서 안 찍을 수도 있잖아요. 그런 사람들은……."

"물론 그런 사람도 있겠지요."

어깨를 으쓱하는 노형진.

"하지만 그런 사정까지 우리가 챙겨야 합니까?"

"네?"

"어차피 끝난 사이 아닌가요?"

"아……."

어차피 다시 볼 사이도 아니다.

"착한 사람일 필요가 있나요, 어차피 안 볼 건데? 자기가

귀찮아서 도장 찍기 싫다고 해도, 일단 경찰서에서 수사받다
보면 생각이 좀 바뀌겠지요."

"그, 그런⋯⋯."

간단한 문제다.

"한국 사람들은 너무 착해요. 좀 악독할 필요가 있어요."

미국은 개인의 이익에 대해 철저하다.

미국 같으면 이런 사기를 치다가 걸리면 징벌적 배상까지
뒤집어써서, 기업이 버티기는커녕 줄줄이 망해 나갈 것이다.

"내가 착하니까 조금만 참아야지? 그건 멍청한 겁니다. 내
가 착하니까 조금만 참으면, 그게 바로 호구예요."

"으음⋯⋯."

"세상을 잘 사는 방법은 '내가 참아야지.'가 아니라 '나를
건드리면 죽인다.'입니다."

몇몇이 기분 나쁜 듯 헛기침을 했다.

"물론 그게 싫으시면 여기서 빠지셔도 됩니다."

노형진은 말하면서도 코웃음을 쳤다.

"하지만 여기서 나가시는 순간 경찰이 부르겠지요."

"뭐요?"

"아까 말씀드렸잖습니까, 저희는 누가 알바인지 모른다고."

당연히 다른 피해자들을 만나서 설득해야 하고, 그들은 고
발하기 위해 이쪽에 연락을 취할 것이다.

"만일 거절한다면, 저희 입장에서는 알바라고 생각해서

고발을 진행할 수밖에요."

몇몇 사람들이 멍한 표정이 되었다.

"여러분이 선택할 수 있는 건 둘 중 하나입니다. 여기서 도장을 찍고 나가시든가, 경찰에 가서 조사를 받으시든가."

노형진의 말에 다들 입을 쩍 벌렸다.

"이봐요! 무슨 말을 그렇게 험하게 합니까!"

몇몇 사람이 노형진에게 삿대질을 했다.

물론 노형진은 눈도 깜짝하지 않았다.

"바보로 패배하는 건 제 취향이 아니라서요. 마음에 안 들면 나가시면 됩니다. 다음에는 경찰서에서 뵙겠네요."

다들 표정은 일그러졌지만, 나가는 사람은 없었다.

⚖️

─지금 이게 뭐 하는 짓거리야! 어!

"고객님, 저희는 이번 사건에 대해 아는 게……."

─아니, 부자라고 소개시켜 줬잖아! 그런데 이게 뭐야!

"아니, 그게……."

─그러니까 제가 만난 여성분이 알바인지 아닌지 확인이 안 된다는 거네요?

"고객님, 뉴스는 헛소문이에요 저희는 알바 안 씁니다."

전화기에서는 불이 날 정도로 계속 전화가 오고 있었다.

그걸 보면서 뚜장인의 사장인 장소화는 길게 기른 엄지손톱을 자신도 모르게 질근질근 깨물었다.

"아직도 이래?"

"네, 대표님. 항의 전화가 너무 많아서 제대로 된 업무도 못 보고 있어요."

"가입자는?"

"가입자도 없고요."

"아니, 가입자가 없으면 기업을 어떻게 운영하라고……."

"대표님, 아무래도 우리가 워낙 소문이 안 좋으니까……."

부하 직원은 말을 하면서도 끝을 흐릴 수밖에 없었다.

좋게 표현해서 소문이 안 좋은 거지, 알 만한 사람들은 다 안다, 이곳에서 얼마나 많은 알바를 내보내는지.

"환불 요청이 너무 많은데요. 어떻게 해요?"

"당연히 환불은 안 되는 거지! 누구 망할 일 있어!"

지금 환불해 주기 시작하면 아마도 환불 대란이 일어날 것이다.

맞선 업체라는 특성상 가입자만 수만 명이다.

더군다나 한 명당 300만 원씩이다.

그런데 그걸 환불해 준다?

그러면 자신은 망할 수밖에 없다.

"환불은 무조건 안 된다고 해. 일단 오해가 있었으니까 맞선 기회를 더 준다는 식으로 이야기해 봐."

"하지만 여자 회원이 너무 부족한데…….”

"알바 더 쓰면 될 거 아니야!"

"네? 대표님, 그랬다가 걸리면요!"

부하는 깜짝 놀라서 새된 비명을 질렀다.

안 그래도 그런 알바들을 써서 이 지경이 되었는데 또 쓰겠다니.

"알 게 뭐야! 당장 망하게 생겼는데!"

농담이 아니다.

맞선 업체라는 곳의 구조는, 신입 회원이 들어오지 않으면 버틸 수가 없다.

그런데 이런 상황에서 신입이 들어올 리 없지 않은가?

"대표님!"

"미안…… 미안해……. 내가 흥분해서……. 일단은 최대한 거짓말이 아니라고 이야기하면서 시간을 끌어. 다른 사람을 소개시켜 준다고 하고.”

"하지만…….”

부하는 입을 꾸욱 다물었다.

'그런 걸로 해결될 수준이 아니라서 그러는 건데…….'

그런 걸로 해결되는 수준이라면 얼마나 좋겠는가?

하지만 그럴 수준이 아니라서 문제인 거다.

"당분간은 알바 모집은 그만두고. 경찰서에 가져다줄 서류는 다 준비된 거지?"

이곳이 남이다

"네."

"좋아, 좋아."

어차피 가입자 목록은 자신들이 관리한다.

경찰이 그걸 다 관리할 리도, 조사할 리도 없다.

적당히 서류를 주고 나면 그걸로 조사하는 척할 것이다.

물론 그에 대한 대가는 치러야겠지만.

'젠장, 피 같은 내 돈.'

브로커에게 넘어간 돈을 생각하면서 이를 박박 가는 장소화.

"대표님!"

그 순간 문이 열리면서 몇몇 사람들이 안으로 들어왔다.

"아니, 지금이 언제라고 이렇게 몰려오는 거야!"

젊은 여성들을 보고 그녀는 깜짝 놀랐다.

"안으로 들어와. 다른 사람은 못 봤지?"

그들을 보고 벌벌 떠는 장소화.

그럴 수밖에 없었다.

"아니, 당분간 조용히 있으라고 했잖아!"

그들은 자신들 아래에서 아르바이트를 하는 사람들이었으
니까.

"대표님! 이게 뭐예요?"

어떤 남자가 덜덜 떨리는 손으로 종이를 꺼내 들었다.

그걸 본 장소화의 눈빛이 꿈틀거렸다.

"그건 경찰 소환장?"

"저도 그거 나왔어요!"

"저도!"

너도나도 경찰 소환장을 꺼내 드는 사람들.

장소화는 그걸 보고 당혹감을 감추지 못했다.

"이게 뭐야?"

"이게 어떻게 된 거예요?"

"아니, 너희한테 소환장이 왜 가?"

"모르죠."

이건 말도 안 된다.

아르바이트생들 명단은 자신들이 쥐고 있다.

그런데 어떻게 소환장이 간단 말인가?

하지만 그들의 의문이 풀리는 데에는 채 10분도 걸리지 않았다.

"대표님, 큰일 났어요!"

"큰일이라니?"

"지금 전화가 왔는데…….."

"전화는 아까부터 오고 있잖아!"

"사기로 인해 소환장이 왔대요!"

"소환장?"

"네!"

"그게 무슨 소리야!"

"아무래도 우리 고객들을 모조리 고발한 모양이에요! 지금

이게 뭐냐고, 고객들에게서 전화 오고 난리도 아니에요!"

비슷한 시기에 발송한 소환장, 아니 출석요구서가 이제야 도착한 것이다.

그걸 받은 진짜 가입자들 입장에서는 뚜껑이 안 열릴 수가 없다.

안 그래도 알바를 쓰는 기업이라고 찍혀서 믿음이 안 가는데, 자신이 알바일지도 모른다는 고발이 들어와서 조사하기 위해 경찰서에 나와야 한다고 하니 어이가 없을 수밖에 없었다.

"당장 환불, 아니 당장 사장 바꾸라고……."

"일단 나 자리에 없다고 해……."

"한두 명이 아니에요!"

"이게 무슨……."

동시에 몰아닥치는 어마어마한 피바람.

그 피바람에 정신이 휘청거릴 지경이었다.

하지만 피바람은 그것만이 아니었다.

맞선이라는 것.

그걸 젊은 사람이 알아서 가입하는 경우는 그다지 많지 않았다.

즉, 부모 등 다른 사람이 두 팔 걷어붙이고 나서서 추진하는 경우가 많다는 이야기다.

"사장 나오라고 해!"

입구에서부터 쩌렁쩌렁 울리는 아줌마들의 목소리.

고개를 내민 장소화는 얼굴이 창백해졌다.

"사장 어디 있어! 사장 나오라고!"

"오늘 같이 죽자!"

"뭐? 책임지고 시집보내 줘? 너희들 때문에 내 딸이 전과 달게 생겼어!"

몰려들어 오는 부모들.

기껏 업체에 가입시켜 좋은 짝 만나기를 기도하고 있었는데 날아온 것은 경찰의 출석요구서.

부모 입장에서 뚜껑이 안 열리면 그게 이상한 거다.

"여기서 이러시면 안 돼요!"

"사장 이년 어디 있어! 이년 어디 갔어!"

"아악!"

"머리 놔요!"

"경찰 불러! 경찰!"

개판이 되어 가는 사무실을 보면서, 장소화는 다리가 풀려서 털썩 주저앉을 수밖에 없었다.

⚖

"룰루."

맞선 업체들에 폭탄을 날린 노형진은 즐거운 마음으로 서류를 정리하고 있었다.

"너도 한 방 나도 한 방, 죽창은 공평하다네, 룰루."

"뭐냐, 그 노래는?"

"응?"

"죽창이라니? 갑자기 웬 죽창?"

"솔로 부대를 이탈하려고 한 자들에게 바치는 찬가라고 할까?"

"얼씨구?"

손채림은 혀를 끌끌 찼다.

노형진은 키득거리면서 서류를 깔끔하게 묶었다.

"다 만들었다."

"솔로를 이탈하려고 한다고 죽창을 날린다면서, 그런 놈이 맞선 업체를 만드냐?"

"절호의 기회 아니야? 그래서 너도 투자하는 거잖아."

"그건 그런데……."

절호의 기회다.

이번 사건으로 기존 업체들은 심각한 타격을 입을 수밖에 없다.

당장 알바를 안 쓴 업체가 없다고 하니까.

다만 그 비율이 저마다 다를 뿐.

"우리한테 소송을 맡긴 사람들은 결국 다른 곳은 못 믿어. 그러면 어쩌겠어?"

"우리한테 맞선을 부탁하겠지."

손채림은 한숨을 푹 쉬면서 말했다.

"딩동. 정답."

자신들에게 소송을 맡긴 사람들은 남자나 여자만 있는 게
아니다.

양쪽 다 피해자들이 있고, 그들에 대해 노형진은 아주 잘
알고 있다.

"그들을 서로 소개시켜 주는 건 전혀 어려운 일이 아니지."

"와, 진짜……."

현직 변호사가 소송을 통해 믿음을 확보한, 확실한 맞선
업체.

과연 사기를 친 업체들에 속해 있던 사람들이 올까?

"이럴 때 먹는 거지 지금 아니면 언제 먹냐? 맞선이라고
무시할 거 아니야. 한국에서 이쪽 시장이 얼마나 큰데."

"그런가?"

"그럼."

점점 남을 만나기 힘들어지는 사회적 구조.

자연스러운 연애결혼보다는 맞선을 통해 만나는 것이 평
범해지는 구조.

"미래에는 1조 이상의 시장이 된다고."

"헐."

그들을 선점하고 믿음을 준다는 것은 이 시장에서 압도적
으로 유리한 일이다.

"전에도 말했다시피 이 시장에서 가장 중요한 건 믿음이니까."

"기존 업체는 믿음이 깨졌고 말이지. 그런데 이건 뭐야?"

약관은 다른 곳과 비슷하다.

하지만 노형진이 만드는 새로운 맞선 업체의 약관에는, 다른 곳에 없는 조항이 하나 붙어 있었다.

"결혼 및 정식 교제를 목적으로 하지 않는 이유로 가입하는 경우, 그로 인한 소송 및 손해배상 책임을 인정한다?"

"아, 그거? 그건 여자분들을 위한 일종의 서비스."

"서비스?"

"질 안 좋은 놈들이 있거든."

"질 안 좋은 놈들이라니?"

"여자 사냥꾼."

"어감이 안 좋은데?"

"성격도 안 좋아."

맞선 업체는 일반적으로 결혼하고 싶은, 최소한 진지하게 누군가를 만나고 싶어 하는 사람이 가입하는 곳이다.

300만 원이라는 돈은 적은 게 아니니까.

하지만 돈이 있는 사람들에게는 300만 원이라는 돈이 큰 게 아니다.

"가끔 그런 놈들이 있어. 자기 돈이 있으니까 '여기서 여자 하나 건져서 가지고 놀다 버려야지.' 하는 놈들."

"헉! 그런 개자식들이 있어?"

"애석하게도 의외로 그런 놈들이 많아, 특히 재혼 시장에."

"뭐어?"

"여자들은 상대적으로 재산이 많은 경우가 적으니까."

여자는 재산이 있다면 굳이 남자를 만나려 하지 않는 성향이 있다.

하지만 남자는 그러한 행위를 자랑스럽게 떠벌리고 다닌다.

특히 나이가 많은 사람일수록 더욱더 말이다.

"너무한 거 아냐?"

"그러니까 문제야. 사실 하는 짓거리는 강간이나 다름없는데, 일단 교제 중에 벌어지는 일이니까 철저하게 여자가 불리해지거든."

범죄는 성립하지 않는다.

하지만 여자 입장에서는, 긴 시간을 그 남자 때문에 날리는 셈이다.

"좀 안타깝기는 하지만 남자가 돈이 있으면 여자가 좀 더 매달리게 되니까, 남자는 적당히 가지고 놀다가 버리는 거지. 여자는 충격받아서 누구도 못 만나고."

"헐."

결국 정상적으로 결혼하고자 하는 다른 남자도 기회를 박탈당하는 셈이다.

"그런 놈들이 많아?"

"제법 있어. 하지만 대부분의 업체는 그걸 모른 척하지."

일단 돈을 지속적으로 주는 VIP니까.

이것이 법이다

"설마······."

"딩동. 언론에서 이것도 후속타로 때릴 거야."

그리고 그게 나가는 순간, 기존 시장에 대해 그나마 남아 있던 믿음마저 박살이 날 것이다.

"결혼 시장에서는 여성이 갑이야. 그리고 믿음이 깨진 곳에는 여성들이 안 갈 테고. 우리는 이러한 조항으로 그런 놈들을 걸러낼 거니까, 당연히 우리 쪽으로 오겠지."

그리고 남자들이, 여자들이 없는 곳에 가입할 리 없고 말이다.

"시장을 통째로 집어삼키겠다 이거구나."

'뭐, 자정된다면 모르겠지만.'

하지만 노형진은 기억한다.

이러한 현상은 자정되지 않는다.

아니, 될 수가 없는 구조다.

'조금 더 빨라진 것뿐이기는 하지.'

사실 노형진이 이번에 나서지 않았다고 해도 잠깐 이슈화되기는 될 예정이었다.

다만 지금만큼 크게 이슈화되지도 않았고, 업체들은 자기들끼리 자정작용을 한다 어쩐다 하며 쇼하고 끝이었다.

그 후에는 여전히 똑같은 짓을 한다.

'하지만 공룡이 하나 끼면 이야기가 달라지지.'

그 공룡이 깨끗한 곳이라면, 다른 곳도 깨끗한 곳이 아니라면 버티지 못한다.

"그런데 이런다고 그런 인간들이 안 올까? 발정 난 놈들이 뭔들 못 하겠어?"

"그래서 내가 맞선 업체를 마이스터 산하의 업체로 만드는 거야."

"마이스터 산하? 왜? 그게 무슨 의미가 있는데?"

생각해 보면 마이스터는 그냥 투자회사이지 결혼과 맞선과는 전혀 상관이 없는 곳이다.

차라리 마이스터가 투자하고 아예 별개의 조직으로 만드는 게 법적으로는 훨씬 깔끔하다.

그런데 노형진은 굳이 마이스터 산하의 조직으로 만들었다.

"돈? 그런 짓거리 하는 놈들이 많아 봐야 얼마나 많겠어?"

"응? 아……."

만일 자신들을 속이고 그런 짓거리를 한다?

그런다면 사실상 마이스터를 적대하겠다는 의미로 받아들여질 수 있다.

"애초에 자산이 수백억이 넘는 사람들은 그런 행동을 잘 안 해. 할 수가 없지."

가뜩이나 재산을 노리는 사람도 많고, 법적으로 시끄러워지니까.

애초에 그런 사람들은 최고급 술집에서 연예인 뺨치는 아가씨들 만나고 다녀도 문제 될 게 없는 이들이다.

"이런 짓거리 하는 놈들은 보통 수십억에서 백 억 사이의 부자들이야."

"경고구나."

"그래."

그런 짓거리 한다면 망하게 하겠다는 확실한 경고.

"그런 짓거리 하는 놈이 분명히 한두 명은 있겠지."

그리고 자신은 그들을 확실하게 몰락시킬 것이다.

"VIP 좆 까라 그래."

그들은 남의 인생을 파먹는 버러지일 뿐이다.

그리고 그들에게 엿을 먹이면 그들은 노형진의 회사가 아닌 다른 곳으로 갈 테고, 이미지는 점점 더 개판으로 떨어질 수밖에 없을 것이다.

"뭐, 좋은 생각이기는 하네."

노형진의 말에 손채림은 피식 웃었다.

피해자가 생기지 않게 된다면 자신으로서도 언제든 환영이다.

"그나저나 그게 끝은 아니지?"

"어떤 거?"

"그 자칭 사냥꾼이라는 놈들을 언론에 제보하는 거."

"절대."

그건 아예 별개의 사건이지, 이번 사건과는 전혀 관련이 없다.

"마지막 카드는 민사야."
"민사?"

"민사소송요?"
"그렇습니다."
형사로 고발했다.
그리고 조사가 진행되었다.
"예상대로 알바생들이 발각되고 있지요."
"하지만 그다지 많지 않던데요."
"그럴 겁니다. 마음 약한 사람들이 있으니까요."
대부분의 알바생들은 입을 꾹 다물고 있다.
일부 겁먹은 사람들만이 자기 잘못을 인정하고 반성하고
있다.
"하지만 그런 애들은 다 알바죠."
"알바라는 게 다 그런 거 아닌가요?"
고개를 갸웃하는 사람들.
그냥 용돈벌이 하려고 나오는 사람들, 그들이 알바다.
그래서 그들이 그렇게 반성한다면 이들도 문제 삼지 않았다.
"하지만 돈이 된다면 아르바이트도 직업이 됩니다."
"네?"

"생각해 보세요. 어차피 다시 만날 일은 없습니다. 다시 만나도 문제 될 것도 없구요. 그 대신 나가서 한두 시간 정도 차 마셔 주면 한 번에 15만 원씩 들어옵니다. 그걸 전문적으로 하는 사람이 없을까요?"

다들 착잡한 표정이 되었다.

"그러면 그들을 고발하겠다는 건가요?"

"아니요. 그들을 고발해도, 우리에게는 딱히 이득이 없어요."

"그러면요?"

"그들을 우리 쪽에 집어넣을 겁니다."

"우리 쪽에 집어넣는다?"

"민사소송의 파트너로 넣는다는 거죠."

다들 입을 쩍 벌렸다.

"네? 아니, 왜요? 사기꾼들을 왜요? 그들도 사기꾼 아닙니까!"

"사기꾼이지요."

노형진은 고개를 끄덕거렸다.

"하지만 그들 때문에 회사에서는 증거를 내놓을 수밖에 없을 겁니다."

"증거라고 하시면?"

"맞선의 증거죠."

"네?"

"이미 저들이 가짜를 보낸 건 확정적입니다."

문제는 그로 인한 배상 문제다.

저들은 환불도, 그로 인한 배상도 해 주지 않고 있다.

개별적으로 요구하면, 고객님이 만난 분들은 정상적인 분들이라고 주장하면서 말이다.

"당연히 여러분들 입장에서는 속 터지는 일이지요."

"그런데요?"

"그런데 재미있는 게 있더군요."

일반적으로 알바 개념으로 하는 사람들도 보통 다섯 건, 그러니까 돈으로 치면 300만 원이다.

그런데 일로 하는 사람들은 어떨까?

"보통 주말에는 하루 세 건씩, 평일에는 하루 한 건씩 한다고 하더군요. 그러니까 일주일에 평균 열한 건입니다. 만일 그에 대한 배상을 요구한다면 어떨까요?"

다들 입을 쩍 벌렸다.

"일주일에 660만 원?"

"네, 그들은 공식적으로 그렇게 쓴 겁니다. 일주일에요."

그러면 한 달에 못해도 2천 이상이라는 소리다.

그걸 핑계 김에 반환하라고 소송을 한다면?

"회사 입장에서는 당연히 줄 수가 없지요."

결국 '알바는 없다.'라는 회사의 주장은 뒤집어지게 된다.

그들이 자신들이 보냈다는 확실한 증거가 될 테니까.

"하하하하."

그런다고 인정하고 배상해 주겠다고 한다?

그런 일을 한 사람이 한두 명이 아니다.

노형진이 예상하기로는, 그런 사람은 못해도 서른 명 이상.

그것도 단기가 아니라 몇 년간 일한 사람들일 가능성이 높다.

"몇십억을 토해 내야겠지요."

결국 그들은 어떤 선택을 하든 물러날 수밖에 없다.

"하지만 그들이 소송을 하지 않을 수도 있잖습니까?"

"안 할까요?"

노형진은 고개를 갸웃했다.

"돈 몇 푼에 남의 마음이 갈가리 찢어지든 말든 나와서 알 바하던 사람들이?"

"으음…….'

확실히 정상적인 생각을 가진 사람이라면 그런 알바 자리가 있어도 하지 않을 것이다.

그건 누가 봐도 범죄니까.

"그들이 수십억을 과연 쉽게 버릴 수 있을까요?"

노형진은 눈을 반짝거렸다.

"여러분들은 조용히 뒤에서 구경만 하시면 됩니다."

⚖️

"재판장님! 이건 말도 안 되는 소리입니다."

청구 금액 11억. 터무니없는 금액이다.

"재판장님, 저희는 원고들이 주장하는 것처럼 속인 적이 없습니다!"

"하지만 경찰의 조사 결과는 다르던데요."

상대방 변호사는 진땀을 흘리고 있었다.

그럴 수밖에 없는 게, 이길 방법이 도무지 보이지 않았기 때문이다.

'젠장. 이건 독박이잖아!'

이미 경찰에서 속임수를 쓰고 사람을 써서 맞선을 깨트린 것이 사실로 판명되었다.

증거도 많았고, 증인도 있었다.

모조리 입을 다물었다면 문제가 안 되는데, 일부가 겁을 먹고 입을 연 것이다.

"재판장님, 맞선이라는 것은 단순히 인간과 인간의 만남이 아닙니다. 법정에서 이러한 말을 하는 것이 안 어울릴 수도 있지만, 만일 단순히 성욕을 풀기 위해서라면 술집을 가는 게 훨씬 효율적이지요."

노형진은 그 말을 하면서 피고석에 앉아 있는 장소화를 바라보았다.

"맞선은 미래를 함께할 수 있는 사람을 만나고자 하는 청년들의 노력입니다. 그런데 피고 장소화는 그러한 사람들을 이용하여 사기를 치고 부당한 이득을 챙겼습니다."

이것이 법이다

"재판장님, 일부 그러한 사실이 있다는 것은 인정합니다만, 그건 어디까지나 극히 일부로서……."

이미 경찰에서 인정받은 사실을 그런 일이 없다고 주장할 수는 없는 노릇.

'극히 일부'라고 몰아가는 것 말고는 상대방에게는 변명의 여지가 없었다.

"'극히 일부'라는 것은 피고 측이 계속 주장하는 이야기입니다. 하지만 그 '극히 일부'라는 부분은 확실한 것이 아닙니다. 현재 수사는 계속 진행되고 있습니다. 즉, 그 피해가 얼마만큼인지 아직 확정되지 않았습니다. 그러니 '극히 일부'인지 아닌지는 곧 밝혀질 겁니다. 그보다 중요한 것은, 믿음이 가장 중요한 맞선 시장에서 피고가 그 믿음을 먼저 깨 버렸다는 겁니다."

"그건……."

"인터넷상에서 과거에 근무했던 직원이라 주장하는 사람의 말에 따르면, 피고의 기업인 뚜장인의 경우 40% 정도가 알바생이라고 합니다. 무려 40%요. 사실상 절반 가까이가 알바생이라는 소리입니다."

"인터넷상의 말에 현혹되지 마십시오, 재판장님. 저런 말은 누구나 할 수 있습니다."

"그렇다면 저희가 맞선을 봤던 상대분들의 기록을 달라고 한 청구를 왜 거절하셨지요?"

"그건 개인 정보니까요."

"개인 정보라고 하지만, 이미 그들에 대해서는 알고 있는데요?"

최소한의 개인 정보, 즉 전화번호 등을 달라는 요구에 그들은 절대 안 된다고 펄쩍 뛰었다.

"저희가 요구한 것은 근 1년 내에 이루어진 맞선의 기본적인 정보입니다. 맞선 대상자의 이름과 전화번호 그리고 맞선 횟수 등을 요구한 것은, 그 안에서 불법적 목적으로 일한 사람들을 구분하기 위한 것입니다."

노형진은 그 말을 하면서 상대방 변호사를 바라보았다.

"재판장님, 그것은 업무상의 개인 정보이고 또한 업무상 비밀에 들어갑니다. 그러한 업무상의 비밀을 저희가 제공할 이유가 없습니다."

상대방 변호사는 칼같이 잘랐다.

'뭐, 틀린 말은 아니지.'

노형진은 고개를 끄덕거렸다.

법적으로 볼 때 저런 증거는 자신들에게 불리한 증거다.

그런 만큼 당연히 제출하지 않을 것이다.

'그리고 그게 내가 노리는 거고.'

저들은 절대 아니라고 주장할 것이다.

그리고 반박할 증거를 계속 내놓을 것이다.

'하지만 토해 낼 수밖에 없을 거다.'

"변론을 해 준다고요?"

"네."

같은 시각, 손채림은 몇몇 여자들을 만나고 있었다.

사실 그런 알바를 하는 사람들을 찾는 것은 어려운 일이 아니었다.

피해자들 중 번호를 중복해서 가지고 있는 사람도 있었지만, 알음알음이라는 말에는 의미가 있으니까.

'하여간 귀신같이 잘 알아내.'

손채림에게 노형진이 한 말이 있었다.

―이런 알바생은 갑자기 나오는 게 아니야. 인터넷에서 구하기는 했지만 그것도 초반이지, 나중에는 안 구했잖아? 그건 이런 알바가 아는 사람의 소개로 구해진다는 거지. 그쪽을 파고들어 봐.

손채림은 슬쩍 그들에게 접근했다.

드러난 사람은 얼마 되지 않았지만 아니나 다를까, 다른 정보들이 흘러나왔다.

"드러나지 않은 분들도 소송하면 환불받으실 수 있어요. 그 부분을 저희랑 같이해 보실 생각이 없나요?"

"같이요?"

"네."

"환불이라니……."

자신들이 걸렸다는 말에 더 볼 것도 없이 소송할 거라 생각하고 잔뜩 긴장해서 나왔던 사람들은, 어리둥절한 표정으로 물었다.

"환불 안 받으세요?"

"그건……."

"돈 내신 거 아니에요?"

"돈요? 무슨 돈요? 아야!"

멍청하게 되묻는 남자의 옆구리를 다른 여자가 강하게 꼬집었다.

"당연히 돈 냈죠."

뻔뻔하게 돈을 냈다고 주장하는 여자들.

손채림이 자신들을 떠본다고 생각하고, 무조건 냈다고 우기는 것이었다.

"그래요? 그런데 그거 다 사기라면서요? 그거 환불받을 수 있을 텐데, 왜 신청하지 않으셨어요?"

"왜냐고 하신다면……."

"들어 보니까 1회 맞선에 무려 60만 원인 걸 무려 백스무 번이 넘게 하셨던데. 상식적으로 말이 안 되잖아요?"

그 말에는 여러 가지 의미가 담겨 있었다.

이것이 법이다

상식적으로 백스무 번이 넘게 맞선을 보는 게 말이 되느냐는 뜻도 되지만, 알바생이 아니고서야 백스무 번이나 맞선을 볼 이유가 없지 않느냐는 말도 된다.

"그러면 피해액이 얼만데. 인터넷상의 소문으로는 약 40%가 알바라던데."

"그런데요?"

"그거 당연히 돌려 달라고 해야 하는 거 아니에요?"

"그건 그런데……."

40%만 잡아도 거의 50회는 가짜라는 소리다.

그런데 50회면 3천만 원이다.

그 돈을 사기를 당하고도 달라는 소리를 안 한다?

"그건 말도 안 되는 것 같아요. 그렇죠?"

"그건 그렇죠."

몇몇 사람들이 눈을 번득였다.

사기꾼의 피가 어디 가는 것은 아니었다.

"그러니까 저희한테 맡겨 주시면, 저희들이 그 소송을 대신해 드릴게요."

"대신해 준다고요?"

"이미 같은 소송을 하고 있으니까 이름만 올리셔도 돼요. 소송비는 나중에 따로 정산하면 되니까."

"그런가요?"

"한 분당 1억에 가깝게 쓰신 셈인데, 그걸 안 받으면 안 되죠."

손채림은 생글생글 웃으면서 말했다.

그러자 그 말을 들은 사람들은 정신이 번쩍 들었다.

'1억이라고?'

생각해 보니 그렇다.

자신들이 실제로 한 맞선 알바 횟수대로 환불받으면 그쯤 될 수도 있다.

"거기에다 그들은 알바가 아주 적다고 주장하고 있어요. 여러분들이 설마 알바겠어요? 알바라면 곤란하겠지만."

"네? 곤란하다니요?"

"사기의 종범이잖아요. 그것도 한두 건도 아닌 수백 건의 사기의 종범인 셈인데, 감옥에 안 갈 수가 없죠."

꿀꺽!

"우…… 우리는 알바가 아니지요, 하하하하."

알바라면 그 손을 토해 내야 한다.

일단 건당 15만 원씩 받았으니 이건 **빼도 박도** 못하는 종범이다.

"저희도 알바를 찾아서 그 사람에게도 민사를 걸 예정이라서요."

"그, 그런가요?"

"하지만 알바가 아니라면 저희가 고발할 이유는 없지요, 호호호."

손채림은 웃으면서 한 말이었지만, 듣는 이들은 등골이 오싹했다.

자신들의 맞선 횟수를 안다는 것은 자신들이 알바라는 것도 안다는 거다.

그런데 고발을 안 한다?

"어떻게, 저희한테 의뢰하시죠?"

"아, 네……."

그들은 고개를 끄덕거렸다.

"그러면 사인을 해 주시겠어요?"

미리 준비한 계약서를 꺼낸 손채림은 미소를 지으며 그들을 바라보았다.

⚖️

"이게 무슨 말도 안 되는 헛소리예요!"

재판 내용이 바뀌었다.

아니, 내용 자체는 바뀌지 않았다.

하지만 재판의 내용과 참가자들이 바뀌었다.

문제는 그 타격이 어마어마하다는 것이다.

"얼마라고요?"

"68억입니다."

신음을 내는 변호사.

한두 명도 아니고 수십 명이 끼었다.

그것도 머리 아파 죽겠는데, 그들이 청구한 금액이 너무 어마어마했다.

"한 명당 적게는 5천, 많게는 1억 7천까지 요구합니다."

"그게 말이나 되냐고요! 우리 회사에 그렇게까지 주고 가입하는 사람이 어디 있어욧!"

한 번 가입에 300만 원이다.

아무리 대가리에 총 맞은 놈이라도 열 번씩 가입하는 경우는 없다.

그런데 최하가 5천이라니?

"그게…… 그들이 맞선을 했다는 기록이 너무 확실해서……."

변호사 입장에서도 죽을 맛이었다.

이해가 가지 않았다, 수억씩 주고 맞선을 보는 사람들이.

"사장님, 저한테 뭐 감추고 있는 거 없습니까?"

가해자가 변호사에게 자기에게 불리한 것을 감추는 것은 흔한 일이다.

물론 그걸 감안하기는 하지만…….

'이건 너무 아니잖아!'

수십 번은 기본이고, 무려 몇백 번씩 맞선을 본 사람도 있다고?

상식적으로 말이 안 된다.

"그런 거 없어요!"

장소화는 모른다고 딱 잡아뗐다.

하지만 심장은 미친 듯이 뛰고 있었다.

"일단 내가 이거, 연락 한번 해 볼게요."

"알겠습니다. 그러면 전 이만."

변호사는 그걸 넘기고 바깥으로 나갔다.

거짓말하고 있다는 걸 느낄 수 있었지만 자신이 어쩔 수는 없었다.

이미 의뢰를 받아들였으니까.

변호사가 나가고 나자 장소화는 바로 전화를 들었다.

소송을 한 사람들 중 한 명이었다.

아니, 자신이 쓰던 알바생 중 한 명이었다.

"너 미쳤어!"

―사장님, 어쩔 수 없잖아요.

"어쩔 수 없다고?"

―당연한 거 아니에요?

여자의 목소리는 느긋했다.

어차피 더는 안 볼 사이다.

아니, 이제 볼 수도 없다.

이미 장소화가 끝났다는 것을, 그녀는 느낄 수 있었다.

―여기서 입 닥치고 있으면 똑같이 감옥 가는데, 저라도 살아야지요.

"야! 홍지혜!"

―사장님, 원래 세상은 그런 거라면서요. 적당히 뜯어먹고

사는 거라고 하셨잖아요? 무려 1억이에요, 1억. 그걸 놓치는 게 더 멍청한 거 아닌가요?

상대방의 말에 장소화는 움찔했다.

처음에 홍지혜가 이렇게 맞선을 보러 가는 게 사기 아니냐고 했을 때 그녀가 한 말이었다.

원래 쇼핑몰 모델을 했을 정도로 인기가 있던 그녀는 나이 먹고 마땅한 직업이 없었다.

외모 말고는 이점이 없는데 그마저도 이제 나이에서 밀리는 중이었으니까.

그런데 이런 일이 있다고 하자 좋다고 달려들었다.

─사장님 덕분에 세상에 대해 많이 배웠고 좋은 거 많이 먹었네요, 호호호.

매일같이 맞선이라는 이름으로 고급 레스토랑에 가고 그렇게 번 돈으로 피부 관리를 받고 성형하면서 더더욱 추앙받고 살았다.

이제 진짜 좋은 사람 만나서 시집만 가면 된다.

─사장님이 이렇게 제 결혼 비용까지 챙겨 주실 줄은 몰랐어요, 호호호호.

"너, 너······."

장소화는 부들부들 떨었다.

그러나 자신이 빠진 함정에 그녀는 벗어날 수가 없었다.

"꺄아아아!"

그녀의 비명이 사무실에서 울려 퍼졌다.

⚖️

"피고 측 변호인."

재판관은 눈을 찌푸렸다.

"네……."

그리고 호명된 변호사는 창피한 듯 대답했다.

"지금 제출한 증거, 이거 지금까지 주장하던 이야기랑 상반된 이야기잖습니까?"

"그건……."

"장난합니까? 지금 신성한 재판정을 모독하는 겁니까?"

"아니, 그게……. 후우, 죄송합니다."

판사가 어이가 없어서 이렇게 되묻는 이유는 간단했다.

"지금까지는 극히 일부라면서요?"

"네……."

"그런데 이거 보니까 40%가 알바생으로 대타 쓴 건데요?"

노형진은 그런 모습을 보면서 히죽거렸다.

'그래, 그렇지.'

사실 노형진이 수억을 요구했지만, 그게 다 인정받지는 못한다.

그들은 말 그대로 알바는 극히 일부일 뿐이라 주장하고 있었고, 이런 경우 일부 금액만 환불하는 쪽으로 나가니까.

'하지만 그러면 받는 금액을 늘리면 그만이지.'

그들의 부탁을 받아서 알바를 한 사람들.

그들을 살살 꼬드겨서 금액을 삥튀기했다.

청구 금액은 무려 68억.

장소화 입장에서는 미치고 팔짝 뛸 일이다. 그럴 수밖에 없는 게, 회사를 통째로 팔아도 그 돈이 안 나오니까.

당연히 저들은 금액의 대부분을 차지하는 다른 사람들인 알바생에 대한 증거를 내놓을 수밖에 없었다.

"재판장님, 그러니까 저들은 회사의 알바생으로 맞선을 한 것은 사실이지만, 맞선 과정에서 돈을 낸 것이 아니라 돈을 받고 그 대신 맞선을 보는 형태의……."

"변호인, 내가 지금 그거 몰라서 묻는 거예요? 지금까지는 거의 없다고 하지 않았습니까? 지금까지 그런 증거만 내놓다가, 이제 와서 죄다 알바생이라고요?"

"죄송합니다."

"이 기록을 보면 못해도 40%가 이런 식입니다."

노형진이 가만히 있어도 판사는 그들을 마구 물어뜯었다.

어이가 없었으니까.

재판에서 거짓말을 하다가 말을 바꾸는 경우는 종종 있다.

하지만 이번 경우는 너무 심했다.

"재판장님, 보다시피 이 사람들은 작정하고 아르바이트로 횟수를 채우면서 맞선 업체를 이용하는 원고들을 속여 왔습니다. 원고들은 좋은 사람을 만나고자 가입한 것이지만 피고는 신의성실의원칙을 위반하고 그들에게 사실상 자기 직원인 아르바이트생을 내보내 그 기회를 소모하도록 하였습니다. 이는 명백하게 사기에 해당하고, 그 금액 역시 적지 않으며 또한 그 피해액 적지 않습니다."

"하지만 재판장님, 원고가 주장하는 금액의 청구는 너무 부당합니다. 아무리 저희가 일부 계약자가 아닌 아르바이트생을 동원했다고 하나, 그들 모두가 아르바이트생인 것은 아닙니다."

"그걸 증명해야 하는 게 저들의 책임입니다. 문제는 저들이 보낸 사람들 중 몇 명이나 아르바이트생인지 알 수 없다는 것입니다."

노형진은 상대방 변호사를 보면서 차갑게 말했다.

"일반적으로 40%라고 주장하지만, 이는 확률의 함정이 포함된 내용입니다."

"확률의 함정?"

"그렇습니다. 인터넷에 이런 말이 있었지요, 평균적으로 남자는 살아가면서 세 명의 여자를 사귄다는. 하지만 저는 제 주변에서 적지 않은 모태 솔로를 봤습니다."

"쿡쿡."

몇몇이 웃다가 금세 입을 다물었다.

아무래도 분위기가 살벌했으니까.

"음…… 모태 솔로가 여기에도 계신가 보네요. 하여간 이게 무슨 뜻이냐면, 기회가 누구에게나 공정하게 주어지는 게 아니라는 겁니다. 누군가가 모태 솔로라면, 누군가는 여섯 명을 사귄다는 이야기지요."

"으음."

노형진은 판사의 표정을 보고 속으로 씩 웃었다.

'모태 솔로였네.'

그다지 잘나지 않은 외모.

거기에다 공부만 해서 사법시험을 치른 사람.

그리고 잘나지 않은 집안.

이미 판사에 대해 조사해 왔다.

재판에 들어가기 전에 그건 기본이었다.

모태 솔로였으며, 판사 임용 후 사방에서 맞선 자리가 들어와서 결혼한 사람.

"누군가는 기회를 독식한다는 거죠. 평균 40%라는 것도 마찬가지입니다. 다섯 명을 만났는데 두 명이 알바일 수도 있지만, 다섯 명 다 알바일 수도 있습니다. 딱히 내세울 것도 없고 특별할 것도 없는 일반적인 서민들은 더더욱 그 확률이 높아집니다. 알아낼 수도 없고, 보복도 못 하니까요."

그건 사실이다.

그런 업체들은 서민일수록 더 관리하지 않고 쳐 내려고 한다.

"연봉 3천만 원, 비정규직, 지방대 출신. 이게 현대를 살아가는 일반적인 남성들의 스펙입니다. 그리고 결혼 회사의 점수를 기준으로 보면 10등급. 그러니까 아무런 가치도 없는 사람이라는 거죠."

인터넷에 돌았던 맞선 업체 등급표.

노형진은 그걸 흔들면서 방청객들을 바라보았다.

"그러나 대부분의 여자들의 만남의 요구 조건은 다음과 같습니다. 연봉 5천 이상, 대기업 근무, 인 서울 출신, 최소한 서울에 24평 이상 전세를 구할 수 있을 것. 사실 이 정도 능력을 결혼 적령기 남자로 따지면 상위 10%입니다. 뭐, 여자분들은 평균이라고 생각하시는 모양이지만요."

물론 이건 여자 잘못이 아니다.

남자가 예쁜 여자를 찾으려고 하는 것처럼, 여자들도 안정적인 남자를 찾으려고 하는 거다.

"결국 둘 사이의 갭은 너무 크게 벌어질 수밖에 없습니다. 그런데 어떻게 이런 하위 스펙을 가진 남자들이 매주 맞선을 볼 수 있었을까요? 제가 알기로는 맞선의 시스템은 양측의 동의하에 만나는 것인데요."

"그건……."

"거기에다 일반적으로 맞선을 보면 첫날은 아무것도 못 합니다. 보통 세 번쯤 만나면 만남을 이어 갈지 여기서 끝낼지 결정하지요. 그런데 이상하게도 이런 분들은 딱 그날로 거절당하는 경우가 많더군요."

"……."

"평균이라는 것에는 상위와 하위가 섞여 있습니다. 저에게 일을 맡긴 대부분의 분들은 평균적인 삶을 가진 분들입니다. 결혼 시장에서는 그다지 메리트가 없는 신분이지요. 그러면 매일같이 나온 사람들은 무슨 생각으로 나올까요?"

"……."

"여자분들도 마찬가지입니다. 엄청난 외모와 재력을 자랑하는 분들이 맞선 장소에 나옵니다. 그런데 애초에 외모가 되는 분들은, 가만히 있어도 남자분들이 대시를 합니다. 맞선 업체에 등록해서 수십 번씩 맞선을 볼 이유가 없지요. 남자들을 볼까요? 몇몇 여성 의뢰인들이 가지고 온 남성의 스펙입니다. 연봉 2억, 서울에 30평대 아파트 소유, 아버지가 30억대 자산가, 인 서울 등등 여자들이 좋아할 스펙이지요. 의뢰인과 비교하면 수준이 무척이나, 아니 터무니없이 높습니다. 미용사, 간호사, 유치원 선생님 등등 사회적으로 저들과 비슷한 등급에 근무하는 사람은 없었거든요."

당연히 여자들은 맞선을 받아들였다.

물론 한 번 만나고 끝.

"특이한 건 그들이 차를 태워 주지도 않는다는 겁니다. 그럴 수밖에 없지요. 다른 건 짝퉁으로 때울 수 있지만 차는 짝퉁으로 때울 수 없으니까. 즉, 이들은 미리 설정된 스팩을 넘겨받아 연기했다는 뜻입니다."

"증거가 있습니까!"

상대방 변호사의 거친 항의.

물론 증거는 있었다.

"증거요? 여기 몽타주가 있습니다."

"몽타주?"

"그렇습니다."

미리 그려진 그림을 내놓는 노형진.

노형진은 그걸 좌중에 쫘악 돌렸다.

"이 그림이 증거입니다. 시스템 기록을 확인해 보면 나오 겠지요."

"그건 아무리 봐도 다른 사람 아닙니까!"

동일한 사람도 아니고 다른 사람의 그림을 들이미는 노형 진에게, 어이가 없다는 듯 항의하는 상대방 변호사.

노형진은 그런 그를 한마디로 입 다물게 했다.

"그래서 문제인 겁니다. 생각해 보세요. 동일한 조건, 동 일한 스펙을 가진 남자가 무려 네 명이나 갑자기 등장한다? 그게 말이 됩니까?"

"그건……."

저런 조건이면 말 그대로 상위 1%다.

그런 남자 네 명이 동시에 같은 맞선 업체에서 선을 본다?

"차라리 같은 사람이라면 일단 사기는 둘째 치고 본인일

가능성이 높지요. 하지만 이건 누가 봐도 다른 사람 아닌가
요? 동일한 스펙인데!"

"……."

"그리고 이 네 장의 몽타주를 해당 학교에 보내서 문의해
봤습니다, 이런 졸업생이 있느냐고. 학과가 표시되어 있으니
까요. 그런데 그런 사람은 없다고 하더군요."

있을 리 없다.

존재하지 않는 사람이니까.

"이런 식으로 무차별적으로 가짜 맞선 자리를 만들어서 돈
을 뜯어낸 것이 피고입니다. 일부다? 물론 누군가는 일부일
수도 있겠지요. 하지만……."

노형진은 잠깐 침묵을 지켰다. 그리고 방청석에서 자신들
을 바라보는 피해자들과 눈을 마주쳤다.

"맞선 업체라는 것은 결국 믿음을 기반으로 하는 것입니
다. 하지만 그 믿음이 깨진 이상 일부가 했다, 또는 일부는
정상이었다는 말은 변명에 지나지 않습니다. 그러므로 피고
측은 전액 환불 및 정신적 피해에 대한 배상을 해 줘야 하는
것이 맞다고 생각합니다. 이상입니다."

⚖

"악착같이 하는구나."

"그래야 돈 좀 벌지."

재판은 이겼다.

사실 이길 수밖에 없는 구조이기는 했다.

"이길 거라 확신한 거야?"

"아마 그냥 진행했다면 일부 승소로 끝났겠지."

저들의 말대로 피해를 증명할 수도 없었고, 자신이 피해를 얼마나 입었는지도 증명할 수 없으니까.

"하지만 환불은 해 줘야 하거든, 후후후."

그래서 알바들을 끌어들었다.

그들 말대로 알바가 그렇게 적다면 일단 일부 환불해 줘야 한다.

"알바들은 그 비용이 어마어마하고."

"그래, 그러면 저들 입장에서는 그들이 돈을 받을 대상이 아니라는 걸 증명해야 하지."

그리고 그 결과가 이번 재판이었다.

알바생들이 돈을 받을 자들이 아니라는 건 증명되었지만, 그들이 직접적으로 나서서 적지 않은 알바를 썼다는 것은 부정할 수 없는 사실이었다.

"그들 입장에서는 큰 피해와 작은 피해 중 작은 피해를 선택할 수밖에 없는 거지."

"물론 그게 실수였고."

"많이들 하는 실수지."

노형진은 서류를 봉투에 넣고는 입구를 봉했다.

"이걸 내일 경찰서로 들고 가면 아마 난리가 날 거야."

사실 보통 민사는 형사가 끝난 후에 한다.

하지만 이번에는 형사와 거의 동시에 들어갔다.

"이것 때문이지."

그들이 돈을 주지 않기 위해 제출한 알바 명단 및 기록.

"이게 경찰로 넘어갈 줄은 몰랐겠지."

그리고 그걸 가지고 수사가 진행될 테고, 그들의 처벌은 강해질 거다.

"알바 한 사람들도 뭐, 실형은 아니더라도 벌금은 나오겠지."

노형진은 그들이 아무런 벌도 받지 않고 편하게 살도록 둘 생각이 전혀 없었다.

"이제 자기들끼리 소 새끼 개새끼 하면서 살 거야, 흐흐흐."

"그리고 너는 맞선 시장을 집어삼키고?"

"그럼. 이제 미스터 뚜라고 불러 다오, 으흐흐."

손채림은 징글징글하다는 표정으로 노형진을 바라볼 뿐이었다.

탐욕의 집단

복수재단.

그곳은 노형진이 합법적 복수를 위해 만든 곳이다.

서민들이나 알바생들을 대상으로 등쳐 먹거나 사회적으로 물의를 일으키는 가게를 처벌하는 것이 보통이다.

웃기게도 큰 기업은 정부에서 적절하게 통제하려고 하는 반면, 작은 가게들은 아예 생존이라는 이름으로 포장해서 제대로 처벌이 이루어지지 않기 때문이다.

"얼씨구."

손채림은 그런 그들의 저항을 보면서 혀를 찰 수밖에 없었다.

"너 복수재단대책협의회라는 곳 알아?"

"뭔데, 그건?"

일을 하고 있던 노형진은 손채림의 말에 어리둥절해서 물었다.

"복수재단에 불만을 가진 사람들이 뭉친 곳 같아. 회원이 벌써 3천 명이 넘네."

"3천?"

"응."

"우리한테 당한 사람들이 그렇게 많지는 않을 텐데."

아무리 복수재단이 복수를 기반으로 한다고 해도, 결국 예산에 한계가 있는 사회단체다.

그런 만큼 그 정도로 무식하게 공격하지는 못한다.

"기껏해야 백 명이나 될까 말까잖아? 우리는 일벌백계를 지향하지, 모든 사람들의 파멸을 지향하는 게 아니니까."

"그러니까 그런 놈들이 뭉치는 모양이야."

"쩝, 예상은 했지만 결국 이런 식으로 돌아가는구먼."

"하긴."

인간은 익숙해지면 더 이상 겁먹지 않는다.

복수재단이 복수를 해 주긴 하지만, 결국 많아 봐야 1년에 서른 곳 이상은 하기 힘든 데다 세상에는 진상이 넘쳤다.

그러니 어느새 익숙해져 버린 그들이 공공연하게 불만을 터트릴 거라고는 노형진도 예상했다.

"어쩔 수 없지. 예산을 늘려야 하나."

노형진이 진지하게 고민하는 그때였다.

손채림은 그게 문제가 아니라는 듯 고개를 흔들며 말했다.

"그렇게 단순히 해결될 일이 아닌 것 같아."

"응?"

"이 새끼들이 뭉쳐서 범죄를 공모하고 있어."

"그게 무슨 소리야?"

"서로 노하우를 공유한답시고……."

"아아."

노형진은 거기까지 듣고 눈을 와락 찡그렸다.

"'학교' 효과구나."

"'학교' 효과?"

"범죄자들이 교도소를 왜 학교라고 부르는데."

그곳에 들어가면 범죄자들이 서로에게서 범죄 스킬을 배운다.

그리고 인맥을 다지고 나와서, 다시 그들과 손잡고 범죄를 저지른다.

"그래서 학교라고 부르는 거야."

"그런데?"

"마찬가지야. 그, 뭐냐."

"복수재단대책협의회."

"하여간 그 새끼들이 뭉치면, 자기들끼리 범죄를 저지르는 방법을 공유하겠지."

"개판이야. 슬쩍 가입해서 살펴봤는데……."

"그런데?"

"월급 안 주는 법부터 성추행하는 법, 알바생한테서 역으로 돈 뜯어내는 법까지 다 적혀 있더라니까."

"미친 새끼들."

그들이 하는 짓거리에 노형진은 눈을 찌푸렸다.

'뭐, 당연하다면 당연한 건가?'

애초에 복수재단에 불만이 있다는 것 자체가 그들이 정상적인 사업이 아니라 비양심적인 사업을 통해 돈을 번다는 뜻이니까.

'복수재단이 병신도 아니고.'

복수할 대상도 넘치는데 한쪽 말만 듣고 복수에 들어가지는 않는다.

진상 주인이 있는 만큼 진상 알바도 있는 법이니까.

"한번 볼래?"

"어디 한번 보자."

노형진은 손채림의 계정으로 해당 카페에 들어갔다.

그리고 자신도 모르게 혀를 끌끌 찼다.

"얼씨구?"

글의 4분의 1은 복수재단을 욕하는 것이었다.

그걸 보고 있자니 헛웃음이 나왔다.

"이 새끼들은 우리한테 당한 적이 없을 텐데."

"그렇지."

이것이 법이다

법에 제대로 호되게 당한 사람들이면 이런 데서 나불거리지도 못한다.

"딱 보니까 당한 적도 없는데 자신들의 행동에 대해 복수할까 봐 두려워서 나불거리는 거네. 그런데 이건 좀 악질인데?"

사실 자신들을 욕하는 것은 문제가 안 된다.

문제는 나머지 4분의 3이다.

"아주 그냥 개판이구먼."

효율적인 업무 방식이라고 표현하기는 했지만, 말이 그럴 뿐 공식적으로는 어떻게 알바를 착취하는지가 적혀 있었다.

"공중전화로 전화해서 물건을 가지고 나오게 한다. 그 후에 물건은 바깥에서 받는다. 그리고 알바를 절도로 신고한다?"

기가 막힌 방법이다.

일단 그렇게 두어 번만 하면, 대부분의 경우 카메라에 알바가 물건을 가지고 가는 것만 찍혀 있을 테니 빼도 박도 못하고 절도다.

"그런 식으로 알바비를 안 주고 도리어 합의금으로 돈을 뜯어낼 수 있다?"

"그다음 글도 봐 봐."

"다음 글? 허? 깔쌈한 여자 알바 따먹는 법? 이것들이 제정신이야?"

노형진은 눈을 찌푸렸다.

"그냥 두고 보기는 좀 그런데."

어지간하면 두고 보려고 했다.

자기를 욕하는 거야 예상한 일이고, 그런 거 무서워서 이런 일을 못 할 것도 아니니까.

그런데 자신들을 공격하는 게 아니라 도리어 힘없는 사람들을 착취하려는 그들의 모습에 노형진은 구역질이 났다.

"아무래도 재단에 이야기해서 여기에 가입한 놈들 위주로 복수하라고 해야겠네. 예산도 좀 늘려 주고."

"그래야겠지?"

"이건 갱생의 여지가 없어."

노형진은 고개를 절레절레 흔들며 말했다.

"결국 이런 놈들은 입이 화근이라는 걸 느끼게 해 줘야지."

노형진은 그렇게 말하면서 전화기를 들었다.

그리고 자세한 이야기를 나누고 그 일을 잊어 버렸다.

알아서 해 줄 거라 생각했으니까.

그러나 문제는 엉뚱한 곳에서 터졌다.

⚖️

"뭐라고요?"

이조선은 복수재단을 이끄는 사람이었다.

독기도 있고 그런 자들에 대해 복수심도 가졌으며, 결정적으로 노형진과 같은 과라서 청소를 위해서라면 자신에게 똥이 묻는 것을 두려워하지 않는 여자였다.

그래서 그녀에게 복수재단을 맡겼다.

그런데 생각지도 못한 일이 터졌다.

"정부에서 압박이 심하네요."

"복수재단에요?"

"네. 얼마 전에 세무조사를 핑계로 서류를 모조리 털어 갔어요."

"네?"

"컴퓨터 하드까지 모조리 털어 가서, 업무가 완전히 멈췄어요."

"허?"

노형진은 말문이 막혔다.

복수재단은 말 그대로 재단이다.

수익 같은 걸 창출해 내는 곳이 아니다.

그래서 세무조사를 한다고 해도 그렇게 빡세게 하지는 않는다.

물론 세무조사를 안 하는 건 아니지만, 그렇다고 하드까지 털어 갈 정도로 작심하고 덤빌 만한 대상은 아니다.

"어째서요? 혹시 실수한 거 있습니까?"

이조선이 돈을 횡령한 걸까?

'그럴 리 없는데.'

이조선에 대해서는 누구보다 자신이 잘 안다.

애초에 이조선의 기억을 읽을 수 있는 노형진이다.

그런 그녀가 횡령했다면 자신이 모를 리 없다.

더군다나 그런 사람이었다면 애초에 책임자로 뽑지도 않았고.

"혹시 복수재단대책협의회라는 곳 아세요?"

"복수재단대책협의회요? 잠깐, 그 이름 들어 봤는데. 아, 기억납니다. 네."

손채림에게 이야기 듣고, 그들 소속 업체를 본격적으로 털라고 이조선에게 이야기한 적이 있었다.

"그놈들이 뭘 어떻게 한 겁니까?"

"저도 이상해서 좀 알아봤는데, 그 녀석들 중에 정치권에 선이 닿아 있는 놈이 있나 봐요."

"정치권? 설마?"

"네, 이번 일은 정치권의 보복으로 보여요."

"끄응⋯⋯."

노형진은 눈을 찌푸렸다.

'하긴, 썩은 놈이 정치권에 선이 안 닿아 있다면 그게 더 이상한 거지.'

현재 복수재단대책협의회의 멤버 수는 적지 않다.

더군다나 그들은 언제 자신이 복수재단의 대상이 될지 모른다는 공포를 가지고 있다.

"거기에다 우리가 그들을 집중적으로 때리고 있다는 걸 알아차렸으니까…….”

“그렇겠군요.”

분명히 자기들끼리 살려고 발악했을 것이다.

“제일 좋은 건 복수재단을 없애는 거죠.”

“그리고 가장 좋은 방법은 다름 아닌 정치권이지요.”

국민의 피해와는 상관없이, 돈만 많이 준다면 뭐든 하는
정치인들이 널렸다.

“외부적으로는 서민 공존을 위해서라고 하더라고요.”

“서민 같은 소리 하고 자빠졌네.”

“그러니까요.”

서민을 위해서라면 정작 그곳에 가입된 놈들부터 족쳐야
한다.

그런데 그놈들은 그냥 두고 복수재단을 공격하다니.

“컴퓨터 하드까지 다 털리긴 했지만 그건 딱히 문제 될 일
은 없어요. 노 변호사님이 서류 작업은 철저하게 하라고 하
셨고, 턴다고 나올 것도 없고요.”

‘당연히 그렇겠지.’

어찌 되었건 복수재단의 업무는 적을 만들 수밖에 없는 구
조다.

당연히 혹시 모를 공격에 대비해 세금이나 기타 운영을 투
명하게 할 수밖에 없다.

“그런데 직원들 말로는, 경찰이 뒤를 캐고 다닌다고 하더

라고요."

"경찰요?"

이건 예상외였다.

경찰이라니?

"확실합니까?"

"확실한 것 같아요. 제 주변에 의심스러운 사람들이 움직이는 것도 제가 봤고요."

이조선의 말에 노형진의 얼굴에는 고민의 빛이 드리워졌다.

'경찰이라니.'

경찰이 뭐가 아쉬워서 개개인을 사찰할까?

물론 전 정권은 대놓고 국민을 사찰했다.

지금 정권, 아니 현 대통령 역시 그 기질을 그대로 따라가고 있기는 하지만…….

'하지만 법적으로 문제가 될 건 없단 말이지.'

철저하게 합법적으로 운영하고 있다.

그런데 경찰이 붙었다?

거기에다 아무리 복수재단이 직원이 많은 재단이 아니라고 해도, 개개인에게 전부 경찰이 붙는다?

'생각보다 힘을 많이 쓰는데.'

노형진은 이해가 가지 않았다.

"힘쓰는 게 누군지 알아내셨습니까?"

"그건 모르겠네요. 그저 복수재단대책협의회 회장이라고

만 예상하고 있습니다."

"조사는요?"

"딱히 특별한 건 없어요."

"그래요? 하지만 그 정도 되는 사람이라고 해도 우리한테 압력을 넣으려면 상당한 돈이 들 텐데. 그 돈은 어디서 나온 걸까요?"

물론 소규모 가게를 한다고 해서 무조건 돈 없는 서민일 리는 없다.

그러나 등급이 높은 정치인이 싼 가격에 움직일 리도 없다.

그건 아무리 인맥이 있어도 한계가 있다.

"회원들이 낸 거겠지요."

"회원이 얼마나 된다고요? 그 돈을 회원들이 쉽게 내줄까요? 이 정도 일을 하려면 억 단위로 돈이 들어갈 텐데."

"회원이 벌써 3만 명이 넘으니까요."

"네?"

노형진은 그 순간 자신의 귀를 의심했다.

3만이라니?

"3천 명이 아니고요?"

"3천요?"

"전에 제가 봤을 때 3천 명이던데요."

"그건 몇 달 전이고요. 지금은 3만 명이 넘어요."

"허?"

노형진은 대충 그림이 그려졌다.

'대단한 놈이 아니었는데 대단한 놈이 되셨구먼.'

지금 당장 만만한 사람이라고 해서 언제까지고 그러리란 보장은 없다.

어떤 기회를 통해 권력을 쥐면, 그 순간 그 사람은 대단한 존재가 되는 것이다.

"3만 명이라……."

상인들 3만 명이 모여 있는 카페의 회장쯤 되면, 확실히 정치인 입장에서도 무시하기 힘든 권력자다.

사실 그보다도, 다른 문제가 있다.

"그래서 돈이 거기서 나온 거군요."

그들의 목적은 간단하다.

복수재단의 몰락.

복수재단이 없어지면 그들은 마음 편하게 착취를 계속할 수 있다.

"3만 명이면……."

한 사람당 10만 원만 해도 무려 30억이다.

"끄응, 30억짜리 뇌물이라……."

어지간한 정치인이라면 눈을 까뒤집고 덤빌 금액이다.

'실수했군.'

더군다나 단순히 친목 도모 등의 이유가 아니라 복수재단의 몰락을 목적으로 모인 곳이다.

즉, 목적이 그만큼 뚜렷한 단체라는 의미다.

더군다나 단돈 10만 원이 없어서 못 낼 가게 주인은 없을 것이다.

목적만 이룰 수 있다면 말이다.

"대충 상황이 이해가 가네요."

30억. 절대 작은 돈이 아니다.

가입 회원 모두가 돈을 낸 건 아닐 거라는 점을 감안해 봐도, 10억 정도는 가뿐하게 나올 것이다.

그것도 현금으로.

"현금 뇌물만큼 정치인들이 좋아하는 것은 없죠."

"맞아요."

이조선은 짜증스럽게 말했다.

"거기에다 상황을 보아하니 아무래도 지속적으로 제공할 가능성도 존재하겠군요."

"그러니까요."

한 달에 10만 원씩만 정기적으로 낼 수 있다면, 정치인들은 그들을 위해 뭐든 해 주려고 할 것이다.

아마도 그들이 더욱 효율적으로 알바생들을 쥐어짤 수 있는 사회적 구조를 만들어 주는 것도 서슴지 않을 것이다.

"저로서는 방법이 없네요."

이조선은 어두운 얼굴로 말했다.

그녀의 말이 맞다.

그녀가 할 수 있는 건 없다.

그녀가 바른 사람인 것은 맞지만, 힘이 없다.

'30억이라……'

그 정도면 복수재단의 1년 치 예산이다.

그걸 뇌물로 퍼 줄 수 있다면…….

"고민 좀 해 보죠."

노형진은 그렇게 말하면서도 이상하다는 생각이 들었다.

'고작 복수재단 때문에 그렇게 움직인다고?'

아무리 복수재단이 대신 복수해 준다고 해도, 그 대상은 한 해 서른 군데를 넘기 힘들다. 그런데 그 정도 문제 때문에 정치인에게 수십억을 바치고, 또 그 정치인이 여기저기 수억씩 뿌리며 일을 꾸민다?

'이해가 안 가는데.'

노형진은 뭔가 걸리는 듯한 느낌을 지울 수가 없었다.

"뭐? 이조선 씨가 구속되었다고?"

얼마 후 손채림을 통해 당혹스러운 소식이 전해졌다.

이조선 씨의 구속. 생각지도 못한 일이다.

"이유가 뭔데?"

"업무상 배임이라는데."

"업무상 배임?"

"말로는 상권의 활성화를 이야기하면서 특정 업체를 배제함으로써 그로 인해 피해를 야기시킨 죄래."

"무슨 말도 안 되는 개소리야? 그게 어떻게 업무상 배임이 되는데?"

업무상 배임이란 업무상 해야 하는 일을 하지 않아서 생기는 죄목이다. 그리고 어떤 기업, 아니 가게와 손잡을지는 이쪽의 선택이지, 법으로 강제할 수 있는 부분이 아니다.

그제야 노형진은 저들이 노리는 게 뭔지 알 것 같았다.

'어쩐지, 별거 아닌 걸 가지고 일을 크게 키운다 싶었어. 결국 목적은 나로군.'

마음에 안 드는 사람의 주변 인물부터 괴롭히는 행동.

그건 전 정권과 현 대통령의 공통적 특징이다.

그리고 그럴 때는 꼭 목적이 있었다.

"아무래도 정치적 선택을 한 것 같네. 이번 일을 실행한 사람이 누군데?"

"현 야당 의원인 한주암이라는 남자야. 그가 이번 일을 책임지고 이끄는 것 같아."

"한주암?"

"그래. 네가 말한 걸 조사해 봤거든?"

지난달에 이어 이번 달에도, 그가 나서서 주변을 압박하고 있다는 것이다.

"알음알음 돈을 뿌리고 있는데, 지난달에도 이번 달에도 10억이 넘게 뿌렸다는 거야. 그리고 그 돈이 어디서 나왔는지는 알아내지 못했어."

"뻔하지."

노형진은 이를 뿌드득 갈았다.

자기 돈으로 그 정도의 금액을 내면서 일할 놈은 없다.

"그놈들이야."

"복수재단대책협의회?"

"그래. 그놈들 말고 이런 일을 저지를 놈들이 어디 있어?"

"하긴…… 그러네."

한국에서 복수재단은 이름과 다르게 이미지가 좋다. 진짜 사회적으로 나쁜 놈들이라고 소문난 작자들을 망하게 해 주니까.

"안 그래도 모금을 알음알이로 한다는 이야기가 있어."

"알음알이?"

"난 등급이 안 돼서 잘 모르지만……."

"아."

"하지만 그게 될 리 없잖아?"

"그렇지."

기부금 모금에 관한 법률에 따르면, 1천만 원 이상의 모금은 정부에 신고한 후에 정해진 절차에 따라서 해야 한다.

하지만 뇌물을 주기 위해 모금한다는 말은 성립될 수가 없다.

그건 기부금에 관한 법률뿐만 아니라 정치자금법에도 위

반된다.

"하지만 우리나라 정치인 중에서 정치자금법을 지키는 사람이 있기는 한가?"

"없지."

노형진은 한숨을 쉬었다.

법만 지킨다면 얼마나 깨끗한 세상이 되겠는가?

하지만 정치자금법 지키는 정치인을 찾는 것은 하늘에서 별을 따는 것만큼이나 힘들다.

"현금 박치기로 줘 버리면 의미가 없거든."

"신고해서 추적하게 할 수 있겠어?"

"무리야."

노형진은 고개를 흔들었다.

"일단 현금으로 움직이는 거야. 무조건 현금으로 출금해서 가져다주는 걸 테고."

"하지만 일정 금액 이상 돈이 움직이면 정부에 통지하게 되어 있잖아."

"그건 그렇지."

국민들이 모르는 사실 중 하나가, 하루 2천만 원 이상의 금액이 계좌에서 움직이면 정부에 신고가 들어간다는 것이다.

한 달에 10억 이상 움직이려면 무조건 걸릴 수밖에 없다.

하지만 특수한 경우에는 그렇지 않다.

"누군지 머리 잘 썼네."

"응?"

"아니, 그 회장이라는 놈이 누군지, 머리 잘 썼다고."

"어째서?"

"돈을 모으는 법을 알아."

"그게 무슨 소리야?"

노형진은 피식 웃었다.

"애매한 돈이잖아. 그 녀석이 횡령한다고 해도, 그거 증명할 수 있어?"

"어? 그러고 보니……?"

정치자금법과 기부금법을 위반하는 행동이니 철저하게 익명으로 모금해야 한다.

그럼 그걸 모금해서 어디에 썼는지 증명할 수가 없다.

"거기에다 아까 10억씩 썼다고 했잖아. 그런데 거기서 과연 10억씩만 모았을까? 내가 봐서는 20억 이상 모았을 텐데."

그럼 남은 10억은 어디로 갔을까?

"물론 그 정치인도 남긴 게 있겠지. 하지만 그래도 최소한 그 회장에게는 매달 5억 이상씩 남을걸."

"미친……."

"좋은 방법이지. 일단 복수에 눈이 먼 사람들은 정작 그 돈이 어디로 가는지 관심이 없거든."

그저 복수만 할 수 있으면 된다.

"그리고 우리라는 명확한 표적이 있지."

그러니 그 돈을 모아서 일부 뇌물을 주고 복수를 부탁하는
건 어렵지 않다.

"그리고 확실히 눈에 보이는 효과가 드러났잖아."

복수재단의 대표인 이조선이 구속되었다.

물론 터무니없는 죄목이니, 구속적부심사를 하면 풀려날
테고 재판에 들어가면 제대로 혐의가 벗겨질 것이다.

"하지만 중요한 건 이미 복수재단의 움직임에 제동이 걸렸
다는 거야."

"끄응."

"그러니 그들 입장에서는 손해 볼 게 없는 거지. 아마 회
장이 어느 정도 먹는 것도 알 거야."

"알면서도 그런다고?"

"복수니까. 사람은 두 종류가 있지."

목적을 위해서라면 무슨 짓이든 해도 된다는 사람.

목적이 제아무리 중요해도, 무슨 짓이든 하는 건 안 된다
는 사람.

"후자의 타입이 복수재단대책협의회 같은 곳에 들어가겠어?"

"아…… 그러네. 그들은 탐욕스러운 사람들이니까."

"그러니까 내 말이 그거야. 그들은 돈을 벌기 위해 현행법
도 안 지키고 증거를 조작하고 같이 일하던 직원을 감옥에
넣으려고 하는 놈들이야."

그런 자들이 선량한 방법을 선택할 가능성은 제로라고 봐

도 무방하다.

"이거 어쩌지? 복수재단을 철수시킬까?"

"아니."

노형진은 고개를 흔들었다.

"그러면 더욱더 기고만장해져서 우리를 잡아먹으려고 할 거야."

"우리?"

"나 말이야. 뒤에 내가 있다는 걸 그들은 알고 있지."

"그런데?"

"그들은 나한테서 계속 정치자금을 받아 낼 방법을 찾아내려고 하고 있었어. 이 수사가 나한테까지 안 올 것 같아? 사실 내가 보기에 그들이 궁극적으로 노리는 건 나야, 복수재단 따위가 아니라."

노형진의 말에 손채림은 오한이 들었다.

설마 그 정도일 줄은 생각도 못 했다.

"지금까지는 마땅한 방법이 없어서 나를 건드리지 못했을 거야. 하지만 이제 방법이 생겼지."

그리고 자신을 뒤흔들어서 정치자금도 좀 받아 낼 수 있을 거라 생각할 것이다.

"뒤에 CIA가 있다고 생각한다면서?"

"슬슬 의심이 풀릴 시점이지."

그들과 엮인 건 한 번뿐이고, 그것 말고는 엮인 적이 없었다.

"더군다나 그건 그들의 오해일 뿐, 사실 CIA는 제대로 대답한 적이 단 한 번도 없어."

"뭐?"

"CIA의 철칙이지. 긍정도, 부정도 하지 않는다."

"허, 나 그 소리 들어 봤어. 그 뭐냐, 타겟팅에서."

"그래, 그거야."

CIA는 정보 집단이다. 그래서 타겟팅을 하지 않을 거라 생각했다. 그런데 난데없이 타겟팅에 관련 계정이 생겼고 사람들은 진짜로 CIA 계정이냐고 질문을 던졌다.

"그리고 그 계정에 쓰인 말은 그 한마디였지."

자신들은 긍정도 부정도 하지 않는다. 결국 그게 누군가의 장난인지 진짜 계정인지는 미스터리로 남았다.

"나도 마찬가지야."

한 번 엮였을 뿐이고, 그들은 그때 겁먹고 손을 뗐다.

"하지만 마이스터가 CIA치고는 이상할 정도로 여기저기 손을 뻗은 것 또한 사실이거든. 대룡과의 싸움에도 끼어들었고, 인재를 키우는 곳에도 그랬고. 일반적인 정치적 행동이 아니지."

"끄응…… 그래서 의심한다는 거구나."

"그래. 단순히 저들의 뇌물만 받아서 움직인 건 아닐 거라는 거야."

아무리 수십억씩 뇌물을 받는다고 해도, 경찰이 움직일 만한 사건은 아니다.

"거기에다 구속영장이 나왔다는 건, 검찰과 법원이 움직였다는 뜻이기도 해."

"아······."

"고작 상인들 집단 때문에 그런 대단위 움직임이 가능할까? 10억을 뿌렸다고 했지? 그래, 그걸 묶어서 본다면 큰돈이야. 하지만 경찰, 검찰, 법원까지 움직이기 위해서는 얼마나 많은 사람들에게 돈을 뿌려야 할까? 그게 나뉜다면 개개인당 얼마나 돌아갈까?"

"······."

손채림은 입을 꾸욱 다물었다.

노형진의 말을 명확히 이해했기 때문이다.

"너 때문이네."

"그래."

노형진과 복수재단이 연결된 것은 누구나 아는 사실이다.

애초에 복수재단을 만든 사람이 노형진이고, 그 자금 줄도 노형진이다. 그리고 노형진이 외부적으로 CIA와 연결되어 있다는 의심이 있다.

"의심만 있지. 그것도 흐릿해져 가는 의심이 말이야."

"확인 작업이라는 거구나."

"그래."

'언젠가는 이런 때가 올 거라 생각했지만······.'

다 예상 범위 안이다. 다만 복수재단과 자신의 신분이 한

꺼번에 묶여서 혹 치고 들어올 줄은 몰랐다.

"어쩌지? 일단 조용히 있어야 하나?"

이조선은 가만히 있어도 결국 풀려날 수밖에 없다.

법적으로도 문제가 안 되니까.

"아니."

노형진은 고개를 흔들었다.

"여기서 물러나면 하나씩 내 목을 조여 올 거야. 복수재단은 날 살짝 견제하는 정도에 불과해."

"견제라고?"

"복수재단은 나한테 아무 이득도 주지 않아. 말 그대로 내가 사회적 활동을 하기 위해 움직일 뿐이야. 하지만 내가 여기서 가만히 있으면 저들이 어떻게 할지는 뻔하잖아?"

"이득이 되는 곳도 건드리기 시작하겠구나."

"그래. 복수재단과는 여러모로 다르지."

복수재단은 자신이 내야 하는 세금을 기부금 형태로 처리해서 주는 곳이기 때문에 딱히 문제가 될 게 없다.

하지만 수익이 나는 곳은 이야기가 다르다.

"건드리다가 반응이 없으면 집어삼키겠지."

"반응하면?"

"미국의 눈치를 보겠지."

과연 미국이 나설 것인가?

진짜로 노형진이 미다스인가?

그리고 마이스터가 그의 것인가?

"만일 그게 드러난다면……."

노형진은 어마어마한 세금을 내야 할 것이다.

그건 마이스터도 마찬가지.

"아마 돈을 최소한 수천억 단위로 뜯어내려고 하겠지."

"만일 CIA라면?"

"꼬리 자르기지."

멋모르는 복수재단대책협의회 하나 족치면서 '이 새끼들이 그랬어요.' 하고 끝.

"아마 정부에서는 그 회장이라는 놈이 횡령하는 걸 빤히 알고 있을걸."

"그걸 그냥 두는 거…… 알 것 같네."

일단 지금으로써는 돈을 주니까 놔두는 것이다.

"두고 보다가 아니다 싶으면 그걸로 뒤집어씌워서 꼬리 자르기 하겠다 이거네."

손채림은 한숨만 나왔다.

과연 그 회장은 이 사실을 알고 있을까?

"이거 사람 참 재미있게 만드네."

노형진은 피식 웃음이 나왔다.

"그러면 그들의 소원을 들어줘야지."

"어떤?"

"미다스가 어떤 존재인지 알려 주는 거지, 후후후."

미다스.

황금의 손을 가진 남자.

손으로 건드리는 모든 것을 다 황금으로 만드는 남자.

"현대에 와서는 미다스는 부의 상징이지. 하지만 사실 그건 저주야."

노형진은 진지하게 말했다.

"미다스는 그 저주로 인해 고통받았지."

자신의 가족도 황금으로 만들고, 마시는 물도, 음식마저도 황금이 되었다.

"현대에 와서는 미다스를 뭐든 성공하는 사람쯤으로 생각하지만, 신화에서는 과한 욕심을 경계하라는 의미를 내포하고 있다고."

"그런데?"

"그러니까 내가 아닌 누군가를 미다스로 만들 거야."

"네가 아닌 누군가를?"

"그래."

노형진은 피식 웃었다.

"미다스의 정체는 숨겨져 있지. 그리고 그 정체를 알아내기 위해 수많은 사람들이 달려들었고."

물론 아는 사람은 있다.

대표적으로 미국의 CIA 같은 경우는 그의 신분을 안다.

"그런데 왜 미국은 놔두고 한국은 가만 안 둬?"

"미국은 안전한 쪽이니까."

"응?"

"대응법의 차이야. 미국은 스파이를 마이스터에 심어 두고 일부 투자 정보를 빼내 가지. 그리고 직접 투자해서 수익을 내."

그건 문제가 안 된다.

CIA도 과도한 정도의 수익을 내지는 않으니까.

그리고 노형진이 그 정도는 눈감아 주는 대신에 그의 신상 정보를 철저하게 감춰 줬다.

그게 미다스가 CIA라고 소문난 가장 큰 이유였고.

"한국은?"

"주체가 다르지."

"주체가 달라?"

"미국은 법적으로 정부에서 받아 낼 수 없는 공작금을 벌기 위해 하는 거야. 그래서 일정 부분 이상 투자하지 않아."

그랬다가는 문제가 생기니까.

"하지만 한국은 아니야. 사실 한국이 정보를 빼 가서 적당히 욕심 부려 번 돈을 국민에게 쓴다면, 내가 먼저 알려 줬을 거야."

"그런데?"

"그런데 그 투자 정보가 나가면 누구에게 먼저 갈까?"

"국회의원이나 정치인, 아니면 대통령."

"정답."

그들에게 투자 정보가 가장 먼저 들어갈 테고, 그들은 미친 듯이 투자를 할 거다.

"그건 내가 원하는 바가 아니야."

그들은 무리하게 욕심을 낼 테고, 그건 사업의 흐름의 방향을 완전히 뒤집을 것이다.

"사공이 많으면 배가 산으로 간다는 말은 그냥 생긴 게 아니야. 그리고 한국 투자자들의 특징은, 투자하고 나면 자기 기업으로 생각한다는 거야."

"아, 무슨 뜻인지 알겠다. 알게 모르게 운영권에 간섭한다는 거지?"

"그래."

안 그래도 대통령이 바뀌면서 한국의 미래가 불확실해졌다.

'하지만 더 이상 역사적 흐름을 바꿀 수는 없어.'

한국 대통령이 외국에 영향을 줄 수 없으니 외국에서의 수입원은 차이가 없겠지만…….

'그들이 외부에 실력 행사를 하게 되면 그건 곤란하단 말이지.'

그래서 여러모로 한국과는 거리를 둘 수밖에 없었다.

"그래서 다른 사람이 미다스라고 생각하게 만든다는 거지?"

"그건 맞아."

"지금까지와 똑같은 거 아냐?"

"하나가 다르지."

"하나가 다르다?"

"그래."

"어떤 건데?"

"미다스의 저주가 뭔지 확실하게 보여 주겠어."

노형진은 눈을 번쩍이면서 말했다.

성조화학.

한국의 중견 기업이다.

그들은 특정 지역, 정확하게는 현 야당 지역에 기반을 두고 있다.

그런 곳에 적대적 인수 합병이 들어온 것은 상상도 못 할 일이었다.

"아니, 이게 뭔 소리야!"

성조화학의 대표인 성문조는 적대적 인수 합병이라는 말에 정신이 번쩍 들었다.

"적대적 인수 합병?"

"네, 지금 모든 주식을 싹쓸이하고 있습니다."

"그게 무슨 소리야? 그게 어째서 적대적 인수 합병이라는 거야?"

"아주 대놓고 싹 쓸어 가고 있어요!"

"뭐?"

보통 적대적 인수 합병은 어떻게 해서든 상대방이 알기 전에 하나라도 더 많은 주식을 가지고 가는 것에서 시작된다.

그런데 주식시장이 열리는 것과 동시에 누군가 성조화학의 주식을 싹 쓸어 담기 시작한 것이다.

"그게 말이나 돼?"

"아침에 시작하자마자 서킷 브레이커가 걸렸습니다."

"시작하자마자? 어떤 미친놈이 그렇게 비싸게 산다는 거야!"

서킷 브레이커란 주식시장에서 주가가 급락하거나 급등할 때 일시적으로 거래를 막는 것을 뜻한다.

"미친! 그게 뭐야!"

이건 대놓고 너희를 잡아먹겠다고 덤비는 꼴이다.

"아니, 그게 누군데? 어? 누군지 알아냈어?"

성조화학같이 규모가 있는 기업은 운영자가 가지고 있는 주식이 얼마 되지 않는다.

대부분 우호 지분을 가지고 자신의 경영권을 방어한다.

하지만 이런 식으로 가격이 오르면 운영권을 가진 사람들이 주식의 판매를 고민하게 된다.

"마이스터입니다."

"뭐? 누구?"

"마이스터라고, 미국계 투자 기업입니다."

"미국 기업이 왜 우리를 노려?"

등골이 오싹해지는 성문조.

"모르겠습니다."

"염병, 이게 무슨 일이야!"

그는 다급하게 주식시장에 들어갔다. 성조화학의 주식 가격이 하늘 높은 줄 모르고 올라간 그래프가 눈에 들어왔다.

전이라면 좋았겠지만…….

'미치겠네.'

누군가 자신의 경영권을 노린다는 생각에 그는 정신이 어질어질해졌다.

"일단 주식 다 긁어모아. 어떻게든 다 긁어!"

"네, 알겠습니다."

어떻게 해서든 경영권을 지키기 위해, 그들은 내부에 있는 돈을 모조리 긁어내기 시작했다.

"우호 지분을 가진 사람들에게 다 연락해서 죄다 팔지 말라고 해!"

"하지만 그러면 그들이 손해 보는데요?"

"경영권이 우선이지, 지금 그 사람들 손해가 우선하게 생겼어?"

"하지만……."

부하 입장에서는 뭐라고 할 수가 없었다.

물론 안 파는 곳도 있을 것이다.

하지만 그런 곳은 몇 군데 안 될 수밖에 없다.

"국민연금공단이나 은행에 연락해서 팔지 말라고 해!"

"그건……."

개미들이야 중요하지 않다. 중요한 것은 큰손들이다.

"적당하게 사례를 하라고! 무슨 뜻인지 몰라?"

"네."

부하는 당장 뛰어나갔고, 성문조는 이를 빠드득 갈았다.

⚖️

"역시나, 예상대로네."

노형진은 주식 그래프를 보면서 피식 웃었다.

그는 있는 돈 없는 돈 다 긁어모아서 주식을 사 모으기 시작했다.

손채림은 이해가 안 간다는 듯 고개를 갸웃했다.

"적대적 인수 합병을 하려면 조용히 모아야 하는 거 아냐?"

"그렇지."

"그런데 대놓고 호가를 그렇게 높게 불러 가면서 사는 이유가 뭐야? 주식시세보다 더 높게 부르잖아?"

그런데 노형진이 고의적으로 호가를 무척이나 높게 부르는 바람에 성조화학의 주식 가격은 미친 듯이 하늘로 뛰기 시작했다.

"아니면 뭐, 주식 장난이라도 하려고?"

일반적으로 이런 식으로 주식 가격을 올리는 것은 일단 가격을 미친 듯이 올려서 한창 비쌀 때 주식을 팔아 수익을 내고 도망가려고 하는 일종의 주식 범죄를 저지를 때 많이 쓰는 방법이다.

"내가 그럴 리가 있나."

노형진은 피식 웃었다.

"아니, 애초에 내가 그 정도로 주식을 가지고 있는 것도 아니잖아."

"그건 그렇지. 사실 사는 데 성공한 주식은 얼마 안 되니까."

손채림은 고개를 끄덕거렸다.

노형진이 진짜 산 주식은 얼마 안 된다.

물론 시장에 나와 있는 주식을 다 사기는 했지만, 경영권을 노릴 정도의 주식은 안 된다.

"호가만 잔뜩 불렀잖아."

10만 원짜리를 11만 원에, 11만 원이 되면 12만 원에, 12만 원이 되면 13만 원에 사니 성조화학의 주식에는 미친 듯이 거품이 끼고 있었다.

"알아."

노형진은 씩 웃으며 말했다.

"마이스터의 무서움은 엄청난 재력이지. 내가 가진 돈으로 성조화학쯤 쓰러트리는 건 일도 아니야."

"그건 그렇지."

"하지만 그들이 쓰러진다고 해서, 정치인들이 나한테서 손을 뗄까?"

"그럴 리 없지."

고작 기업 하나다.

그거 하나 노형진이 집어삼킨다고 해서, 그들이 관심을 끊을 리 없다.

"그러니까 올리는 거야."

"부자로 만들어 주려고?"

"그런 거지. 미다스가 되고 싶다면 미다스가 되라는 거지. 정치인들도 성조화학의 주식을 가지고 있을 테니까."

"이해가 안 간다."

노형진의 말에 손채림은 고개를 절레절레 흔들었다.

"네가 해 줄 게 있어."

"뭔데?"

"거래처를 찾아 줘."

"무슨 거래처?"

"성조화학의 거래처 말이야. 그들을 만나서 협상할 거야."

노형진의 말에 손채림은 고개를 갸웃했다.

"거기에 뭐 어쩌려고?"

"이번 일은 기본적으로 미다스의 일이지만, 또한 복수재
단의 일이기도 하지."

"그거랑 이번 일이랑…… 아!"

그 순간 뭔가가 손채림의 머리를 스치고 지나갔다.

"설마……."

"맞아. 기본적으로 사회는 똑같은 구조로 흘러가지, 위든
아래든. 달라지는 것은 단 하나."

노형진은 주머니에서 5만 원짜리 하나를 꺼내 들었다.

"돈이지."

⚖️

"뭐라고?"

성문조는 정신이 아찔했다.

"계약 해지?"

"네, 다른 곳이랑 계약했답니다."

"이게 무슨 말이야!"

기존 거래처들이 갑자기 줄줄이 계약을 끊겠다는 이야기를 전해 왔다.

"저희도 지금 알아보고 있습니다. 그런데 그게 저희도 어떻게 된 건지······."

황당해서 말이 안 나오는 지경.

"다른 곳이 어떤 곳인지 이야기도 없고, 그냥 미안하다고만······."

"이게 미안하다는 말로 끝날 일이야! 벌써 계약 업체의 3분의 1이 날아갔어!"

아무리 성조화학이라고 해도 이 정도의 이탈이면 기업이 휘청거릴 수밖에 없다.

"누군가 우리를 죽이겠다고 달려들지 않으면 이런 수치가 나올 수가 없다고!"

성문조는 자신도 모르게 입술을 깨물었다.

지금의 상황이 도무지 이해가 가지 않았다.

어째서 자신을 노린단 말인가?

어째서 자신이란 말인가?

'아니, 노릴 만한 건 하나뿐이잖아!'

비싼 가격으로 주식을 긁어모은 것은 다름 아닌 마이스터다.

'하지만 이해가 안 되는데.'

마이스터 투자금융이라면, 자신의 경영권을 확보하기 위해 긁어모은다고 알고 있다.

그래서 지금 자신들이 주식을 긁어모은 것이고.

그런데 그들이 왜 갑자기 자신들을 공격한단 말인가?

'이해가 안 가.'

도무지 이해가 안 가는 상황.

'그들은 아니야. 다른 누군가야. 우리가 그들과 다른 누군가의 전쟁에 끼어든 건가?'

그런 거라면 자신들의 입장에서는 최악이다.

그는 그렇게 생각했다.

하지만 그들의 최악은 아직 끝난 게 아니었다.

"사…… 사장님! 큰일 났습니다!"

"큰일이라니?"

"우리와 거래하던 곳과 새로 거래를 튼 곳을 알아냈는데……!"

"그런데?"

"벤젤이라는 곳입니다!"

"벤젤?"

처음 듣는 이름이다.

자신들을 대체할 정도의 규모를 가지고 있다면 당연히 이름을 알아야 하는데.

"기존에 있던 화학공장이 이름을 바꾼 거야?"

"아닙니다! 수입 업체입니다."

"수입 업체라니."

갑자기 등골이 오싹해지는 성문조.

"그들이 우리의 절반 가격으로 제품을 제공한다고 했답니다!"

"뭐! 그게 무슨 말이야!"

"중국에서 물건을 들여온답니다!"

회의를 하던 임원들은 자리에서 벌떡 일어났다.

"절반이라니! 절반이라니!"

아무리 가격을 낮춘다고 해도 절반까지 낮출 수는 없다.

한국에서 중국 물건의 수입을 무차별적으로 허락하지는 않는다.

중국 물건이 워낙 싸서 한국의 회사가 망하기 때문이다.

하지만 실제로 그렇게 되지 않은 것은, 수입 과정에 관세나 기타 경비가 들어가서 결과적으로 가격이 비슷해지기 때문이다.

그런데 절반이라니?

"그게 가능해?"

절반의 가격이라면 사실상 마진은 포기했다고 봐야 하는 수준이다.

"그렇게 하기로 계약했답니다."

"미친……."

"그, 그래서……."

"뭐야, 또? 아직도 뭐가 남았어?"

"벤젤이라는 곳에 대해 알아봤는데……."

"뭐? 그 새끼들 뭐야? 어떤 새끼들이야!"

그런 식으로 도전한다면 정부와의 인맥을 이용해서 그들을 반쯤 죽여 버릴 생각에 성문조는 언성을 높였다.

하지만 다음 말에 말문이 턱 막혔다.

"그들이…… 마이스터에서 투자받아서 만들어진 곳이라고 합니다."

"뭐? 마이스터?"

"네!"

"이…… 무슨……."

이해가 안 가는 행동이다. 주식시세를 잔뜩 높여 놓고 이제는 자신들을 죽이기 위해 경쟁 업체를 차리다니.

"이게 뭐 하자는 짓거리야!"

도대체 마이스터가 뭘 노리는지, 그는 이해가 가지 않았다.

"다른 업체들에도 연락해 봤는데……."

"그런데?"

"다른 남은 기업들도 동일한 조건으로 거래하자고 연락이 와서 고민 중이라고……."

다리가 풀린 성문조는 휘청하더니 그대로 넘어갔다.

이것이 답이다

"진짜 땡전 한 푼 안 남기는구나."

"원래 전쟁의 기본은 누가 더 버티느냐지."

노형진은 수입한 원재료를 성조화학을 대신해서 진짜 땡전 한 푼 안 남기고 공급했다.

당연히 가격 차이가 심하니 거래처 입장에서는 받아들이지 않을 이유가 없다.

"확실히 복수재단의 방식이기는 하네."

주변에서 그들과 거래하지 못하게 함으로써 결국 쓰러지게 만드는 것.

그런데 여전히 이해가 가지 않는 것이 있었다.

"왜 호가는 올려 둔 거야? 그냥 살 수 있는 거였잖아."

그랬다면 더 싼 가격에 주식을 긁어모을 수 있었을 것이다.

"충격을 주기 위해서야."

"충격을 주기 위해서?"

"그래, 충격."

"이해가 안 가는데?"

호가를 올리는 것이 무슨 의미가 있단 말인가?

노형진은 전혀 이해하지 못하는 손채림에게 차근차근 설명해 줬다.

"이 경우 중요한 건 '마이스터'라는 회사의 이름이지."

"응?"

"생각해 봐. 마이스터가 해당 주식을 긁어모으기 시작했을 때는 그 주식을 그다지 모으지 못했어. 왜 그랬을까?"

"그건…….”

손채림은 잠깐 고민했다.

하지만 이내 고민할 이유가 없다는 것을 알아차렸다.

"마이스터니까."

"정답."

마이스터.

투자계에서는 황금알을 낳는 오리로 알려진 기업.

주인인 미다스는 단 한 번도 투자 실패를 한 적이 없었다.

"그리고 마이스터가 갑자기 무차별적으로 돈을 더 줘 가면서 어떤 기업의 주식을 긁어모은다고 생각해 봐. 그러면 사람들은 무슨 생각을 할까?"

"기존에 보이지 않는 형태의 구매니까 누군가의 명령으로 다급하게 구입한다고…… 아하!"

그런 명령을 내릴 수 있는 것은 다름 아닌 미다스.

그가 주식을 다급하게 긁어모으라고 하니까 미친 듯이 긁어모은 것이다.

"지금 성조화학의 가격은 처음 우리가 끼어들 때보다 무려 다섯 배가 뛰었어."

"그렇지."

"하지만 우리가 그 돈을 주고 다 긁어모았나?"

"아니, 아니지."

마이스터 투자금융과 미다스가 있으니까 사방에서 구매하려고 덤비면서 가격이 미친 듯이 뛴 것이다.

손에 닿는 모든 것을 황금으로 만드는 자가 욕심내는 기업.

그 가치가 얼마인지 알 수가 없다.

"그들이 본 건 성조화학이라는 기업이 아니야. 나라는 존재지."

"그러네. 네가 아니라면 그걸 그렇게 비싸게 살 이유가 없지."

"그런데 갑자기 그들의 매출이 막혔어. 그리고 난 일부 주식을 가지고 있지."

"어…… 음…….."

"그리고 내가 그걸 팔면 어떻게 될까?"

"허."

아마 많은 사람들이 손을 털기 시작할 것이다.

어떻게 해서든 있는 주식을 털고 나가려고 할 것이다.

"폭락이 시작되겠네."

"그렇지."

노형진은 씩 웃었다.

"그래서 얼마에 팔 건데?"

"일단은……."

노형진은 잠깐 고민하다가 마음을 굳혔다.

"5분의 4부터 시작하자."

"응? 고작?"

"고작이 아니야. 구매 가격은 사는 사람의 마음이지. 하지만 판매 가격은 파는 사람의 마음이야."

시세보다 터무니없이 비싸게 판다면 당연히 안 팔릴 것이다.

하지만 시세보다 터무니없이 싸게 판다면?

"과연 사람들이 어떻게 생각할까?"

⚖️

주식시장은 난리가 났다.

성조화학이 거래처와의 계약이 연이어 끊어졌다는 소식도 충격적인데, 그 이후에 더욱 충격적인 소식이 들려왔기 때문이다.

"판매해!"

"망할! 똥값이잖아, 이거!"

한때 55만 원까지 올랐던 성조화학의 주식이 미친 듯이 떨어지기 시작했다.

그 이유는 다름 아닌 마이스터.

"이런 미친 새끼들! 또 가격을 낮췄어!"

투자자들이 성조화학의 주식을 팔려고 내놓으면 마이스터는 그보다 더 가격을 낮춘다.

이미 서킷 브레이커는 걸렸다.

문제는 서킷 브레이커는 하루에 단 한 번만 가능하다는 거다.

다시 말해 멈출 수 있는 방법이 없다는 것.

"뭐, 얼마야?"

"미친……."

"얼만데?"

"5만 원."

"뭐?"

"5만 원이라고."

한때 55만 원까지 했던 성조화학의 주식은 하루 만에 5만 원으로 대폭락했다.

그 가치가 말 그대로 휴지통으로 처박히고 있는 상황.

"성조화학의 재무 상태는 어때?"

"개판이야."

누군가 말했다.

그는 내부 정보를 가지고 있었고, 그 문제가 아주 심각하다는 것도 알고 있었다.

"성조화학에서는 적대적 인수 합병이라고 생각해서 경영권 방어를 위해 적극적으로 주식을 긁어모았어."

"설마……."

"여유 자금이 얼마 없지."

그런 상황에서 이런 일이 터졌다.

정상적인 상황이라면 그들이 주식을 긁어모아서 가격을
방어해야 한다.
　　하지만 가격 방어를 할 돈이 없다.
　　한창 비쌀 때 주식을 긁어모았으니까.
　　"망했군."
　　사실상 성조화학의 주식은 휴지 조각이 된 것이나 마찬가지.
　　"팔자에 걸어. 4만 5천 원."
　　"무한정 낮추자는 거야?"
　　"어쩔 거야? 이거 뒤집어쓸 거야?"
　　그는 '팔자'로 4만 5천 원에 걸었다.
　　하지만 이내 한숨이 나왔다.
　　'팔자'에 4만 3천 원이 뜬 것이다.
　　마이스터였다.
　　그런데 같은 시각에 난리가 난 곳은 이곳만이 아니었다.
　　성조화학의 경영권 방어를 위해 끼어들었던 다른 곳들, 즉
은행이나 국민연금공단 같은 곳은 주식시장과는 비교할 수
없을 정도로 살벌했다.
　　"지금 손해가 얼마야?"
　　곽 부장은 머리를 부여잡으면서 물었다.
　　그러자 그 아래에 있던 김 과장은 눈치를 슬슬 보면서 대
답했다.
　　"지금까지……."

"그래, 얼마야?"

"지금까지…… 67억이 손해입니다."

"미친."

정부에서는 국내 회사의 경영권 방어를 적극적으로 도와주는 편이다.

하지만 그건 어디까지나 손해 보지 않는 선에서다.

"67억?"

"네……."

"그거 네가 메꿀 거냐?"

"……."

"성조화학이 무슨 메이저도 아니고! 그 코딱지만 한 회사가 67억? 미쳤어? 어?"

"죄송합니다."

"아으…… 진짜 미치겠네."

물론 부장도 책임이 있다.

자기가 사라고 했으니까.

경영권 방어가 우선이라고 생각했으니까.

하지만 이게 무슨 상황이란 말인가?

"마이스터에서는 뭐래?"

"대답이 없습니다."

"아나, 돌겠네. 도대체 어떤 똘추 새끼야?"

부장은 바보가 아니다.

이 바닥에서 부장까지 올라올 정도면 인정할 만한 능력을 가졌을 수밖에 없다.

　그것도 다른 것도 아닌 주식을 관리하는 곳에서 부장이라면, 그만큼 실력이 있는 사람이었다.

"똘추라니요?"

어리숙한 과장의 질문.

"김 과장."

"네?"

"그러니까 네가 만년 과장인 거야."

"……."

사실 김 과장은 부장보다 선배였다.

그러나 그는 승진하지 못하고, 결국 역전된 것이다.

"생각해 봐. 지금까지 마이스터는 사실 한국 시장에 우호적인 투자사였어. 그렇지?"

"네."

"딱히 돈 벌어 갈 생각도 안 하고, 정상적인 투자도 많이 하고, 투자해도 경영권 가지고 지랄도 안 했어. 그렇지?"

"네."

"그런데 왜 갑자기 미쳐 날뛸까?"

"그건……."

"누가 심기를 건드린 거야. 뻔하지, 멍청한 정치인 새끼들."

가끔 이런 경우가 있다.

세상은 자본주의다.

부자들이 정치인들에게 돈을 주는 건 좋은 관계를 유지하기 위함이지, 그들이 무서워서가 아니다.

"하지만 가끔 미친놈들이 과한 욕심을 부리거든."

"설마……."

"그래, 그 보복이야."

과도한 욕심은 인생을 망치기 마련이다.

"그들이 망한다고 해서 정치인에게 보복이 가능한가요?"

어리둥절한 표정이 되는 과장.

부장은 혀를 끌끌 찼다.

"이걸로 끝일 것 같아?"

"네?"

"끝일 것 같냐고."

"그…… 글쎄요."

"내가 장담하지. 이건 그냥 장난이야. 진짜 복수는 지금부터일 거라고."

그 순간 찌잉 울리는 벨 소리.

"뭐야?"

─부장님, 노형진 변호사라는 분이 오셨는데요.

"누구?"

─노형진, 변호사라고 합니다. 약속은 안 되어 있는데, 어떻게 할까요?

연금공단에서 부장급이 되면 약속이 없으면 만날 수도 없다.

하지만 노형진의 이름은 그도 알고 있었다.

'마이스터의 한국 고문 변호사.'

그가 자신을 찾아온 이유?

"들어오시라고 해."

그렇게 말한 그는 한숨을 푹 쉬었다.

"하아, 본론을 이야기하러 온 모양이네."

"본론요?"

"그래."

과장의 말에 부장은 씁쓸하게 말했다.

"이제 복수전이 시작되겠지."

그리고 자신은 거기에 끼고 싶은 생각이 전혀 없었다.

⚖️

성문조는 정신이 혼미했다.

자신이 이룩한 모든 것이 날아가고 있었다.

은행에서는 대출을 상환하라는 압력이 내려왔고, 자신에게는 돈이 없다.

주식은 바닥을 치고 있었다.

"한주암 의원은 뭐라고 하던가?"

"그게……."

"아직도 연락이 없나?"

"죄송합니다."

성문조는 눈을 질끈 감았다. 지금까지 주변의 소문을 어떻게든 막아 왔지만, 더 이상 길이 안 보였다.

"망할……."

도대체 왜 마이스터가 자신을 노리는 건지, 여전히 알 수가 없었다. 자신은 그들과 척진 적도 없고, 그들이 탐낼 만한 신기술을 가진 것도, 그들이 욕심낼 정도의 대기업도 아니다.

"어째서……."

지금 상황이 이해가 가지 않는 그에게, 비서실에서 떨리는 목소리로 전화가 왔다.

─대표님, 손님이 오셨는데요.

"들어오시라고 해."

이미 약속이 되어 있었다.

곧 문이 열리면서 한 남자가 들어왔다.

노형진, 마이스터의 대리인.

"노형진 변호사라고 합니다. 반갑습니다."

"왜입니까?"

그는 다른 것보다 그게 가장 궁금했다.

"왜 저입니까? 왜 저희를 공격한 겁니까?"

"궁금하십니까?"

"네! 궁금합니다! 미친 듯이 궁금합니다!"

노형진은 그를 물끄러미 바라보다가 천천히 말했다.

"한 의원 아시죠?"

성문조는 눈을 질끈 감았다.

'젠장.'

소문이 돌았다.

한 의원이 미다스를 건드렸다.

그래서 미다스가 공격한다는 거다.

'고래 싸움에 새우 등 터진다더니.'

자신이 그 짝이었다.

한 의원은 얼굴도 안 보이는데 자신만 망했다.

"간단하게 이야기하지요."

노형진은 서류를 꺼내 들었다.

"현 시간부로 당신을 사장직에서 해임합니다."

그는 눈을 질끈 감았다.

망하기 직전의 기업 주식은 헐값에 미친 듯이 쏟아졌고, 마이스터는 그걸 다시 싹 끌어모았다.

이미 은행과 국민연금공단에서 상당수의 주식을 이들에게 팔았다는 말도 들었다.

그들 입장에서는 망할 수밖에 없는 기업의 주식을 쥐고 있을 수는 없으니까.

'최대 주주가 날 가만둘 리 없지.'

결국 그는 자신이 파멸했다는 것을 인정할 수밖에 없었다.

"그리고……."

노형진은 가방에서 해임 서류가 아닌 다른 것을 꺼내 들었다.

"당신을 성조화학의 전문 경영인으로 들이겠다는 계약서입니다."

"네?"

"전문 경영인이 뭔지 모르시나요?"

"아…… 아니, 알기는 합니다만."

얼빠진 표정이 되는 성문조.

자신을 자르고 전문 경영인으로 복직시키겠다니?

"단, 조건이 있습니다."

"조건요?"

"네, 그걸 지켜 주신다면 이 자리를 보장하지요."

노형진은 미소 지으며 말했다.

복수는 이제부터 시작이었다.

⚖️

주인이 바뀌었다.

그 소식은 충격적인 이야기였다.

성조화학이 대기업은 아니라지만, 그 지역에서 상당한 규모의 기업인 건 분명하다.

근무 인원만 3천 명이 넘는 거대한 규모.

그곳의 주인이 바뀌었다는 것은 모든 사람들이 관심을 가질 수밖에 없는 일었다.

더 웃긴 것은 그 이후였다.

"사장을 놔둬?"

"그러게."

이해할 수 없는 일이었다.

정확하게는 일단 사장에서 해직당한 후 전문 경영인으로 복직한 것이지만, 다른 사람들이 보기에는 그게 그거니까.

"그나저나 이거 어떻게 되는 거야?"

"글쎄. 주인이 바뀌었다고 해서 뭐가 바뀌겠어?"

불안하기는 하지만 어찌 되었건 성조화학은 이 동네에서 제법 큰 규모를 가지고 있는 기업이었고, 주인이 바뀐다고 해도 직원들 입장에서는 월급만 제대로 나온다면 문제 될 것이 없었다.

"그런데 왜 모이라는 거야?"

다들 어리둥절한 표정으로 모여 있는 상황.

오늘 사장이 중요한 이야기를 한다고 했기 때문이다.

"어? 나온다."

그 순간 저 멀리 임원들과 함께 참혹한 얼굴로 나오는 사장을 보고 다들 침을 꿀꺽 삼켰다.

"하아……."

사장은 힘없이 한숨을 쉬었다.

"친애하는……."

일단 입을 떼긴 했지만, 그는 말문이 턱턱 막히는 느낌이었다.

목이 멘 듯 그렇게 침묵하며 한참을 서 있었다.

그리고 그의 침묵이 길어질수록, 직원들의 마음속 깊은 곳에서는 불안감이 치밀어 올랐다.

"친애하는…… 임직원 여러분……."

또다시 침묵하는 성문조.

하지만 그에게는 주어진 책임이 있었다.

"이런 소식을 전하게 되어 안타깝습니다. 우리 성조화학은 40년 전 오픈한 이래로……."

수많은 이야기가 나왔다.

하지만 그 장구한 역사도 사람들의 불안감을 해소해 주지는 못했다.

사실 당연하다. 자랑하려고 불러 모은 게 아니라는 것쯤은 어렵지 않게 알 수 있었으니까.

"애석하게도…… 이번에 주주회의에서는……."

드디어 마지막 말이 나오기 시작했다.

"성조화학의 폐업 절차를 밟기로 의결되었습니다."

"폐업?"

"폐업이라니!"

"이게 무슨 말이야! 폐업이라니!"

직원들은 난리가 났다.

폐업.

그건 그냥 문 닫는다는 소리다.

"사장님, 그게 무슨 말이에요! 폐업이라니!"

"우리는 어쩌라고요!"

"미안합니다…… 미안합니다."

폐업하면 직원들은 그냥 잘리는 거다. 물론 법에서 정해진 최소한의 보장은 받을 수 있겠지만…….

"사장님! 그럴 수는 없습니다!"

"폐업이라니요!"

"안 돼요, 사장님! 제발 안 됩니다!"

폐업한다는 것. 기업이 망한다는 것.

그건 거기서 일하는 직장인들, 그리고 그들만 바라보고 사는 가족들에, 또 그들을 대상으로 하는 상인들까지 망해 나간다는 뜻이다.

3천 명이 실직하면 그들을 바라보는 3만 명이 망해 나가는 것이다.

직원이 백수가 되면 가족도 쓸 돈이 없고, 그들이 돈을 안 쓰면 주변 상권이 망하고, 상권이 망하면 건물주도 망한다.

말 그대로 멸망의 쓰나미.

"폐업이라니! 그건 안 됩니다!"

"거짓말이지요?"

"사장님, 거짓말이라고 해 주세요!"

울부짖는 직원들의 목소리에 성문조는 눈을 질끈 감았다.

"미안합니다, 미안합니다!"

"이럴 수는 없어!"

"이럴 수는 없는 거야!"

난리가 난 사람들. 그중 몇몇은 애써 마음을 다독거리면서 사장에게 소리 높여 물었다.

"성조화학이 망하는 건가요?"

"폐업입니다."

"하여간! 사라지는 건가요? 그러면 공장은요? 장비는요!"

"아!"

"맞아!"

"그래, 장비!"

사실 노동자들에게 사장의 이름이나 회사의 이름 따위는 중요하지 않다. 진짜 중요한 것은 일자리다.

"다른 곳으로 넘어가더라도, 그들이 고용해 줄 수 있지 않을까요?"

"맞아!"

"그러네!"

일단 자신들은 숙련공이다.

다른 사람들이 회사를 인수한다고 하더라도, 그들이 사람을 뽑으려면 숙련공 위주로 뽑을 것이다.

물론 임금이 낮아지겠지만, 아예 실직하는 것보다는 훨씬 나은 상황.

하지만 그들의 악몽은 끝난 게 아니었다.

"그랬으면…… 회사를 매각했겠지요."

"네?"

"공장이 폐업하고, 모든 장비는…… 인도로 넘어갑니다."

"이…… 인도?"

"네…… 마이스터의 경영 정상화 및 수익률 개선의 계획에 따라서……."

"잠깐만? 그 말은?"

"미안합니다."

사장은 고개를 숙였다.

기계가 인도로 넘어간다면 당연히 일자리는 사라진다.

"사장님!"

"이건 아니죠! 거짓말이죠!"

"거짓말이라고 해 주세요!"

절망이 도시에 휘몰아치기 시작했다.

⚖

"진짜 이거 못 할 짓이네."

편의점에서 물건을 사 가지고 숙소로 돌아온 손채림은 똥씹은 표정으로 말했다.

"그 정도로 안 좋아?"

"그냥 누구 하나 자살해도 이상하지 않은 분위기인데?"

공장이 망하고 기계를 해외로 뺀다는 말에, 도시의 분위기는 바닥으로 떨어졌다.

"어쩔 수 없지. 다른 곳도 아니고."

공장이 많은 다른 곳이라면 이 정도까지는 아닐 것이다.

하지만 이 지역에 있는 공장다운 공장은 이거 하나뿐이니, 그곳의 폐업은 지역 경제의 멸망을 뜻했다.

"그래서 이곳을 고른 거잖아."

"그렇지."

노형진은 고개를 끄덕거렸다.

"일선에 나서서 지랄한 한주암 의원의 지역구이기도 하지만."

"한주암 의원도 억울하겠네. 초선 의원이 뭔 힘이 있다고."

"알아."

노형진은 고개를 끄덕거렸다.

사실 그도 나서고 싶어서 나선 게 아닐 것이다.

아무것도 모르는 초선이니까 시키는 대로 한 것이다.

"하지만 그래서 더욱 용서가 안 되는 거야."

"왜?"

"선거 끝난 지 1년이 지났냐, 2년이 지났냐?"

"하긴."

선거가 끝난 지 얼마 되지 않았다.

그런데 초선이라는 작자가 나서서 돈을 뿌리면서 정치질을 하고 노형진을 때리는 데 앞장섰다.

"정상적인 국회의원은 아니라는 거지. 초선이면 최소한 일과 올바른 정치를 배우기 위해 노력해야 하는 시점 아니야?"

"그건 그렇지."

"그런데 선거가 끝나기 무섭게 다선 의원들이 시키는 대로 칼을 휘둘러?"

그래서 노형진은 그를 놔둘 수가 없었다.

"뭐, 그놈이 시작이기는 하지만."

어깨를 으쓱하는 노형진.

"송 대표님 봐라. 우리 사무실에서 본 적이나 있냐?"

"없지."

매일같이 정치를 배운다고 공부하고 지역구 사람들을 따라다니느라 정신없는 송정한과 달리, 그는 벌써부터 권력에 맛들여서 무서운 줄 모르고 날뛰고 있었다.

"그래도 고통받는 동네 사람들이 불쌍한데."

"민주주의가 뭔데. 다수결의원칙에 따라 대표를 뽑는 거아냐?"

"그건 그렇지."

"결국 한주암 같은 놈을 뽑은 것은 이 지역구 사람들이야.

이 정도 고통은 고통도 아니지."

노형진은 코웃음을 치면서 말했다.

'대통령 하나 잘못 뽑아서 한국이 얼마나 지옥이 되었는지 알면 그 소리가 쏙 들어갈 텐데.'

이제는 모를 수밖에 없는 일이다.

"참 잔인하다."

"착하기만 해서는 호구가 될 뿐이야."

노형진은 그렇게 말하면서 받아 든 봉투를 열었다.

그리고 봉투에서 삼각 김밥을 꺼내 들면서 나지막하게 말했다.

"뭐, 그 고통은 그리 오래가지 않을 거야. 자기들이 제대로 된 선택을 한다면. 아직 기회는 남았으니까."

⚖️

인터넷에서 이상한 소문이 돌기 시작했다.

처음에는 그냥 헛소문인 줄 알았다.

그런데 그 규모가 점점 커져 갔다.

"아빠, 이거 보세요!"

"응?"

회사 일을 마치고 퇴근한 남자는 아들의 말에 힘없이 대답했다.

당장 폐업하는 건 아니라고 하지만, 요즘 하는 일이 생산이 아닌 이사 준비라는 걸 알고 있기 때문이다.

"뭔데?"

"성조화학 있잖아요."

"그 이야기 하지 말라고 했지!"

아들의 말에 버럭 화부터 내는 남자.

안 그래도 나이가 있어서 퇴직하면 다른 곳에 취업이 불투명한 상황이라 한숨만 나오는데 아들까지 이러다니.

"아니, 진짜 이건 보셔야 한다니까요."

"도대체 뭔데?"

"성조화학이 망한 이유가, 한주암 의원이 미국 정부를 건드려서라는 말이 있어요."

"뭐? 무슨 말도 안 되는 개소리야?"

한주암이 누군지 안다.

이번에 회사가 있는 지역 선거구에서 나간 국회의원이 아닌가?

그런데 그가 미국 정부를 왜 건드리겠는가?

"너! 인터넷 좀 그만 보라고 했지!"

남편의 눈치를 보던 아내가 잽싸게 그런 아들의 등에 스매싱을 날렸고, 아들은 아프다고 몸부림을 쳤다.

"아니, 잠깐…… 기다려 봐."

"여보, 그런 거에 신경 쓰지 말라니까."

"아니, 나도 이상해서 그래."

회사 내부에서도 소문이 많았다.

마이스터라는 거대 투자사가 죽이려고 덤벼들었다는 소문은 자신도 들었다.

하지만 그들이 왜 덤벼들었는지에 대해서는 아는 것이 없었다.

"아들, 무슨 말인지 다시 잘 설명 좀 해 봐."

"그러니까……."

"여보! 그런 음모론에 신경 쓰지 말라니까."

"신경 안 쓰게 생겼어? 당장 회사가 문 닫으면 낙동강 오리알 되게 생겼는데!"

이미 수십 군데 이력서를 넣었지만 돌아오는 답장은 없었다.

이미 나이가 좀 있어서 취업도 쉽지 않은 데다가, 성조화학이 어째서 망하게 되었는지 소문이 나서 혹시나 불똥이 자기네들에게까지 튈까 봐 업체들이 성조화학의 사람들, 그것도 직급이 있는 사람들이라면 절대 받아들이려고 하지 않았기 때문이다.

"자, 아들, 이야기해 봐라."

"한주암 의원이 미국 CIA에 돈 달라고 요구했다가 이 꼴이 난 거래요."

"그건 또 뭔 말도 안 되는……."

들어 보니 어이가 없는 음모론이다.

하지만 여전히 이유가 보이지 않았다.

"다른 소문은?"

"다른 소문요?"

"혹시 다른 소문은 없는 거야?"

"어, 글쎄요?"

"잠깐, 비켜……. 아니다. 네가 인터넷에 익숙하니까 소문 다 찾아봐."

"네? 지금요?"

"여보, 이 앞에 밥 좀 차려 줘."

"밥은 밥상에서 먹는 게……."

"지금 밥 먹는 자리가 중요해!"

최소한 어째서 회사가 망해야 하는지라도 안다면, 어쩌면 방법이 있을지도 몰랐다.

⚖

"이게 뭡니까?"

과장이 가지고 온 서류를 보면서 직원들은 어리둥절했다.

출근은 하고 있지만 사실 일이 없었으니 그냥 놀 뿐이었다.

"이거 내 아들이 인터넷에 도는 우리 회사 소문을 모아 온 거야."

"소문요?"

"아, 저도 들었어요."

"너도?"

"소문이야 많지요."

"그럼 이거 다 아는 거야?"

"다요?"

종이를 받아서 살핀 직원은 고개를 흔들었다.

"제가 들은 건 하나뿐인데요."

"뭔데?"

"한주암이 마이스터에 돈을 요구했다고요."

"마이스터에?"

"네. 그래서 마이스터에서 거절한다고 했더니, 한국에서 사업할 생각을 접으라고 했다나 뭐라나?"

"어? 내가 들은 건 좀 다른데."

"뭔데?"

"비슷하기는 한데, 그 이후가 좀 달라. 마이스터가 중간에 화해하자고 했는데 한주암이 끝까지 가자고 덤볐다던데?"

"내가 들은 소문으로는, 찾아간 변호사의 면상에 주먹을 날렸다고 하던데."

"얼씨구?"

여러 가지 소문이 있었다.

하지만 공통점이 있었다.

"한주암이 뭔가 요구한 건 사실이네."

"그런 것 같은데요?"

여러 버전이 있지만, 한주암이 뭔가를 요구했고 그게 미국에 있는 뭔가를 건드린 것만은 확실했다.

"과장님, 이거 확실한 걸까요?"

"글쎄…… 확실한지 아닌지 우리야 알 방법이 없지. 하지만 그거 말고는 이런 사태가 벌어졌을 만한 이유가 딱히 없잖아?"

"그건 그런데……."

직원은 말끝을 흐렸다.

그때 누군가 손을 들었다.

"사장님한테 이야기를 들어 보죠."

"사장한테?"

"네."

"우리가 무슨……."

"아니, 그렇잖아요. 사장이야 지금까지 모아 놓은 재산도 있을 테니 문제없을지 몰라도, 우리는 그냥 망한 건데. 그리고 말이 사장이지 이제 얼마나 남았어요?"

"그건 그러네."

다들 왜 사장을 가만히 놔뒀나 이상하게 생각했다.

하지만 어차피 망할 회사, 사장을 누가 하든 상관없으니 그냥 둔 거라고 생각하는 상황.

그래서 그는 아직 이곳에 있었다.

"과장님이 가서 한번 물어봐요."

"내가?"

"아니, 그렇잖아요. 그래도 급이 되는 건 과장님인데."

"으음……."

과장은 잠깐 고민하다가 자리에서 일어났다.

그리고 사장실로 향했다.

전이라면 접근도 하기 전에 얼어붙었을 테지만, 어차피 안 볼 사이라 생각하니 거리낄 게 없었다.

똑똑.

"누굽니까?"

"사장님, 안실호 과장입니다."

"안실호 과장? 아, 들어오세요."

사장실로 들어가니 사장은 피곤한 얼굴로 의자에 앉아 있었다.

"무슨 일입니까? 뭐, 서류에 문제라도 있나요?"

"그건 아닌데……."

막상 눈앞에서 대면하자 말문이 막히는 안실호 과장.

하지만 그는 이내 용기를 냈다.

"사실은 이상한 소문을 들어서요."

"이상한 소문?"

"네, 한주암 의원 때문에 우리가 망하게 되었다는 이야기가 있던데……."

"그건 또 어디서 들었어요?"

"네? 인터넷에 파다하던데요."

성문조는 눈을 찌푸렸다.

"아닌가요?"

"말하기가 좀 그러네요."

"네?"

"내가 말하기가 좀 그래요."

"말씀해 주세요."

"나도 내 입장이라는 게 있지 않습니까?"

성문조는 정확하게 말하지 않았다.

"그냥 나가 보세요."

"네?"

"그냥 나가 보시라고요."

안실호는 어쩔 수 없이 더 이상 아무 말도 하지 못하고 나왔다.

"어째서……."

사장은 부정도 긍정도 하지 않았다.

아니면 그냥 아니라고 하면 되는 것이었다.

그런데 그는 아니라고도 말 못 했다. 진짜라고도 말하지 못하는 이유는 어렵지 않게 알 수 있었지만…….

"이런 개……."

회사 잘못도 아닌 정치인 잘못으로 자신들의 처지가 이렇

게 됐다는 생각에 화가 머리끝까지 난 그는, 다급하게 직원
들이 있는 곳으로 뛰어가기 시작했다.

미다스의 손이 뭔지나 알아? **367**

200평 초대형 24시 만화방

수면실 (침대식) — 사우나석

다인석

사워실

세탁기 — 신간100%

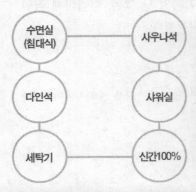

수원 인계동점

● 나혜석거리 ● 농협

● CGV ● 수원시청역 ⑧

무비 사거리

소주한잔 건물
24시 만화방 3F

● 홍콩반점 ● 홈플러스

TEL : 031-226-3771
수원시 팔달구 인계동 1041-11 3층 24시 만화방

의정부점

의정부역 ④ ⑤ 흥선지하도

◀서울방향

● 진성약국 ● 던킨도넛츠

24시 만화방 3F

TEL : 031-856-3971
경기도 의정부시 의정부동 197-13 3층

주안점

주안 남부역

◀제물포 민병철 어학원 간석동▶

● 25시 만화방 6F

TEL : 032-426-2871
인천광역시 주안남부역 지하상가 4번 출구 GS25시 건물 6층

안양점

● 안양역 육교

◀관악역 명학역▶

● 농협 24시 만화방 2F
안양일번가

TEL : 031-466-3771
경기도 안양시 안양동 674-163 조이당구장건물 2층

ROK MEDIA
로크미디어

다보多寶 신무협 장편소설

**피도 눈물도 없는 낭인
천하제일 남궁세가 가주가 되다!**

반백의 인생을 무림맹의 개 같은 낭인으로 살다
가족을 잃던 흉변의 그 순간으로 회귀한다

"뭐, 일단 가주가 될 수 있을지 증명부터 하라고?"

모용의 자객, 제갈의 간자, 화산의 위협……
어느 하나 만만한 상대가 없다
하지만 이번에는 절대 도망치지 않는다!

**내 가족이 흘린 단 한 방울의 피도 잊지 않겠다
하나씩 되갚아 주마!**

퍼펙트 라이프

진유호 현대 판타지 장편소설

**완벽하게 망가졌던 이 남자, 완벽해져 돌아왔다?
꼴찌 가장 진동수, 인생의 행복을 붙잡아라!**

실패한 사업가, 무능한 사원, 가족들에게 무시받는 가장,
그리고…… 담도암 말기
오열하는 모습까지 SNS에 퍼져 전 국민의 비웃음거리가 되고
실패로 점철된 인생이 나락으로 치달은 그 순간,
벼락 한 방에 모든 게 뒤바뀌었다!

사라진 암세포, 강철 체력, 명석해진 두뇌
밑바닥 인생 진동수에게 남은 일은 이제 성공뿐!
그런데 이 능력……
혼자만 잘 먹고 잘 살라는 건 아닌 것 같다?
눈앞의 붉은 선을 따라가면 위험에 빠진 사람들이!

**나의 행복도, 남의 안전도 놓치지 않는다!
화랑천 울보남의 국민 영웅 등극기!**